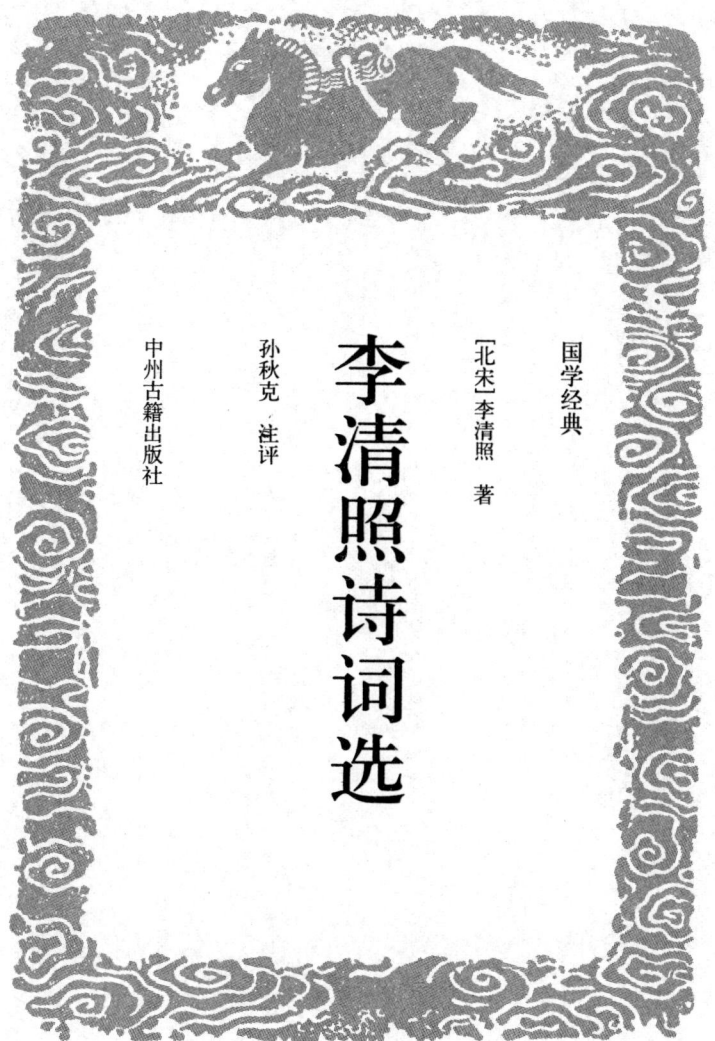

国学经典

[北宋]李清照 著

孙秋克·注评

# 李清照诗词选

中州古籍出版社

本書經法國政府

# 李清照诗词选

# 前 言

公元1084年（宋神宗元丰七年），在华夏文明的渊薮齐鲁大地上，诞生了一代女词人李清照。李清照（1084—?），号易安居士，齐州章丘（今属山东）人。她的家世之高华，并不在于高官厚禄，锦衣玉食，而在于书香门第，文化根柢深沉。其父李格非是进士，文章称于一时；其母是状元王拱辰的孙女，亦擅长文辞。李格非供职太学时，以文章为苏轼所赏识，与"苏门"关系甚密，名列"苏门后四学士"。

出身于这样的家庭，是封建时代女性的幸运，更是造就文学史上首屈一指的女词家不可或缺的条件。在中华民族几千年的文明史上，妇女地位之日益低下，所受压迫之日益深重，使她们几乎不可能掌握文化，遑论跻身于文学殿堂，并成为翘楚。"此花不与群花比"——这是李清照在其词《渔家傲》中对梅花的礼赞，也是她自身人格追求和文学成就的写照。"压倒须眉"——这是封建士大夫对李清照才华的折服，也是对女性文学地位的肯定。然而赢得这样的地位，李清照遭遇了多少那个时代作为女性和北宋遗民的不幸？不仅只是拥有出众的才华，就可以凝结为词坛上那一串璀璨的珍珠，除了"一种相思，两处闲愁"所化成的清美意境，她的泪水，她的悲恸，她的乡愁，她的愤懑，都是其词作具有永久艺术魅力的密码。

"欢愉之辞难工，而穷苦之言易好"（韩愈《荆谭唱和诗序》），这是文学创作的一般情形。但是，李清照的词作似乎打破了这一定律。无论是欢愉之辞，还是穷苦之言，出于她的笔下，都具有不同凡响的美感，那穿透人心的力量，全然不以时间和空间为限。如果从这个角度看，我们就不能不承认作家个人才华的作用了。或许，正因为兼备了生活的磨砺和出众的才华，再就是高华家世所提供的成才条件，李清照才取得了如此卓越的文学成就？或许，一如"花自飘零水自流"——李清照的情感源于生活，而对于那个时代的女性来说，生活常常是不可选择的。不可选择的生活所产生的特定情感，出众的才华所选择的审美意象，形成了李清照词与众不同的美感。在李清照的作品中，自然与人力，化境与人工，一切都来得那么自然。究竟哪一个更为重要？无须分辨，也无法称量。它们就是如此浑然一体，表现为李清照清新自然的词风，雄浑豪迈的诗风，转接无迹的文风，更有凸现于所有作品之上的女作家鲜明的自我形象。这一切都使得李清照的作品，明显地区别于那些由男性代言者，而成为中国文学史上女性文学的杰出代表。

要走近李清照，就要解析她的作品；要读懂她的作品，就要了解她的生活和她生活的时代。但《宋史》对李清照的记载，仅有寥寥数语附于其父李格非的传记之后，同时代人的记载虽然可资借鉴，却多半集中在她的改嫁问题上。我们对李清照的了解，最直接的材料，就只有其作品了。生活、情感和才华三位一体，不可分割，这是完整解读李清照应走的途径。

如果我们以南渡为界大致划分李清照的生平，那么这两段时间在其一生中虽然约略相等，用以观其人、其词，却未免失之粗疏。其实在前后期中，还有不同的阶段，构成了李清照人生和作品风格的异彩，以及个性鲜明的自我形象，这一切在其词、诗、文，尤其是词中,可谓历历分明。所以,本书的词选部分,大体按少女时代、新婚时期、屏居青州、南渡初期、漂泊江南五个时期来编选。

由于父亲和公爹陷于党争之中,在北宋时期社会地位相对优越的李清照,生活中也颇多不尽如人意处,但出嫁前她是家中娇女,婚后伉俪情投意合,总体上还算是幸福的。这一时期,李清照在词中表现了闺中少女、娇俏少妇、愁怨思妇等不同的自我形象。

在才华初显的少女时代,女词人的形象是那样聪慧娇憨,散发着浓郁的青春气息。李清照三岁时,其父李格非在京师太学就职,她大约是在故乡生活了一段时间后才来到京师的。关于她这时期的状态,我们只能从《点绛唇》(蹴罢秋千)、《浣溪沙》(绣面芙蓉一笑开)、《浣溪沙》(淡荡春光寒食天)等词中约略见出。这几首小词,表现了词人清纯可爱的少女形象,表现出她成长的环境有封建时代士大夫家庭女性少见的宽松自由。《点绛唇》这首词是否为李清照的作品,学界并未完全认同,但艺术形象本身就是最好的证言。从词中少女在一个夏日的早晨,荡罢秋千之后突见人来那种既活泼调皮,又含蓄温婉的形象,可以认定这是李清照的早期词作。这两首《浣溪沙》,前一首为美人画像,后一首写清明时节的景象和珍惜青春的心情,都表现了少女特有的情怀。不过一般学者推测她十七岁时结识张耒,并作《浯溪中兴颂诗和张文潜》二首,则恐怕不尽然(详见该诗评析及附录《李清照生平及著作简表》)。

十八岁时李清照出嫁,她的如意郎君,是当时做太学生的赵明诚,明诚的父亲赵挺之时为吏部侍郎。明诚自幼颇好文义,尤喜苏轼和黄庭坚的作品,这倒无意中与李格非殊途同归。携子之手,与子同行,李清照婚后在京城的生活是幸福的。"卖花担上,买得一枝春欲放。""云鬓斜簪,徒要教郎比并看。"《减字木兰花》中这个娇俏可爱的女子,就是新婚时节内心充满幸福,沉浸在甜蜜爱情中的词人自我形象。《减字木兰花》、《庆清朝慢》、《殢人娇》、《鹧鸪天》（暗淡轻黄体性柔）等词作，生动地表现了这种生活的宁静和浪漫。"玉瘦香浓"、清秀劲拔的梅花，"独占残春"、"一番风露晓妆新"的牡丹，"梅定妒，菊应羞，画阑开处冠中秋"的桂花，都无一不流露出词人卓尔不群的气质。不久赵明诚出仕，新婚远别，相思离别之愁不时袭上词人心头，使她写下了《浣溪沙》（髻子伤春懒更梳）、《小重山》、《怨王孙》（帝里春晚）、《一剪梅》、《醉花阴》等名篇。特别是《一剪梅》和《醉花阴》中那个满怀深情的相思少妇形象，成为古典诗词中这类题材的典型。

然而，党争的阴影不久就笼罩了李清照虽然有几许相思之苦，却不失为幸福的新婚生活。宋徽宗崇宁元年（1102），蔡京以元祐党人不得在京做官为由，上书弹劾了十七位朝臣，李格非亦因名在党籍而被罢免。这年九月，更有诏禁元祐党人子弟居京，清照因而被遣回原籍。直到宋徽宗崇宁五年正月，毁《元祐党人碑》、除党禁，李格非等才被放归，而李清照大概也于此时才得由原籍返汴京。但旋即又一场灾难袭来，宋徽宗大观元年（1107）三月，赵挺之病卒，卒后三日，蔡京即下文置狱，其家属、亲戚在京者广受株连。赵明诚兄弟被捕入狱，虽然以"皆无实事"解狱，但京中不能立足，遂举家移居青州。李清照随赵氏迁居，开始了屏居十年的青州岁月。

青州岁月虽缘于祸，却成就了清照夫妇两情相契，携游于金石书画中的神仙眷侣岁月——他们命书斋曰"归来堂"，李清照则自号"易安居士"。夫妇二人一同收集金石书画，猜书斗茶。赵明诚撰《金石录》，李清照则"笔削其间"。这段时日他们在物质上并不充裕，但精神上非常富足，"甘心老是乡矣，故虽处忧患困穷而志不屈"。以至于李清照在漂泊江南的孤凄晚年回忆起这段生活时，笔调仍充满了幸福和甜蜜。（以上引文见《金石录后序》）《怨王孙》（湖上风来波浩渺）、《渔家傲》（雪里已知春信近）等词作于这个时期。或陶醉于"水光山色与人亲"的美景,或欣然于"雪里已知春信近"的心境,词人的自我形象恬淡超然,与世无争。

如果李清照与赵明诚就这样终老是乡,或许其词作中的怅恨悲愁都不会出现,那么毫无疑问,我们也将会因此而失去一批珍贵的词作。赵明诚何时起复并走出青州岁月,我们如今已不得而知。但从李清照的一些词作看,似乎她和赵明诚分别后,独居青州的时间不短。直到宋徽宗宣和三年(1121),三十八岁的李清照才得以结束屏居生涯,与做莱州知府的赵明诚团聚。《凤凰台上忆吹箫》、《忆秦娥》、《多丽》、《好事近》(风定落花深)、《行香子》(草际鸣蛩)、《念奴娇》、《点绛唇》(寂寞深闺)、《蝶恋花》(暖日晴风初破冻)、《诉衷情》、《浣溪沙》(莫许杯深琥珀浓)、《满庭芳》(小阁藏春)、《玉楼春》(红酥肯放琼苞碎)等词,当作于李清照到莱州和赵明诚团聚之前、独居青州这一时期。如果以李清照现存五十来篇较为可靠的词作算,这批作品的数量可真是不能小看。青州词作失去了屏居初期的欢乐——无论是山水之乐,还是金石之乐;也没有发自内心的幸福感——无论是两情相悦的欢欣,还是相思的甜蜜和忧愁。蕴蓄于这时期一篇篇词作中的,是无边的寂寞和抒情女主人公内心难以抹平的怨恨。而词人的自我形象,亦不再是"人比黄花瘦"的清丽优美,而是那般愁情难释,甚至满腹幽怨。一句话,那就是一个怨妇形象。甚至在途经昌乐时所作的《蝶恋花》(晚止昌乐馆寄姊妹)中,我们都看不到一点点将要和丈夫聚首的欢欣。显然,这是因离别姊妹而悲伤解释不了的。是这对神仙眷侣的感情发生变化,抑或是赵明诚因另有新欢而曾疏离了李清照?虽然时下颇有人想坐实这样的猜测,但查无实据,对此我只能存疑。

不久赵明诚移知淄川,至宋钦宗靖康元年(1126),金兵大举南侵,终于攻破东京(今开封)。次年赵明诚知江宁府(今南京),

李清照则在这一年冬天"载书十五车。至东海,连舻渡淮,又渡江"(《金石录后序》),翌年春天到达江宁,开始了南渡生涯。故都沦亡后漂泊江南,虽让清照感到吴江水冷,但南渡初期,她和明诚还是有过一段短暂的快乐时光。李清照"每值天大雪,即顶笠披蓑,循城远览以寻诗"(周辉《清波杂志》)。她这时期的《菩萨蛮》(归鸿声断)、《菩萨蛮》(风柔日薄春犹早)、《蝶恋花》(永夜恹恹欢意少)、《鹧鸪天》(寒日萧萧)等词中的自我形象,因"心情好"而略显轻盈。不过,从"故乡何处是,忘了除非醉","春意看花难,西风留旧寒"等饱含着沉重乡思的词句中,我们不难看到词人忧心忡忡的形象。

宋高宗建炎三年(1129),李清照遭受了个人生活中最为沉重的打击:八月十八日,赵明诚因急症病卒。李清照葬毕赵明诚即大病,此后便开始了只身漂泊江南的日子。她一面痛感于苦心收藏的金石书画渐次散失,一面为辩白谣传的"玉壶颁金"之说而追随朝廷,受尽了颠沛流离之苦,更兼受蒙蔽而改嫁,旋即讼离,这一系列重大变故,使得女词人在国破家亡的痛苦上,又平添了几重痛苦,《声声慢》、《摊破浣溪沙》、《孤雁儿》等词作,刻画了一个"守着窗儿,独自怎生得黑"、"说不尽无佳思"、"肠断与谁同倚"的哀苦嫠妇形象。然而,这时期的李清照并没有完全陷于个人的悲苦忧愁,宋高宗绍兴三年(1133),年逾半百的词人,还为朝廷派遣使者与金朝通好而作《上枢密韩肖胄诗》二首,忧国忧民之情溢于言表。

随着国是日非,在漂泊词人的眼中,江南风物是更见衰飒了。晚年寓居临安,李清照填《清平乐》词,回顾了平生赏梅的不同心境,将容颜憔悴、白发稀疏的老妇,和当年插梅沉醉、青春焕发的年轻女性连为一体,突出了垂暮之年的自我形象。胡仔说李清照晚年"尝忆京洛旧事"(《苕溪渔隐丛话》卷六十《丽人杂记》),

《永遇乐》（落日镕金）当作于这个时期。在这首南渡后期的代表作中，词人的自我形象更见凄苦和悲凉："如今憔悴，风鬟霜鬓。怕见夜间出去。不如向、帘儿底下，听人笑语。"或许，这就是一代词人留在世间的最后剪影。

李清照也有一些应酬之作，如给贵人贺生辰之类应景词章。但她总是能以不俗的境界写俗事，如南渡后的《新荷叶》词，就表现了词人的家国情怀。

一个作家的创作理论，是其创作经验的总结，同时也是其创作实践的指导思想。作为谙熟词体特点的词作家，李清照在其词学名作《词论》中，从尊体的角度，以词"别是一家"为核心，阐述了词之为词的体性和特点，把"协音律"作为词最重要的元素。所以，对宋词之变，她首标柳永的《乐章集》，同时又批评北宋初期名家晏殊、欧阳修，甚至北宋大家苏轼的词，"皆句读不葺之诗尔"。但不知何故，李清照只字不提同时代的著名词人、大晟乐府提举周邦彦。我想这是因为除了协律，她认为词之所以为词，还有风格高雅、意境浑成、讲铺叙、求典重、有故实等特点，而周邦彦的主要贡献在创调协律。但李清照过于拘泥词"别是一家"，她在自己的文学创作实践中严守二者的界限：词以婉约清雅为宗，表现个人的情感天地；诗风则疏放激越，呈现对国家前途命运的关怀。这就令人不无遗憾地看到，作为中国文学史上第一流的词人，她的词作只是间接地表现了时代风云的变幻。

或许正是因为倡导词"别是一家"，在古代评论家眼里，李清照的词得到了两种截然相反的评价：一面是对其情爱抒发的指责，一面是对其艺术形式的赞美。就前者而论，与李清照同时代的王灼在《碧鸡漫志》卷二中的评论，是最早也是最有代表性的，可谓开后世之先河："作长短句，能曲折尽人意，轻巧尖新，姿态百出。闾巷荒淫之语，肆意落笔。自古缙绅之家能文妇女，未见如此无顾藕也。"但就后者而言，以《声声慢》为代表的语言、韵律技巧，则令无数须眉为之倾倒，群起仿效而不能达其境界。这类评论很多，无须一一列举。

其实无论从自我形象的特点，还是从意象、意境、词风等方面来看，李清照词都随着其生活的变故和艺术功力的提高，呈现出变化发展的态势。而白描手法的运用，于寻常语中见深味、见精美，也是越来越趋于成熟的。

无论在李清照哪一个时期的词作中，抒情女主人公的自我形象，总是居于画面的中心，表现为典型的"有我之境"——即以词人之眼观物，物皆著"我"之色彩。正因为如此，其自我形象才在各个不同时期的作品中，表现出各异的色彩。也正因为如此，李清照词总是以最适宜表达情感的意象，生成审美特点各异的意境。她在北宋时期的词，以青州屏居，赵明诚起复之前为界，从少女到思妇，意象皆清丽明朗，构成优美而略带感伤的意境。"露浓花瘦"、"绿肥红瘦"、"月满西楼"、"花自飘零水自流"、"人比黄花瘦"，等等，莫不如此。然而在赵明诚起复后她独居青州的日子里，怨情萦绕，意象不再那么清朗，意境也就有了"浓烟暗雨"般的况味。如"柔肠一寸愁千缕"、"多少事，欲说还休"、"征鸿过尽，万千心事难寄"、"人意不如山色好"，等等。南渡前期，国家虽山河破碎，清照伉俪却还有一段相对欢乐的时光，因而对故都的思忆，表现在意象和意境上色彩虽然凄楚，却与北宋时期的风格相距不远。南渡后期可就大不相同了，个人忧患与国是日非，无一不让词人揪心，愁云惨雾笼罩了其心境，词的意象和意境，也同样阴郁悲凉。"春归秣陵树，人老建康城"、"物是人非事事休，欲语泪先流"还不足以表现她内心的悲苦，《声声慢》的凄厉，《永遇乐》的哀恸，又"怎一个愁字了得"！

如果说在意境的生成上，意象是决定的因素，那么在意境的结构上，不同的方式，也将决定艺术联想空间，即境外之境的有限与无限。李清照前期词主要从抒情女主人公的眼界入笔，故闺阁景象、小庭深院、高楼琐窗、征鸿过雁等，构成了其词境的主体，并随着抒情女主人公视线的移动和行为的转换，去组合各种意象。以这样的方式形成的意境，难免令人有狭窄之感，而其情感的信息量，也就比较有限。代表作如《一剪梅》、《醉花阴》已极尽意象美、意境美、用词美之能事，但仍不能突破闺阁词之藩篱。但至南渡后，李清照词的眼界大了，境界亦开阔了，其为人激赏的所谓"压倒须眉"者，多半作于这个时期。试看《清平乐》之咏梅，以一小词的篇幅，竟然整合了一生梅事，贯通了南北家国，极见提炼熔铸功力。《永遇乐》为慢词，便于铺叙，词人以元宵之夜为题材，以今昔对比为题旨而成其词境，由景而入，情在其中，又岂是通常的情景交融所能论断？词人一生之悲欢离合，中原、江南之时代异变，如此鲜明地系于其中，沧海桑田的感慨，又何止于一人一时？可以说，李清照的后期词，事实上已突破了她在《词论》中"别是一家"的界限，接续了苏轼以来以诗为词的潮流。所以，其后被誉为豪放派代表词人的辛弃疾，有"效易安体"之作，刘辰翁亦有作品和《永遇乐》，其自序说三年来"每闻此词，辄不自堪"。

至于李清照的词善于化抽象为具象，善于使用白描手法等，言者甚多，不赘。作为一代文学大家，李清照的诗文亦各有胜境，或许比词更能表现其政治眼界、人生感悟、时代风云及其个人压倒须眉的气质，这本集子里也有选录和附录，亦不赘。

李清照的作品多半散佚，历代选录虽多，文字却颇有出入，有的作品真伪难辨，其生平事迹亦有诸多疑问。王学初（仲闻）的《李清照集校注》（人民文学出版社1979版），集历代资料之大成，加以校勘、考证精凿，一向为学界同仁所推重。本书编选作品以"王本"为底本，对有争议者和异文审慎去取，而后按我推定的李清照生平和创作阶段编排。注释一面力避与"王本"重复，力求简明扼要，不做过多征引，一面精选名家名作为例，以供读者参阅，所引原文过于艰深者，则尽可能用现代语来解说。评析部分希望通过诗性的解读，消解岁月的隔膜，令读者感受到李清照作品历久弥新的魅力，行文风格则力避学究气。以上考虑，既是为了照顾丛书的基本取向，亦是从读者的角度出发。要让今天的读者走近李清照，理应深入浅出，而不是故作高深。作为李清照生平和创作情况之参考，本书的"附录"有如下内容：一是李清照散文选编，二是李清照生平和作品简表，三是历代刻印李清照作品、现当代学者研究李清照著述选目。全书所涉李清照生平事迹及作品年代，主要以史料及其诗、词、文为原始依据进行考订，于"王本"提供的资料和学术界成果有所借鉴，则按本丛书体例随文附注，在此一并致谢。

最后我想说：公元11世纪下半叶，宋王朝为中国、为世界奉献了李清照这样一位文学家。虽然她的作品散佚过半，留存不多，但在这些作品中，有她的人格、她的爱情、她的伤悲、她的屈辱。对她和她的作品，我们应当珍惜再珍惜。如果不是证据确凿，那些试图粉碎其美好爱情，试图颠覆其美好形象的所谓新说之提出，都应当慎重再慎重——因为，李清照不是一个传说。

# 目 录

## 词 选

| | |
|---|---|
| 点绛唇(蹴罢秋千) | 1 |
| 浣溪沙(绣面芙蓉一笑开) | 4 |
| 浣溪沙(淡荡春光寒食天) | 6 |
| 浣溪沙(小院闲窗春色深) | 8 |
| 减字木兰花(卖花担上) | 11 |
| 庆清朝慢(禁幄低张) | 13 |
| 殢人娇(玉瘦香浓) | 17 |
| 鹧鸪天(暗淡轻黄体性柔) | 19 |
| 如梦令(昨夜雨疏风骤) | 23 |
| 如梦令(常记溪亭日暮) | 25 |
| 浣溪沙(髻子伤春懒更梳) | 27 |
| 小重山(春到长门春草青) | 28 |
| 怨王孙(湖上风来波浩渺) | 31 |
| 怨王孙(帝里春晚) | 34 |
| 一剪梅(红藕香残玉簟秋) | 35 |

| 词牌 | 页码 |
|---|---|
| 醉花阴(薄雾浓云愁永昼) | 39 |
| 摊破浣溪沙(揉破黄金万点轻) | 42 |
| 渔家傲(雪里已知春信至) | 44 |
| 多丽(小楼寒) | 46 |
| 好事近(风定落花深) | 50 |
| 行香子(草际鸣蛩) | 53 |
| 念奴娇(萧条庭院) | 56 |
| 点绛唇(寂寞深闺) | 58 |
| 蝶恋花(暖日晴风初破冻) | 61 |
| 诉衷情(夜来沉醉卸妆迟) | 64 |
| 浣溪沙(莫许杯深琥珀浓) | 65 |
| 满庭芳(小阁藏春) | 67 |
| 玉楼春(红酥肯放琼苞碎) | 71 |
| 凤凰台上忆吹箫(香冷金猊) | 73 |
| 蝶恋花(泪湿罗衣脂粉满) | 77 |
| 长寿乐(微寒应候) | 80 |
| 菩萨蛮(归鸿声断残云碧) | 83 |
| 蝶恋花(永夜恹恹欢意少) | 85 |
| 菩萨蛮(风柔日薄春犹早) | 88 |
| 声声慢(寻寻觅觅) | 89 |
| 添字采桑子(窗前谁种芭蕉树) | 95 |
| 孤雁儿(藤床纸帐朝眠起) | 98 |
| 南歌子(天上星河转) | 101 |
| 临江仙(庭院深深深几许) | 102 |
| 忆秦娥(临高阁) | 105 |
| 武陵春(风住尘香花已尽) | 107 |

摊破浣溪沙(病起萧萧两鬓华) —— 109
鹧鸪天(寒日萧萧上琐窗) —— 112
清平乐(年年雪里) —— 114
新荷叶(薄露初零) —— 117
永遇乐(落日熔金) —— 119

## 诗 选

浯溪中兴颂诗和张文潜(二首) —— 123
晓梦 —— 129
感怀 —— 132
咏史 —— 134
夏日绝句 —— 137
钓台 —— 139
偶成 —— 141
春残 —— 143
上枢密韩肖胄诗(二首) —— 145
题八咏楼 —— 153

## 附 录

词论 —— 156
金石录后序 —— 163
投翰林学士綦崇礼启 —— 172
打马图序 —— 179
李清照生平及著作简表 —— 183
历代刻印出版李清照作品选目 —— 195
现当代李清照研究著作选目 —— 198

# 词 选

## 点绛唇[①]（蹴罢秋千）

蹴[②]罢秋千，起来慵整[③]纤纤手[④]。露浓花瘦[⑤]，薄汗[⑥]轻衣[⑦]透。　　见客人来[⑧]，袜刬[⑨]金钗溜[⑩]，和羞[⑪]走。倚门回首，却把青梅嗅。

[注释]

①点绛唇：据杨慎《升庵词品》，这个词调来自南朝梁代江淹的《咏美人春游》，诗中有"白雪凝琼貌，明珠点绛唇"句。又有《点樱桃》、《十八香》、《南浦月》、《沙头雨》等异名。②蹴（cù）：踢、踏。这里引申为荡，即荡秋千。③慵整：懒得整理。④纤纤手：十指细长秀美的手。出自《诗经·魏风·葛屦》："纤纤女手，可以缝裳。"⑤露浓花瘦：浓重的露水让花显得承受不起。⑥薄汗：微微有些出汗。⑦轻衣：绮罗做成的衣裙。⑧见客入来：据《花草粹编》卷二，诸本作"见有人来"。⑨袜刬（chǎn）：只穿着袜子行走。宋代秦观《河传》词："髻云松，罗袜刬。"亦作"刬袜"。南唐李煜《菩萨蛮》："刬袜步香阶，手提金缕鞋。"⑩溜（liù）：滑落。在此为仄声韵。

⑪和羞：含羞。

[评析]

　　解读李清照的这首词，先要说到唐代诗人韩偓之诗《偶见》。因为这不仅涉及李清照此词的蓝本，还涉及其真伪。无论是究继承而观变化，还是品内涵而明归属，都不能对《偶见》视而不见。

　　《偶见》又题为《秋千》，诗道："秋千打困解罗裙，指点醍醐索一尊。见客入来和笑走，手搓梅子映中门。"韩偓以白描的手法，横截一个生活片段，刻画出一个女性慵懒而俏皮的形象。她是一个少女吗？从动作和神态看不像，但她显然是有一定身份地位的少妇。

　　荡秋千是古代闺中游戏。明代"四大奇书"之一的《金瓶梅词话》第二十五回，用了半回的篇幅来描写西门庆家众妇女的秋千戏，崇祯本这一回的回目即为《吴月娘春昼秋千》。凌濛初的《初刻拍案惊奇》有《宣徽院仕女秋千会》，明代还有线绣的《仕女秋千图》，可见这一游戏之盛行。然而做这个游戏需要有一定的场所，那就是庭院。市井浅房窄户人家的女子，是没有条件荡秋千的。所以，在古代文化中，秋千总是和仕女连在一起。西门庆家的妻妾虽然称不上仕女，但暴发户有钱了，亦不妨模仿仕女，玩一玩高雅的游戏。

　　词不同于小说，不能、也不必进行详细描写，女词人正是了悟于此，故一首小词虽然有情节，有人物，写来却依然是词的韵味。《点绛唇》写夏日清晨，一位闺中女性荡罢秋千的情境。开篇一句看似平铺直叙，实则精心地选择了一个切入点：词中的女性不是如同《偶见》中那样"解罗裙"，而是懒得打理紧握秋千绳的纤纤手。仅开篇这样一个不同的细节，少女和少妇身份的区别立现笔端。进一步描绘少女清新纤美的形象，夏日清晨带露的鲜花，烘托"薄汗"略沾"轻衣"的娇容，恰到好处地写出了仕女的特点，这显然也比韩偓诗中的索要醍醐别具美感。下阕从对少女悠闲意态的描写陡转一笔，横生波澜：忽然看到陌生人走进门来，少女的娇羞使她来不及穿鞋就往里走，头上的金钗也因忙乱而滑落下来。同样是描写细节，但和上阕不同的是，这个细节为下面表现少女微妙的心理和明敏的个性张本。"走"，固然显得很慌乱，但慌乱中不失贵族少女的本色，所以她在猝不及防中仍带几分羞色。"羞"，传神地表现了闺中少女内敛自持的心理特点。相较于《偶见》的"笑"，这一面部动作幅度较大的表情，也许更适于表现少妇。然而，如果词情到"羞"而止，那这个少女就成了小家碧玉似的邻家女孩；如果继续沿着韩诗的"手搓梅子映中门"写下去，那这个少女的形象或许就失之含蓄温婉。好在词人接着以一个巧妙的定格，完成了这首小词对少女形象的塑造："倚门回首，却把青梅嗅。"这神来之笔，无疑使少女的形象更为灵动了。"回首"，是因为她有好奇之心，想知道来者究竟是何人。但如果直瞪瞪地看，那显然是失礼的，也不符合贵族少女的身份。汉代乐府诗《陌上桑》写路上的男子为了观看美女罗敷，尚且要以"下担捋髭须"、"脱帽著帩头"来掩饰自己的心思，何况这是一个少女呢？所以要"倚门"，还要有嗅青梅这样一个动作的描写。这不仅是少女自重身份，更是其温婉可爱、灵心慧性的表现，而词笔神韵，正见于此。同"羞"和"笑"的区别一样，"搓"和"嗅"，也在动作幅度大小的区分中，突出了少女娇美的形象。

　　分析到这里，我们应当可以确定开头提出的两个问题了。清代贺裳《皱水轩词筌》认为，这首词是无名氏对《偶见》的演绎。当代词学大家唐圭璋先生赞同此说，其依据是李清照乃"名门闺秀"，词中的描写却"颇类市井妇女之行径，不类清照之为人"（《词学论丛·读李清照词札记》）。其实所谓演绎，无妨看作一种新的创造。如果后来居上，广泛流传，使原作反而不致被埋没，那么,这样的演绎之功,就远不止青出于蓝而胜于蓝了。这首《点绛唇》之于绝句《偶见》,情形正是如此。至于这首词是否为李清照的作品,艺术形象本身就是最好的证言。从词中少女既娇憨调皮,又含蓄可爱的形象,可以认定这是李清照的早期词作。词作清浅精致的语言和明朗优美的意象,亦吻合清照词一贯的风格。

## 浣溪沙(绣面芙蓉一笑开)

绣面①芙蓉②一笑开,斜飞宝鸭③衬香腮④,眼波⑤才动被人猜。 一面⑥风情深有韵,半笺娇恨寄幽怀,月移花影约重来。

[注释]

①绣面:古代妇女在脸上贴花以为装饰,如同绣花一般。唐代白居易《东南行一百韵》诗:"绣面谁家婢?鸦头几岁奴?"李贺《荣华乐》(一作《东洛梁家谣》)诗:"口吟舌话称女郎,锦袪绣面汉帝旁。"②芙蓉:荷花的别名,比喻容貌之美。白居易《长恨歌》:"芙蓉如面柳如眉,对此如何不泪垂。"宋代黄机《鹊桥仙》词:"黄花似钿,芙蓉如面,秋事凄然向晚。"③宝鸭:多指鸭形香炉,此处似指以鸭形为钗头的女性头饰。宋代毛滂《玉楼春》词:"翠帘绣暖燕归来,宝鸭花香蜂上下。"④香腮:形容美丽的脸庞。唐代温庭筠《菩萨蛮》词:"小山重叠金明灭,鬓云欲度香腮雪。"南唐李煜《捣练子》词:"斜托香腮春笋嫩。"⑤眼波:指目光流动如水波。宋代王观《卜算子·送鲍浩然之浙东》词:"水是眼波横,山是眉峰聚。"清代纳兰性德《如梦令》词:"蓦地一相逢,心思眼波难定。"⑥一面:满脸,满面。

[评析]

李清照不用丹青,而是用小令,绘成了一幅比水墨画更高明的美人图。

为美人画像,自《诗经》时代就有杰作产生,《卫风·硕人》

是这样写的:"手如柔荑,肤若凝脂,领如蝤蛴,齿如瓠犀,螓首蛾眉。巧笑倩兮,美目盼兮。"诗人连续用了五个比喻,从各个方面来夸赞这位美人,这就是我们通常说的博喻。博喻仍嫌不足,还要加上对其笑容和眼神的描绘:她的手指如草芽般柔嫩,她的肌肤像凝冻的香脂,她的颈子如嫩白的蝤蛴,她的牙齿整齐均匀好比瓠瓜子儿,她的眉毛弯弯似蚕儿触角细长。她嫣然一笑,美丽的眼睛顾盼神飞。这幅中国最早用文学语言绘出的美女图,对后世影响深远。不过,我们可以不客气地指出,博喻虽然可以使形象鲜明,但用多了毕竟显得呆板。在这个美人身上,"巧笑倩兮,美目盼兮"才是点睛之笔。如果没有这两句,试想会不会是一个呆美人?在这个名篇之后,诗人们继续用文字为美人画像,手法越来越灵活。如汉乐府诗《陌上桑》写秦罗敷之美,不仅继承了《硕人》的正面描写手法,还开创了侧面描写的先例,即从旁人的眼睛来折射其美:"行者见罗敷,下担捋髭须;少年见罗敷,脱帽著帩头。耕者忘其犁,锄者忘其锄;来归相怨怒,但坐观罗敷。"这是多么生动,多么灵活,又多么风趣的描写!

　　其实用词这种文学形式来描写美人的作品不少,错彩镂金如温庭筠的《菩萨蛮》(小山重叠金明灭),可说最有代表性。易安这首词则以清新灵动取胜,就中最为人传诵的是"眼波才动被人猜"一句。画龙要点睛,传神在"阿堵"。"阿堵"是六朝人的口语,即"这"、"这个"。典故出自南朝宋刘义庆《世说新语·巧艺》。说的是顾恺之(长康)画人,数年不点其睛,有人问缘故,他回答说:"四体妍蚩,本无关于妙处;传神写照,正在阿堵中。"即描画人物,身体四肢没有什么大关系,画好眼睛才能传神。毫无疑问,"眼波才动被人猜"是全词的点睛之笔。此前两句写形,但已颇见词人功力。她不是不加选择地写,而是以"一笑"胜似荷花开放来比喻其美。第二句平一些,但还是用了映衬的手法,以突出其容色。开头两句是铺垫,犹如顾恺之画人物,先画好了身体四肢,第三句才点睛。只写"眼波"不算奇,奇在后面以"才动被人猜",传神地表现了这个美女的聪慧和清纯,把抽象的成分具体化了。秋波才一转,澄澈的心境就让人窥破,这是一个多么可爱的女子啊,因为可爱而美丽!"眼波"使前两句的外在形象,一下子就显得灵动起来。顺势而起下阕,"一面风情深有韵,半笺娇恨寄幽怀",把描写的笔触深入到内里:原来这个美女的风情和韵致,是为懂得她的情郎而流露呢!"月移花影约重来"——这一个约会还未结束,心已经在期待下一个约会。这样的结句很美很妙,令人想起唐人元稹《莺莺传》中崔莺莺约会张生的情诗:"待月西厢下,近风户半开。拂墙花影动,疑是玉人来。"或许,易安这首词和这个意境的设计,受到了元稹诗的影响?

全词情意的流转、从外表到内心的刻画实在是太传神了,点睛之笔的设计和用词也实在是太高明了。这样一轴美人图,是不是生动到画中人仿佛就要走下来了呢?

## 浣溪沙(淡荡春光寒食天)

淡荡①春光寒食②天,玉炉③沉水④袅残烟,梦回山枕⑤隐花钿⑥。　　海燕未来人斗草⑦,江梅⑧已过柳生绵,黄昏疏雨湿秋千。

[注释]

①淡荡:本形容水波舒缓貌,此处引申形容春天万物和舒的景象。②寒食:节令名,在清明前二日。唐代韩翃《寒食》诗:"春城无处不飞花,寒食东风御柳斜。"五代韦庄《浣溪沙》:"清晓妆成寒食天。"③玉炉:熏炉的美称,或用玉或用白瓷制成的熏炉。清代纳兰性德《玉连环影》词:"掩屏山,

玉炉寒,谁见两眉愁聚、倚阑干。"④沉水:熏香名,又称沉水香、蜜香。宋代苏洞《桂花》诗:"远于沉水淡于云,一段秋清孰可分。"宋代刘翰《客去》诗:"酒醒今夜银屏冷,沉水薰炉旋旋添。"⑤山枕:古代枕头的形状多为中间凹进,两端突起,其形如山,故名。唐代温庭筠《更漏子》词:"山枕腻,锦衾寒,觉来更漏残。"清代纳兰性德《虞美人》词:"半生已分孤眠过,山枕檀痕浣。"⑥花钿:用金银珠宝等镶嵌而成的花形首饰。南朝沈约《丽人赋》:"陆离羽佩,杂错花钿。"唐代白居易《长恨歌》:"花钿委地无人收,翠翘金雀玉搔头。"⑦斗草:古代闺中女子和小儿的一种游戏,竞采花草,比赛多寡优劣,多于端午节行之。唐代白居易《观儿戏》诗:"弄尘复斗草,尽日乐嬉嬉。"宋代柳永《斗百花》词:"春困厌厌,抛掷斗草工夫,冷落踏青心绪。"⑧江梅:一种野生梅花,或泛指梅花。宋代张耒《减字木兰花》词:"个人风味,只有江梅些子似。"宋代周邦彦《玉烛新》词:"溪源新腊后,见数朵江梅,剪裁初就。"

[评析]

寒食节在清明前,这时已春意融融,春风习习,既非冰雪初消,亦无飞絮落红。对这样一番景象,要如何写才能够传其神韵呢?诵读再三,觉得李清照这首词开篇的"淡荡春光"这个意象,造得真是妙极了。"淡荡"这个词本用来形容水流迂回舒缓的样子,一般诗人喜欢引申来形容春风。如唐代陈子昂的《与东方左史虬修竹篇》云:"春风正淡荡,白露已清泠。"宋代朱淑真的《春日行》云:"岸柳依依微烟笼,园林淡荡催花风。"

易安使用"淡荡"一词与众不同,把它用来修饰"春光"。据全词的描写,"淡"者,春方盛时;"荡"者,春色遍地——总之,春已盛而尚未老。"春光"这个意象比流水,也比春风更为抽象,要恰如其分地传达其神韵,还要把握住盛而未老这个分寸,实非易事。但易安拈来"淡荡"一词笼罩全篇,然后以年轻的心灵、纯真的眼睛、细腻的感觉、短小的篇幅,谱写了一支大自然之春与生命之春的交响曲。

少女春睡醒来的香闺，沉香只余袅袅残烟，插在她发际的花钿隐现于枕上。看这情景，这女子是和衣而卧，不觉睡熟的吧。是春暄恼人呢，还是赏春之后倦意袭来，不得而知。词人只是以白描手法，横截了女主人公春睡醒来的画面，简略勾勒，意境优美。

人是醒来了，但她并不急于起身，而是沉湎于窗外"淡荡春光"的想象之中。"海燕未来人斗草，江梅已过柳生绵"，她想，此时的大自然中，应是梅花已经开过而尚未结子，女伴们斗草嬉戏而燕子尚未归来，柳枝绵蕾初成而尚未飘絮吧？是的，正如自己美好的青春年华一样，外面的春光也正盛呢！这番描写，恰如其分地写出了"淡荡春光"的神韵，表现了少女细腻的感触和心理，一切是多么纯真，多么甜美，没有一丝忧愁，只有无限美好的时光在前头。就连"黄昏疏雨"，在她的心中眼里，也只不过是打湿了秋千而已。

少女的情怀和年华，不也正如"淡荡春光"般充满朝气，生机勃勃吗？随着青春的流逝，人生的漂泊，李清照后来写了多少惜春、伤春的篇章啊！因此，这阕春歌弥足珍贵。

## 浣溪沙（小院闲窗春色深）

小院闲窗春色深，重帘未卷影沉沉。倚楼无语理瑶琴。远岫出云①催薄暮，细风②吹雨弄轻阴③。梨花欲谢恐难禁。

[注释]

①远岫（xiù）出云：出于陶渊明《归去来兮辞》："云无心以出岫，鸟倦飞而知还。"远岫，远处的峰峦。南朝齐代谢朓《郡内高斋闲望答吕法曹》诗："窗中列远岫，庭际俯乔林。"宋代曾巩《池上即席送况之赴宣城》诗："远岫烟云供醉眼，双溪鱼鸟付新诗。"宋代米芾《西江月》词："溪面荷香粲

粲,林端远岫青青。"②细风:微风。唐代杜甫《王十五前阁会》诗:"楚岸收新雨,春台引细风。"宋代张孝祥《水龙吟·望九华山作》词:"竹舆晓入青阳,细风凉月天如洗。"③轻阴:疏淡的树荫,与浓荫相对。唐代李商隐《题小松》诗:"怜君孤秀植庭中,细叶轻阴满座风。"宋代陆游《局中春兴》诗:"微暖已迎新到燕,轻阴犹护欲残花。"或以轻阴为淡云。

[评析]

在易安的词作中,这一首显得特别含蓄蕴藉,耐人寻味。因为她通篇不着一个情字,对其所表达的情感,我们须求之于象外、言外。也即是说,要透过景语寻味其情语,才能领略这首小词深远的意境。并不是说易安这首词可以分言情景,恰恰相反,二者融合得极为浑然,分明句句是景语,实则句句是情语,情景关系达到了最为难得的融合状态。

清代著名学者王夫之说:"不能作景语,又何能作情语耶?"(《姜斋诗话》)"景语"、"情语",非常精当地提取了古典诗词中的两个重要元素,但是还不够完善。近代王国维批评道:"昔人论诗词,有景语、情语之别,不知一切景语皆情语也。"(《人间词话删稿》)是啊,诗词中的景是诗人以情来选择,用以寄寓情怀的物象,与客观景物已有实质的不同,因此景情是不可分割的。王夫之虽然已认识到情和景的这一关系,但景语、情语之别还是显出了理论上的矛盾。王国维进一步说"一切景语皆情语",简洁地概括了情景关系的最佳境界。

上阕的小院、重帘、日影、瑶琴等意象,透出一派深沉的寂静。春色被锁于小院,故"深";日影正在西移,故"沉";瑶琴并无知音赏,故"无语"。词人精心挑选的词语,加深了物象所包蕴的意绪,造成了深永的意境。"欲将心事付瑶琴,知音少,弦断有谁听!"出自岳飞《小重山》词的意象,在这里未必不可作为同调。贺铸《青玉案》中的"锦瑟年华谁与度",也可为这理琴人的

"无语"作注。寂寂暮春、寂寂深闺的描写，正透露了抒情主人公对青春的珍惜，对爱情的向往。

　　下阕仍然写景，换头把笔触从小院深闺延伸向远山、云空，意绪悠远。一个"催"字，把暮色宛如从天上铺下来的感觉，描写得奇妙而真切。以"细"写风姿，以"吹"写雨态，以"弄"写光影，都既鲜明又精美。如果我们稍微留心，还会看到，上阕的"深"和"沉"两个形容词用得妙，下阕的"催"和"弄"两个动词也用得妙。这是描写景物，但暗示了女主人公的心情：几许伤春，几许无奈。结尾些微透露了她的情思，却欲言又止，不绝如缕。"梨花欲谢"，人奈其何？"恐难禁"，不是词人真想禁，而是深知无可为。她又何尝是在说梨花，分明是在叹息自己的青春，正在深院日暮中悄悄地流逝！就这样，词人以时光的推移，意象的组合，精选的语词，创造了一个幽深而高远的意境。通篇没有一句情语，然而一切景语皆情语。

　　情和景是否能够圆融，是否能够达到有机统一，是衡量诗词作品成功与否的重要标志。《诗经·小雅·采薇》抒写了征人在归途中对战争的哀怨之情，最后一章被称为《诗经》的压卷之作。诗云："昔我往矣，杨柳依依。今我来思，雨雪霏霏。"诗人并没有直接写征人的所思所感，而是以"杨柳依依"寓征人离家时的不舍，用"雨雪霏霏"状征人归途中的感伤。透过诗中景象，我们被深深地感染。清代的刘熙载以这一章为例，来说明诗歌与陈述的区别。他说："雅人深致，正在借景言情，若舍景不言，不过曰春往冬来耳，有何意味？"(《艺概·诗概》) 是的，诗人以四季景物来寄托其情感，而不是用陈述的方式来表达，这就是所谓"深致"和"意味"了。我们则通过诗人笔下的景物形象，来捕捉其寄托的情感信息，从而感觉到诗歌的"深致"和"意味"。如果用陈述的方式，不过是春天去了或冬天来了而已，这样还有什么意味可言呢？可见,无论是作诗还是赏诗,关键都是要诉诸形象,即抓住情景结合的特点,把诗歌和陈述区别开来。

易安既是"雅人",又擅写"深致",其词作自然有"意味"。细品这首词,我们对此定会有更深的体会。

# 减字木兰花（卖花担上）

卖花担上,买得一枝春欲放。泪染轻匀,犹带彤霞晓露痕。怕郎猜道,奴面不如花面好。云鬓①斜簪②,徒③要教郎比并④看。

[注释]

①云鬓:形容女子鬓发浓密如云。《木兰诗》:"当窗理云鬓,对镜贴花黄。"唐代李商隐《无题》诗:"晓镜但愁云鬓改,夜吟应觉月光寒。"②簪:古人用来绾发的头饰,亦作动词用,插、戴。唐代杜甫《春望》诗:"白头搔更短,浑欲不胜簪。"宋代苏轼《千秋岁》词:"美人怜我老,玉手簪黄菊。"③徒:只。唐代李白《赠孟浩然》:"高山安可仰,徒此揖清芬。"宋代柳永《双声子》词:"夫差旧国,香径没、徒有荒丘。"④比并:比较,相比。宋代朱淑真《菩萨蛮》词:"不管月宫寒,将枝比并看。"宋代王安石《山樱》诗:"山樱抱石荫松枝,比并馀花发最迟。"

[评析]

"小楼一夜听春雨,深巷明朝卖杏花。"(宋代陆游《临安春雨初霁》)陆游笔下美丽的杭州——南宋京城临安的春天,曾令多少人向往!在这之前多年,李清照则以另外一种体裁和情调,谱出了北宋汴京(今开封)一支清新美好的春歌。

想来是在春光明媚的清晨,一个娇俏可爱的女子,和情郎走在烂漫的春光中,年轻的心充满了春天的喜悦,灌满了爱情的甜蜜。

忽见卖花担上盛开的鲜花，她拿起一枝，那花儿正含苞欲放，仿佛整个春天的气息都凝聚在这里了。娇美的花瓣上还挂着晶莹的露珠，犹如含情的泪水，映着朝霞的明艳。她欣赏着花儿的美丽，不觉灵心一动：在他的眼里，究竟是我美呢，还是花儿更美一些？于是她调皮而自信地一笑，把鲜花斜插在乌黑浓密的发际，偏要让他来比一比，究竟谁更美！

这是一支怎样的春歌啊！万紫千红的春天，凝聚于卖花担上的一枝鲜花；绚丽多彩的青春，绽放于人花相映的瞬间；年轻女性爱娇的心理，流露于一个调皮的动作。所有辞令，所有技巧，所有矫饰，所有华采，在这里都黯然失色。整个画面洋溢着春的气息：爱的纯真，人的姣美，生命的光华。

写到这里，我只能暂且搁笔，怕过多的分析，会磨灭这支春歌的天然情韵。然而易安的春歌，又令我不禁想起陆放翁那个临安春雨初霁的清晨，也想起了在更远的时代，三国时吴国人陆凯对朋友的深情。大约是在一次率兵南征过梅岭时，这个戎马倥偬也手不释卷的儒将，想起了远在陇上的朋友、《后汉书》的著者范晔，于是写下了一首《赠范晔》：

　　折花逢驿使，寄与陇头人。
　　江南无所有，聊寄一枝春。

陆凯是否正好碰上了北去的驿使，已无从考证，但"一枝春"以美好的形象，和着深挚的情感，成为梅花的别称、春天的象征和祝福。易安拈来这个意象，巧妙地加以变化，既贴切又凝练地表现了早春景象，令人产生悠远的遐想。

易安的春歌，还令我想起了自己的少女时代。那时最愉快的事儿，是每年在相应的节令，都有村民挑着山茶、红莲和杜鹃花来到城里沿街叫卖。担子上的花儿，都有别于庭园中的同类，透着一股来自山野的清新之气。有时是走在街上迎着，有时是在院子里听到卖花声赶出去，站在春城弯弯曲曲的石板路上，从满挑子的鲜花中，一朵朵或一束束地挑选带着露水的鲜花，那感觉就如同拥有了整个春天！

"买得一枝春欲放。"古往今来，岁月变迁，但人们对美的追求，对春天的向往，原是一样的啊！想来，那个"徒要教郎比并看"的娇俏女子，永远不会被时光磨灭，她会在一个个春天，斜簪着一枝春花，隐隐约约地在远方向我们微笑。

《减字木兰花》又简称《减兰》，比常用的《木兰花》减少十二个字，上下阕第一、三句各减三字，有利于形成更为参差错落的声韵，很适于这首词活泼俏皮的情调。

## 庆清朝慢（禁幄低张）

禁幄①低张，彤②栏巧护，就中独占残春。容华③淡伫④，绰约⑤俱见天真⑥。待得群花过后，一番风露晓妆新。妖娆⑦艳态，妒风笑月，长殢⑧东君⑨。　　东城边，南陌⑩上，正日烘池馆，竞走香轮⑪。绮筵⑫散日，谁人可继芳尘⑬？更好明光宫殿⑭，几枝先近日边⑮匀，金尊⑯倒，拚⑰了尽烛，不管⑱黄昏。

[注释]

①禁幄（wò）：指护花的帷幕。幄，帐幕。宋代陈著《声声慢》词："珍丛凤舞，曾是宣和，春风送归禁幄。"亦指宫廷，宋代韩元吉《依韵和御制秋晚曲宴诗》："禁幄云深开晓色，上林风迥起秋声。"②彤：《历代诗馀》作"雕"。③容华：美好的容貌。魏代曹植《美女篇》诗："容华耀朝日，谁不希令颜？"宋代陈亮《贺新郎》词："倾国容华随时唤，依旧清歌妙舞。"④淡伫：淡雅、素净，形容人或花具有自然美。宋代周邦彦《玉团儿》词："铅华淡伫新妆束，好风韵，天然异俗。"宋代李吕《观荷》诗："参差千盖

绿,淡伫数枝红。"宋罗烨《醉翁谈录·德奴家烛有异香》:"其长女曰蓬仙,其为人心怀洒落,精神淡伫,似非尘俗中人。"⑤绰约:形容女子姿态之美。《庄子·逍遥游》:"藐姑射之山,有神人居焉,肌肤若冰雪,绰约如处子。"唐代白居易《长恨歌》:"楼阁玲珑五云起,其中绰约多仙子。"⑥天真:自然纯真,不假雕饰。唐代李白《古风》(其三十五):"一曲斐然子,雕虫丧天真。"宋代晏几道《浣溪沙》词:"闲弄筝弦懒系裙,铅华消尽见天真。"⑦妖娆:娇艳美好的样子。宋代柳永《斗百花》词:"宫中第一妖娆,却道昭阳飞燕。"宋代翁元龙《烛影摇红》词:"妖娆全在半开时,人试单衣后。"⑧殢(tì):滞留、沉浸。词牌有《殢人娇》。宋代晏几道《玉楼春》词:"画眉匀脸不知愁,殢酒熏香偏称小。"⑨东君:由传说中的太阳神演变成的司春之神。宋代苏轼《浪淘沙》词:"东君用意不辞辛。料想春光先到处,吹绽梅英。"宋代秦观《夜游宫》词:"何事东君又去。空满院、落花飞絮。"⑩陌:田间东西方向的道路,亦泛指田间小路。如阡陌、陌上。三国曹操《短歌行》诗:"越陌度阡,枉用相存。"晋代陶渊明《咏荆轲》诗:"素骥鸣广陌,慷慨送我行。"⑪香轮:香木做的车或车的美称。唐代郑谷《曲江春草》诗:"香轮莫辗青青破,留与愁人一醉眠。"宋代贺铸《浣溪沙》词:"九渠池边杨柳陌,香轮轧轧马萧萧。"⑫绮筵:华贵而丰盛的筵席。唐代陈子昂《春夜别友人》(之一)诗:"银烛吐青烟,金尊对绮筵。"宋代晏殊《更漏子》词:"红日永,绮筵开,暗随仙驭来。"⑬芳尘:花落后化为尘,故以此指落花。南朝宋代谢庄《月赋》:"绿苔生阁,芳尘凝榭。"亦为女性的代称。宋代贺铸《青玉案》词:"凌波不过横塘路,但目送、芳尘去。"⑭明光宫殿:汉宫名。《三辅黄图·甘泉宫》:"武帝求仙起明光宫,发燕赵美女二千人充之。"后用来泛指朝廷和宫殿。唐代王维《别綦毋潜》诗:"端笏明光宫,历稔朝云陛。"唐代高适《塞下曲》:"画图麒麟阁,入朝明光宫。"⑮日边:比喻京师附近或帝王左右。唐代李白《行路难》(其一):"闲来垂钓碧溪上,忽复乘舟梦日边。"宋代杨万里《送丁卿季吏部赴召》诗:"吾州使君五十年,不曾召节来日边。"⑯金尊:酒尊的美称。宋代苏轼《南歌子》词:"冰簟堆云髻,金尊滟玉醅。""尊"也作"樽"。南朝谢灵运《石门新营所住》诗:"芳尘凝瑶席,清醑满金樽。"⑰拚:舍弃,不顾惜。宋代贺铸《浣溪沙》词:"巧笑艳歌皆我意,恼花颠酒拚君真。"宋代谢逸《清平乐》词："归信不知何日是，旧恨欲拚无计。"⑱不管：《词谱》作"不爱"。

[评析]

"那牡丹虽好，它春归怎占的先！"这是杜丽娘在《牡丹亭·惊梦》中的感慨。牡丹花一向被人们视为富贵的象征，又往往遗憾其开于暮春这一不可改变的事实。事物都有两面性，不占春之先机是牡丹的遗憾，但这恰恰使得她"独占残春"，风情万种。在文人的笔下，无论怎样诠释，牡丹总是含情脉脉、高贵美丽的。杜丽娘的感叹，蕴涵着"如花美眷，似水流年"的深恨；李易安的妙笔，写出了牡丹花开的别样风情，寄托了珍惜生命、珍惜美好事物的情怀。

词人开篇并不立即从花色落笔，而是写牡丹的高贵和人们对她的"巧护"。"禁"是禁人靠拢之意，遮以"低张"的帷幕，围以明丽的"彤栏"，表明了护花者的精心。由于牡丹花珍贵，且花开之季阳光已经较为灼热，所以古时人们往往以布帷遮护，即如白居易诗所说："共愁日照芳难驻，仍张帐幕垂阴凉。"（《牡丹芳》）牡丹就在人们如此精心的看护下，于一片春意阑珊中盛开。词人对牡丹花之美的倾倒，流露于字里行间。"就中独占残春"之花究竟有何等样的姿色，值得人如此珍惜呢？易安对其形象仍不进行具体描写，只似乎漫不经心地一笔带过："容华淡伫，绰约俱见天真。"写得真绝啊！不写其压倒群芳的明艳，也不写其盖过众芳的天香，呈现在我们眼前的牡丹花，淡淡妆，天然样，风姿绰约，毫无矫饰。人道"风韵好天真，画毫难上"（宋代张先《庆春泽》），易安偏能自出清新之裁，独得牡丹神韵。这一笔举重若轻，足见名花容色，在其神韵而不在外形。

"待得群花过后，一番风露晓妆新。"紧接着一笔，完全不同于杜丽娘式的叹息，而是衷心赞美牡丹在群芳零落之后，开在风露轻凝的早晨，犹如美女新妆后显得那么清新秀丽。唐代诗人皮日休咏牡丹花道："落尽残红始吐芳，佳名唤作百花王。"（《牡丹》）就诗意而言，易安与皮日休同；就手法而言，则易安之拟人，明显胜过皮日休的直叙。再者，不是通常的以花比人，而是独特的将人比花，只有易安这样灵心慧性的女词人，才能出此妙笔。牡丹不仅有素淡之美，她也可以呈现出"妖娆艳态"，惟其如此，不仅能够"妒风笑月"，还留住了司春之神东君匆匆而过的脚步！上阕就这样在逐层铺叙中，游刃有余、虚实相间地写尽了牡丹花的风神。

牡丹虽好，还要有人观赏。从唐宋诗人的笔下可见，观牡丹的情形确乎不同一般。"花开花落二十日，一城之人皆若狂。"（白居易《牡丹芳》）"惟有牡丹真国色，花开时节动京城。"（刘禹锡《赏牡丹》）易安这首词上阕咏花，下阕换头自然地转向对观花情形的描写。"东城"、"南陌"，观花人众遍及城内外，哪管"正日烘池馆"！"竞走香轮"更勾勒出人们熙来攘往、争先恐后观赏牡丹的盛况。"香轮"竞走，是否抒情主人公也坐在某一辆香车中，和众多美女一般与花媲美呢？她一边观赏，一边不由得担心："绮筵散日，谁人可继芳尘？""芳尘"在这里既可解作落花，也可解作观花人，还可以同时含有这两种意思。也即是说，词人要表达的意思是：白天的热闹只不过是暂时的，当黑夜到来的时候，谁还会观赏牡丹，使她的美延续再延续呢？牡丹花是春天的殿军，在她开过之后，还有什么花可以继之呢？如潮的观花者好比人花竞美的"绮筵"，鲜花盛开的时节，又何尝不是牡丹花自己的"绮筵"呢？女词人的心思是如此细密，这是对生命的感悟，对美的感悟啊，又哪里只是在写观花的热闹呢？

由珍惜美而希望长葆美，于是词人忽发奇想："更好明光宫殿，几枝先近日边匀。"明光宫殿是汉宫名，《三辅黄图·甘泉宫》记载,这座宫殿因武帝求仙而起,并发燕赵美女二千人充之。由牡丹花而引起嫔妃承幸皇帝恩泽的联想,不仅揭示了牡丹的特定文化含义,更含蓄地引出了词人对生命的一种理解:"昼短苦夜长,何不秉烛游。"(《古诗十九首·生年不满百》)结句可谓顺势而来:"金尊倒,拚了尽烛,不管黄昏。"那就痛痛快快地沉醉吧,让黑夜继之以白日。或许有人认为这样的思想是消极的,然而只要不拘泥于文字的表面,词作所表达的珍惜生命和一切美好事物的情感,难道不值得提倡吗?!

这首词并无词题,也未明言所咏花名,但意态时节,应为咏牡丹花。关于这一点,有学者作过考证,我认为有理,故从之(徐北文主编《李清照全集评注》本词鉴赏,济南出版社1990年版)。

## 殢人娇(玉瘦香浓)

玉瘦①香浓,檀深②雪散,今年恨探梅③又晚。江楼④楚馆⑤,云闲水远。清昼永⑥,凭阑⑦翠帘低卷。 坐上客来,尊前酒满,歌声共水流云断。南枝⑧可插,更须频剪,莫待西楼⑨,数声羌管⑩。

[注释]

①玉瘦:以美人消瘦来形容梅花瘦小。宋代陈亮《咏梅》诗:"疏枝横玉瘦,小萼点珠光。"宋代赵蕃《山行》诗:"梅残冰玉瘦,林远画图呈。"
②檀深:檀为落叶乔木,木质坚硬,用于制家具和乐器。此指其颜色深沉。
③探梅:观赏梅花。宋代陆游《道上见梅花》:"载酒房湖风日美,探梅喜折一枝新。"宋代杨万里《普明寺见梅》诗:"城中忙失探梅期,初见僧窗一两枝。"④江楼:临江之楼。唐代赵嘏《江楼有感》诗:"独上江楼思悄然,月光如水水连天。"宋代文天祥《至温州》诗:"池塘芳草年年绿,谢公胜事遗

江楼。"⑤楚馆：楚地馆舍，亦泛指旅舍。宋代欧阳修《送京西提刑赵学士》诗："楚馆尚看淮月色，嵩云应过虎关迎。"宋代柳永《西平乐》词："秦楼凤吹，楚馆云约。"⑥清昼永：白日很长。宋代韩淲《醉蓬莱》词："十里荷香，对槐阴清昼。"清代王贵一《观仲儒熹儒煮茗》诗："薰风破微炎，细雨洒清昼。"⑦凭阑：身倚栏杆。亦作凭栏。南唐李煜《浪淘沙》词："独自莫凭阑，无限江山，别时容易见时难。"宋代晏几道《满庭芳》词："凭阑秋思，闲记旧相逢。"⑧南枝：梅花的代称。大庾岭上梅花甚多，故称梅岭，亦称梅关。岭上梅花枝分南北，唐代白居易《白氏六帖·梅部》称："大庾岭上梅，南枝落，北枝开。"宋代苏轼《次韵苏伯固游蜀冈送李孝博奉使岭表》："愿及南枝谢，早随北雁翩。"明代汤显祖《牡丹亭》第十出《惊梦·乌夜啼》："晓来望断梅关，宿妆残。"⑨西楼：泛指离人居所。南唐李煜《相见欢》："无言独上西楼，月如钩。"李清照《一剪梅》："雁字回时，月满西楼。"⑩羌管：即羌笛。宋代范仲淹《渔家傲》词："羌管悠悠霜满地。"宋构《关山月》诗："一声羌管裂青云，陇上行人肠断绝。"这里当指汉乐府横吹曲《梅花落》，郭茂倩题解云："《梅花落》，本笛中曲也。"唐代李白《与史中郎饮听黄鹤楼上吹笛》诗："黄鹤楼中吹玉笛，江城五月落梅花。"明代钟顺《清夜闻笛》诗："短笛谁吹肠断曲，满庭香雪落梅花。"

[评析]

梅花，在李清照笔下不仅承载了丰富的情感信息，而且成为其人生旅程各个不同阶段的写照。这首咏梅词词风既清丽又豪放，显然作于词人生活的早期。明代陈耀文所辑《花草粹编》收此词，题为《后庭梅花开有感》。或认为此非易安词作，或认为不容轻易否定。

说是"有感"，词人却先从梅花的形象和香气着笔。"玉瘦"，多被诗人们用来描写美人憔悴的样子，这里易安用以形容梅花清秀劲拔的形象。"香浓"，亦不同于众人喜用的暗香、幽香，一个"浓"字，可见梅花已经开得很盛。开篇四字从视觉到嗅觉，以简练的笔墨、鲜明的意态描写雪化后的梅花。看来抒情女主人公虽然年年都在关注梅花,但有时也会有所忽略,所以此时乍觉"玉瘦香浓",不免发出"今年恨探梅又晚"的感叹。因何今年赏梅又晚呢?"江楼楚馆,云闲水远"几个意象表明,她正处于和爱人的又一次离别中。爱人不知何处,如同闲云远水般不可捕捉。大约正是离愁别绪,使她忽略了与梅花的相期相约吧?这是多么漫长的白昼啊,"凭阑翠帘低卷"——在她远眺身影的后面,是每一次别离后低垂的帐幔,寂寞深闺中寂寞的情怀,还有一份苦苦的等待。

"坐上客来,尊前酒满,歌声共水流云断。"这是打发寂寞白昼最好的方法吧?上阕结尾处那个凭阑痴望的人儿,下阕成了座中的主人。然而美酒歌吹只是一时的欢乐,离别的时日真是难以填补的空虚!那么,还是与梅花相伴。"南枝"早逢春色,可以插瓶供赏,也可插戴发际映衬容颜。不可辜负天赐之美,要珍惜大好青春啊!"开花堪折直须折,莫待无花空折枝。"不要等到西楼月下,那凄伤的羌笛吹奏出《梅花落》,才想到插梅、簪梅。"莫待西楼,数声羌管。"结句余韵悠悠,如天音般不绝如缕,一腔幽愁暗绪,真可谓云闲水远,迢迢不断。

这是青春的闲愁,也是爱的守望,更有惜春的伤感。把这些情绪寄托在赏梅和凭阑两个中心意象上,梅花和人融为一体,难分彼此。这样的词笔,即令是后人假托易安,也足以乱真了。

## 鹧鸪天(暗淡轻黄体性柔)

暗淡轻黄体性柔,情疏迹远只香留。何须浅碧深红色,自是花中第一流。 梅定妒,菊应羞,画阑开处[①]冠中秋。骚人[②]可煞无情思,何事当年不见收。

[注释]

①画阑开处：王学初《李清照全集校注》认为，易安此处用李贺《金铜仙人辞汉歌》"画栏桂树悬秋香，三十六宫土花碧"之典咏桂，是。明代王象晋《二如亭群芳谱》、《广群芳谱》作"诗书闲处"，疑其擅改。②骚人：因为屈原作《离骚》，后世故以骚人泛称诗人，但此处特指屈原。王学初校注云：此言屈原《离骚》多载草木名称而未及桂花。宋代陈与义《清平乐·木犀》词云："楚人未识孤妍，《离骚》遗恨千年。"亦即此意。

[评析]

花中之桂，秋来飘香。那一种沁人心脾的异香，馥郁而不觉其浓腻，在秋风中时断时续地飘散，香彻天地宇宙，赢得许多人的喜爱。秋天若是没了桂花的点缀和醉人的甜香，一定会让人感到有所欠缺。正值初秋雨夜，我在古城丽江灯下，品读易安这咏桂花的名篇。窗外的桂花正在向雨丝吐露芳菲，微凉的风，送进窗中缕缕芳香。心神不觉恍惚——竟不知这是真实的，还是遥遥千年前词女笔下的花香。

这是一首咏物词。咏物，不仅在易安的作品中比较引人注目，而且也是中国古典诗词的一大题材。所以，我们借此对中国文学史上咏物题材的发展，以及咏物的基本特点，作个简单的勾勒。

古人在与自然的无数次对话中，产生了咏物这一类文学作品。由于中国诗人天性含蓄敏感，早在屈原时代，咏物已成为寄托思想感情的方式。咏物之寄托，往往具有深刻的寓意或说是象征性，以此引发人们丰富的联想。中国古代人生哲学的早熟，又使得这种联想总是和道德、品格结合在一起，形成了物象的人格化特征。

并非一开始就有完整的咏物诗，它是由单一的意象发展来的。如孔子在《论语》中咏叹："逝者如斯夫。"这是以川流不息的河水，表达对时光易逝的感慨。再如："岁寒，然后知松柏之后凋也。"这是以松柏的品性，表现坚贞不屈的君子品格。或许有人认为这不过是个比喻而已，其实它没有这么简单。象征也具有比喻的成分，却比它更富于联想。

屈原的《离骚》创造了香花芳草与恶禽臭物、先贤明君与昏君佞臣、瑰丽天官与龌龊人间等相互对立的意象群，用以象征光明与黑暗、现实与理想的交战，这不是单个比喻所能达到的艺术效果。但说到咏物，他早期的诗篇《橘颂》，才是中国文学史上第一篇完整的咏物诗。年轻的屈原以橘树扎根故土，立志坚定，秉德无私，内外皆美等品性，寄托了自己热爱祖国、追求理想的高洁品格。有所寄托是咏物的基本特点，因而诗人对物的刻画，在神不在形。对于物象，他要通过概括、提炼来表达的，只是与其寄寓情感之间的神似，而不需要逼真地描摹其形状。所以《橘颂》通篇颂橘，却句句言志，对橘树的描写，与其志紧密结合，从而奠定了中国古典咏物诗的基本审美特征。

随着文学的发展，咏物的审美内涵和艺术表现形式不断丰富。如果我们把《橘颂》以来中国古典咏物诗词做个大全的话，想来其数量之多、内涵之丰富、形式之完美，一定会超过世界上任何一个国家。

现在我们回到这首词。桂花，似乎向来被人们当作功名利禄的象征，且难免带有几分庸俗势利之气。成语有"蟾宫折桂"，这是科举时代多少读书郎的向往，又寄托了多少人的期望。就连《牡丹亭》中对爱情热烈追求，对梦中情人生死相与的杜丽娘，在为爱情而死的前夕为自己写生，题在上头的诗也道："他年得傍蟾宫客，不在梅边在柳边。"然而美本来无错，赋予桂花什么样的秉性，取决于诗人的观物之眼。

在易安眼中，桂花色淡性柔，犹如一个淡定的少女，她疏远人世的繁华，只吹送淡远的馨香。她不必以浅碧深红的色彩来炫耀自己，"自是花中第一流"的品位却无可动摇。面对桂花的天生丽质，梅花也要妒忌，菊花合当羞惭。当她在画阑之畔盛开时，可真是压倒群芳啊！难道是屈原缺少情思吗？为何当年不把她收于笔下呢？

我们不难看出，由于词人之钟爱，描写桂花的这副笔墨，也与其擅长的细腻抒情不同，而是把自己对生活的感悟作为桂花的灵魂，赋予她"花中第一流"的崇高品性，赋予她与众花不同的精神：美而不骄，淡定自如。这正是词人的追求，也是词人自我形象的写照。词中固然有对桂花形色的描写，但注重其精神，出之以理趣，才是这篇咏桂花佳作的特点。并不是说形不重要，而是咏物诗的特点，决定了作家会更注重对事物神韵的表现。更何况，在易安眼里，桂花本不以形色取胜。

理趣，既是宋代优秀诗词的特点，也是咏物不易为之的境界。咏物妙在托物言志，让读者领略蕴藏于其中的人格志趣。也即是说，咏物诗具有象征性，要以有限的形象刻画，引发读者的无限联想。所以，咏物诗形象与情志之间的关系，往往就是形象与事理的关系。宋人喜欢言理，但事理能以形象出之即为有"理趣"，反之则为"理障"。所谓"理"在"趣"中，即是要求说"理"要诉诸形象。中国古代咏物言志诗词多不胜数，易安这一首自出机杼，为桂花翻案。她提炼了桂花为一般人所未见的精神特点，并使她成为淡定人格的象征。"梅定妒，菊应羞"，则巧妙地以梅、菊这两种在中国传统文化符号中，一向被视为高尚人格象征的花来比并，反衬出桂花"花中第一流"的品位，进一步突出了桂花的精神。最后以不理解屈原为何不收桂花作结，表现了对桂花精神的欣赏。

多种角度，多层笔墨，自出机杼，见人之所未见，发人之所不能发，桂花因易安的歌咏，终于超脱了俗见。

# 如梦令（昨夜雨疏风骤）

昨夜雨疏风骤①，浓睡②不消残酒③。试问卷帘人④，却道海棠依旧。知否？知否？应是绿肥红瘦⑤。

[注释]

①雨疏风骤：雨点稀疏，夜风劲疾。②浓睡：酣睡。③残酒：馀醉。④卷帘人：指侍女。也有人认为指李清照的丈夫赵明诚，这显然与词中情境不太相合。⑤绿肥红瘦：绿叶繁茂，花儿稀少。

[评析]

初春之夜，枕上听雨，总是引起人充满诗意的遐想，因为可以期待一个春花吐艳的清晨——"晓看红湿处，花重锦官城"（杜甫《春夜喜雨》），"小楼一夜听春雨，深巷明朝卖杏花"（陆游《临安春雨初霁》）。如果说"好雨"是诗人心中的催花使者，那么暮春的风雨，则是送花的煞神了。所以盛唐诗人孟浩然在"夜来风雨声"中入眠，醒来后不无惆怅地设想"花落知多少"。几百年后的女词人李清照，在经历了"雨疏风骤"的暮春之夜后，一变唐代诗人的直抒白描，带着几分惜花的清愁和对美好春光的珍重，别开生面地表现了幽婉的心曲。孟浩然的小诗《春晓》和李清照的这阕小词，可谓异曲同工。

通常人们认为这首小词是李清照的前期词，观其词中所表现的生活情态，这种推测大概没有问题。但还应当补充一点，写作时间是在词人和其夫赵明诚某一次离别时。因为词中人的表现不像闺中少女，也不像是夫妇同居的情况。

醉酒之人"浓睡"之后醒来，本应"了不知南北"，但抒情主人公的心思特别灵敏，立刻回想起"昨夜"的情形，从而料定园中此时定是春意阑珊。惜花的心情，使她来不及亲自起身去看，就迫切地向侍女询问海棠花的情形。粗心的"卷帘人"漫不经心地答了一句"依旧"，与问者心中所料大相径庭。于是她忍不住连连两个反问，随后道出了自己的预想："应是绿肥红瘦。"

短短一阕小令，问答之间意绪几转几折，极尽腾挪跌宕之能事，易安真是填词圣手。词中小令犹如诗中绝句，因其篇幅短小，尤须惜墨如金。就结构而言，当求层转层深，方显意绪深微。这阕小词以一问一答，展开了无限地步，浓缩了词人对春归之惆怅，对似水流年之叹惋。结句则在看似凄伤的情调中，表现了预见到"红瘦"之后，对"绿肥"的乐观。尺幅之间，神驰万里。

这首小令的意象，以结句最有创意，形象亦最为鲜明真切，语语如在目前。春天在风雨中即将逝去，对于词人来说，这不仅只是一种景象，更蕴含了她对青春和生命的珍惜，对美好事物的留恋。要用怎样的语词和意象，才能够演绎出如此丰富的意绪呢？词人只用了"绿肥红瘦"四个字，就揭示了春归夏至的景象特征，表达了景象在词人心中的象征意义，真是胜过千言万语的描述。

"绿肥红瘦"这一意象的遣词用语很平常，甚至可以说很俚俗，简直如同口语。然而有时大俗即是大雅，更奇处是"肥"、"瘦"二字的搭配。在修辞格上，这是拟人。若非如此写，清照也就算不得词家大手笔了。因为唐代韩愈早就在《山石》诗中写了"芭蕉叶大栀子肥"，以"肥"比花。北宋中期词人柳永的《八声甘州》，则用"是处红衰翠减"，描写秋气渐深时的景物。南宋后期词人蒋捷在《一剪梅》中，亦用"红了樱桃，绿了芭蕉"描述夏日的美景。显然，比起前后诗人来，李清照的拟人手法，加上红和绿色彩的鲜明对比，使意象更为生动传神了。

花开花落，周而复始。在对这一自然景象的观照中，古人感受到了生命的对应，人与自然气息的相通。如今的我们，却难以理解古人的这类情怀。其实是因为当下喧嚣的环境和浮躁的心理，消解了人和自然与生俱来的亲和关系，也湮没了我们对大自然应有的审美敏感。品一品李清照的这首小词，我们的心，或许能与大自然亲近一些。

## 如梦令（常记溪亭日暮）

常记①溪亭②日暮，沉醉不知归路，兴尽晚回舟，误入藕花③深处。争渡④，争渡，惊起一滩鸥鹭。

[注释]

①常记：常常想起。宋代陆游《春近山中即事》诗："锦官城外青羊路，常记当年小猎回。"宋代晏几道《六么令》词："常记东楼夜雪，翠幕遮红烛。"②溪亭：泛指临着溪水的亭子。唐代张祜《题上饶亭》诗："溪亭拂一琴，促轸坐披衿。"③藕花：荷花。宋代姜夔《次石湖书扇韵》诗："家住石湖人不到，藕花多处别开门。"宋代辛弃疾《好事近》词："相次藕花开也，几兰舟飞逐。"④争渡：抢渡。这里指奋力划船走出藕花深处。唐代孟浩然《夜归鹿门歌》诗："山寺鸣钟昼已昏，鱼梁渡头争渡喧。"宋代陆游《舟过道士庄》诗："归人薄晚常争渡，病叶先秋亦自零。"

[评析]

大自然之美，最能引发知性而富有才情之人的诗兴，在李清照的词中，来自大自然的意象，即令是同一种，也能给人带来不同的美感。

这阕小令，南宋黄升的《花庵词选》题为"酒兴"，想来是取词中"沉醉"之语。其实，这沉醉并不一定专指醉酒，美好的大自然，不也常常令人沉醉于其中吗？我想，清照之沉醉，应当是酒与自然兼而有之的吧。醉心，才能最深刻地体验自然之美，才能于平淡中见奇崛,才能在尺幅之间创造出意味深远的意境。何况,这首小令所描写的,是一段记忆中的美好时光。如果当时不醉心,追忆的时刻,动人风色又怎能如同陈年的佳酿,飘散在日暮的溪亭,荷花的深处?记忆中不褪色的画面,总是当时令人醉心的情境。

"沉醉"是词人笔触生发的基点。因为"沉醉",所以既浑然不觉日暮,也"不知归路",所以"误入藕花深处",所以因"争渡"而"惊起一滩鸥鹭"。妙在词人以一副笔墨同时写两番情境:一面是词中人不觉时间流逝,词人却分明写出了"日暮"时分,天色渐"晚";一面是词中人忽觉天色已晚,忙忙驱动归舟,词人却分明写出了荷花自开的沉静。在动静交替的描写中,一个满怀浪漫诗情,调皮活泼的青年女子形象跃然纸上,与她置身的美景合而为一,景物、人物都那么优美轻灵,令人神往。

这首词的造语和意象都相当清新传神,颇得小令神韵。最后三句尤为灵动,宛然如画,生气勃勃,拓展了全词的境界。为了深入体会这一点,我们可以将此与苏轼《青玉案》中的一个情境相对比:"若到松江呼小渡,莫惊鸥鹭。四桥尽是,老子经行处。"东坡要求呼渡不要惊起鸥鹭,表现了心思的稳重成熟。清照连用两个"争渡",偏要惊起鸥鹭,则表现了年轻女性的调皮活泼。或许清照的词句脱化于东坡,但在相反的情境之中表现出个性,绝无蹈袭之嫌。又,"滩",明代毛晋汲古阁本《漱玉词》作"行",这样的改动显然全无意义。"一滩鸥鹭",更切合于船儿"争渡"的情景,画面也更富于生机。而"一行鸥鹭",词意似乎比较文雅,但一字之差,年少轻狂的韵味荡然无存。

在大自然的怀抱中,人们往往会感到轻松,从而流露出真性情。这首词中的女主人公,正是词人自我形象最真实的表现。也许正因为心态放松,这首词的语言也非常清浅平易,我们今天读来仍觉明明白白。这样的语感本是清照词的惯常风格,但是这一首无疑更加突出。以平易之语写平易之景，在尺幅之间创造了不寻常的意境，这首小令的成功秘诀，如果用王国维的话来说，即是"语语如在目前"（《人间词话》）。惟其如此，我们读之方觉身临其境。

细细品味，总觉得这首词的风格之轻松，口吻之娇俏，犹如和爱人相对絮语，回忆以往不曾与他共度的美好时光。所以，这首词当是清照新婚燕尔时的作品。

## 浣溪沙（髻子伤春懒更梳）

髻子①伤春懒②更梳，晚风庭院落梅初，淡云来往月疏疏。玉鸭熏炉③闲瑞脑④，朱樱斗帐⑤掩流苏⑥，通犀还解辟寒无⑦。

[注释]

①髻子：发髻。宋代秦观《临江仙》词："髻子偎人娇不整，眼儿失睡微重。"清代纳兰性德《浪淘沙》词："谁见薄衫低髻子，抱膝思量。"②懒：《花草粹编》作"慵"，《历代名媛诗词》作"恼"。③玉鸭熏炉：形状似鸭的熏炉之美称。宋代毛滂《诉衷情》词："短疏萦绿象床低，玉鸭度香迟。"④瑞脑：又名龙脑、冰片，用于制作熏香，香味甚浓。李清照《醉花阴》词："薄雾浓云愁永昼，瑞脑销金兽。"《浣溪沙·莫许杯深琥珀浓》词："瑞脑香消魂梦断。"清代陈维崧《菩萨蛮·题青溪遗事画册》词："回廊碧甃芭蕉叶，鸭炉瑞脑薰犹热。"⑤朱樱斗帐：樱桃色的小帐子。斗帐，帐子的形状像倒置的斗。⑥流苏：缀于帐幕等之上的下垂穗状物，用五彩羽毛、丝线或珠子制成。宋代张元干《临江仙》词："茶蘼斗帐罢熏炉，翠穿珠络索，香泛玉流苏。"⑦通犀还解辟寒无：通犀乃犀牛角之一种，《汉书·西域传》："明珠、文甲、通犀、翠羽之珍盈于后宫。"颜师古注引如淳曰："通犀，中央色白，通两头。"又，《开元天宝遗事》载，交趾国进犀角一枚，色黄似金，使者请用金盘置于殿中，有暖气袭人。上问其故，使者回答说，这是辟寒犀。

[评析]

这首词当和同一词调的"莫许杯深琥珀浓"一样,作于李清照的青年时期。词人以春末的晚风庭院为背景,描写了梅落枝头,云淡月疏,深闺清寒,思念远人的情景,表达了深情绵婉的相思情怀。清代谭献说:"易安居士独此篇有唐调,选家炉冶,遂标此奇。"(《复堂词话》)其实在李清照的词中,这一篇并非独绝。或许"有唐调",在古人眼里就是佳作吧。然而唐诗虽是中国诗歌的一座高峰,以诗概词则未必可取。宋词的成就足以和唐诗比并,这已成文学史上不争的定论。文学欣赏,真是见仁见智,各有赏音啊!

"髻子伤春懒更梳",开篇见人,但词人并不词费于整体描写,而是用了不曾梳理的"髻子"这一指代,一个女性的剪影便跃然纸上。古有"妇容"之戒条,这个女子却因"伤春"而置之不顾,情语真切,笔随意转,从闺中少妇眼中所见落笔,晚风、庭院、落梅、淡云、月影等暮春景象一个个叠加,优美而清丽,别致而含蓄地流露,流露出淡淡的忧愁——伤而不悲。下阕由室外的暮春晚景转向对夜中情景的白描:"玉鸭熏炉闲瑞脑,朱樱斗帐掩流苏。"精美的香炉里,平时最喜欢的瑞脑已懒得点燃;精美的卧具虚设,孤枕独眠的滋味真是令人不想揭开斗帐啊!"通犀还解辟寒无",这一个相当含蓄的反问,发自女主人公的内心深处:那人不在,纵有辟寒的通犀,又如何能够驱赶内心的寒冷呢?

婉约的情怀,清丽的形象,淡远的意境。易安在这首词中,又完成了一个相思离别之境的创造。

# 小重山(春到长门春草青)

春到长门①春草青,江梅②些子③破,未开匀。碧云笼碾玉成尘④,留晓梦,惊破一瓯春⑤。　　花影压重门,疏帘铺淡月,好黄昏。二年三度负东君⑥,归来也,著意⑦过今春。

[注释]

①长门:汉代离宫名。司马相如《长门赋·序》云:"孝武皇帝陈皇后时得幸,颇妒,别在长门宫,愁闷悲思。闻蜀郡成都司马相如天下工为文,奉黄金百斤,为相如、文君取酒,因于解悲愁之辞。而相如为文以悟主上,陈皇后复得亲幸。"后以"长门"指冷宫。唐代杜牧《长安夜月》诗:"独有长门里,蛾眉对晓晴。"宋代辛弃疾《摸鱼儿》词:"长门事,准拟佳期又误。蛾眉曾有人妒。千金纵买相如赋,脉脉此情谁诉。"②江梅:野生的梅花。宋代范成大《梅谱》云:"江梅,遗核野生不经栽接者。又名直脚梅,或谓之野梅。凡山间水滨,荒寒清绝之趣,皆此本也。花稍小而疏瘦有韵,香最清,实小而硬。"宋代晁冲之《汉宫春·梅》词:"潇洒江梅,向竹梢稀处,横两三枝。"宋代朱敦儒《卜算子》词:"陌上雪销初,才得江梅信。"③些子:少量,不多的。宋代范成大《过九里亭》诗:"屋根些子地,帘外不胜天。"赵师侠《洞仙歌》词:"恰恨有、些子无情风雨。"④碧云笼碾玉成尘:碧云,指茶色之绿。笼,盛茶的笼子。碾,碾茶。宋人往往把团茶盛于茶笼中,欲饮时,先取出碾碎而后煮。因其色碧绿,故以玉喻之;因碾碎,故以尘喻之。⑤一瓯春:瓯,饮具,如茶杯、酒杯等。南唐李煜《渔父》词:"花满渚,酒满瓯。"春,此指春茶。黄庭坚《踏莎行》词:"碾破春风,香凝午帐。"⑥东君:传说中的太阳神。《史记·封禅书》:"晋巫祠五帝、东君、云中、司命之属。"屈原《九歌·东君》:"暾将出兮东方,照吾槛兮扶桑。"后来演变为司春之神。⑦著意:用心地、刻意地、仔细地。宋代晏几道《采桑子》词:"若问如今,也似当年著意深。"张耒《同荣子邕登石家寺阁》诗:"惊心鸟语知时好,照眼花枝著意新。"

[评析]

离思,在美好的早春也会衍生。春草、春花、春梦、春茶、花影重门、疏帘淡月,当这些优美的意象,被易安用相思之情组合在一起时,呈现出来的意境,即令含愁,也被淡化为甜蜜的忧愁了。她的前期词中,这类情调不少,但表现各有不同。

情感和景物，是诗词中最为普遍的一对关系。二者如何融合为意境，不仅是艺术功力的问题，也颇见作者对美的敏感程度。"春到长门春草青"，易安这首词的起句，移用于《花间集》中薛昭蕴《小重山》的开篇。移用，是古典诗词中比化用更为直接的一种手法，不涉剽窃。移用得好，自成佳境。如曹操的《短歌行》两次移用《诗经》，毛泽东的七律《人民解放军占领南京》，也移用了李贺《金铜仙人辞汉歌》中的"天若有情天亦老"。他们的移用都达到了天衣无缝的地步，历来为人赞赏。李清照把别人的成句原样移用于开篇，很险，但恰到好处地暗示了其词主旨，并为下文展开了无限地步。我想，她应当是看中了"长门"这个典故，才移为己用的。这个皇后被置于冷宫的典故，被镶嵌于"春到"和"春草青"之间，景和情的关系已然理顺——开篇触景寓情，无论下面是再继续写景还是抒情，景语情语是否浑成，就都要看词人的才情了。所以说，移用别人的首句为自己的开篇比较险，容易被原作束缚，非高手不敢为。

果然，易安很快调转笔头，闲闲看梅，闲闲品茶，不再言情。这就是她的高明之处了，只有这样写才能别开一境。至于言情，无须管是被夫君打入冷宫，还是夫君远行不得已离别，"长门"典故足矣！看"江梅些子破"，知其"未开匀"，早春物象，被词人描写得很到位。观赏完了梅花，再烹香茶细品，"留晓梦，惊破一瓯春"。在欲饮未饮之际，残梦忽然兜上心头。"惊破"的不是杯中春茶，而是茶水中浮现出来的他的面影吧。看到了吧，词人似未写情而情在其中。请注意"留晓梦"这个意象，它不仅含蓄地表明了夜来幽梦，而且以时间为词情的内在线索，自然地过渡到下阕。

黄昏时分是下阕的时间背景，意象的选择不是一般的飞鸟投林、薄暮冥冥之类，而带有一种清丽鲜明的色彩。"花影压重门，疏帘铺淡月，好黄昏。"换头对偶句用词极为讲究。按词的格律，在上下句字数相等时,一般说来都要对仗。李清照颇擅此道,但如此精美雕琢的并不多,她喜欢清浅自然的对仗风格。"花影"本该是轻的,"压"在"重门"之上,庭院深深,花阴寂寂,尽在一字中。淡月之光本该是薄的,"铺"在"疏帘"之上,却少了如水空明,多了如银凝重。王国维在《人间词话》中,曾激赏"红杏枝头春意闹"(宋祁《玉楼春》)之"著一'闹'字,境界全出","云破月来花弄影"(张先《天仙子》)之"著一'弄'字,境界全出",要之,是这两个字塑造景物形象,不只在形,更在得其神韵,故真切而鲜明地引起了人们对春天和月夜的美好联想。易安这两个动词的使用,可说也达到了这样的艺术效果——一幅"好黄昏"画面,蕴涵了相思的惆怅,暗传了深闺的寂寞,意境淡淡,情思悠悠。

寂寞,让人回味曾经有过的幸福,因而也让人平添几分惆怅,平添几分希望。这不,女主人公算来,她的爱人已是"二年三度负东君"了。春天固然不会只降临于一地,然而不能同爱人共享美好春光,真是辜负东君啊,人生又有几度青春可以辜负呢?于是她不禁想:趁着春天才刚刚到来,你快归来吧,让我们好好地把握这个春天!"归来也,著意过今春。"在发自内心的呼唤中,词意关合得深情而悠远。《玉楼春》(红酥肯放琼苞碎)与这首词有异曲同工之妙,但结句"要来小酌便来休,未必明朝风不起",显然饱含了幽怨,情调不似这一首清婉。

## 怨王孙(湖上风来波浩渺)

  湖上风来波浩渺,秋已暮、红稀香少。水光山色与人亲,说不尽、无穷好。　　莲子已成荷叶老,清露洗、蘋花汀[①]草。眠沙鸥鹭不回头，似也恨、人归早。

[注释]

①汀：水边平地，小洲。

[评析]

　　李清照似乎很少有心静如水、不起愁漪的时候。她笔下的自然风光，总是承载了太多的愁情，越往后就越是如此。词人观物写心，故景物皆着其感情色彩。这首词情调平和，语言清浅，全词描绘暮秋景色，却没有通常的萧瑟肃杀之气，画面以清新淡远取胜。这在易安词中不多见，当作于她和赵明诚闲居青州时期。

　　李清照擅长白描，这一首尤胜。白描是中国画的一种技法，指以简练的墨线勾勒对象的特征，不施以任何色彩，引申指文字简洁传神，不加烘托渲染而使形象鲜明的写作手法。在李清照之前，陶渊明、李白、李煜都是白描高手。"清水出芙蓉，天然去雕饰"（李白《经离乱后天恩流夜郎忆旧游书怀赠江夏韦太守良宰》），是对文学白描手法最为形象的说明，而清照这首词，则是最现成的范例。

　　"湖上风来波浩渺"，首先映入我们眼帘的，是一幅远望中的阔大景象。"红稀香少"，同时从色彩和嗅觉两个方面，以少总多，精妙地点染出暮秋神韵。以自然之心观物，以自然之心写意，词人在心态上已达到与自然同一。因此，"水光山色与人亲，说不尽、无穷好"，这一幅人与自然和谐的画面，极其轻灵地表现于笔下。虽然感到风光之好，言之不尽，但既用语言来进行白描，总还是要说出来的。如果说上阕的"红稀香少"，只是一个概括的描写，那么下阕的"莲子已成荷叶老，清露洗、蘋花汀草"，就是具体的描写了。词人从暮秋万象中挑选出几个最富有特点的意象：荷叶老了，莲子成了，水中的浮萍，沙洲上的青草，都被白露洗去了颜色。湖天秋水图，至此已然描出，而词人对美好风物的流连不舍之情，却还要有一个精彩的结句，让我们和她一同去陶醉："眠沙鸥鹭不回头,似也恨、人归早。"不说自己不舍得归去,却说悠闲眠沙的鸥鹭,因为留不住人而生气,所以不回头和她告别。要有怎样的灵心慧性,才能写出这样美妙的意境?

这首词除了白描手法达到很不一般的水平,还有两种修辞手法也值得一提。

一个是通感。上阕的"稀"和"少"两个词,用得极普通却极奇妙。前者描摹大地色彩之淡褪,用词已很别致,而后者用"少"这一词,表现本来嗅觉才可感知的香味,用词更为灵动。这种用词方式,与其《如梦令》中写暮春的"绿肥红瘦"和柳永《八声甘州》中以"红衰翠减"写秋,可谓异曲同工而更上。因为这两例的写作手法是形容,而这首《怨王孙》中的"少"字,则借助了通感。这是古典诗词中一种很常见的表现手法,它利用了人们在日常生活中的心理体验。即在实际中,人的视觉、听觉、触觉、味觉等,在心理上往往彼此交错相通,因而在文学表现上,也可以打通各种感觉之间的界限,从而造成尖新精警、鲜明生动的艺术形象。王国维《人间词话》说:"'红杏枝头春意闹',著一闹字而境界全出。"钱锺书在《通感》中进一步指出:"用'闹'字,是想把事物的无声的姿态描摹成好像有声音,表示在视觉里仿佛获得了听觉的感受。"试想,要描摹出春回大地,万物复苏,生机勃勃的景象,还有比"闹"字更为贴切、奇妙、生动的词语吗?清照的这个"少"字,达到了与"闹"同样的艺术效果。

另一个是拟人。下阕说:"莲子已成荷叶老。""老"通常不会用在对叶子的描写上,但清照偏偏这样用,比一般人习用的"枯"、"残"、"黄"等,在语感上当然要生动得多,因为它来自人对自己生理现象的直接体验。下阕说:"眠沙鸥鹭不回头,似也恨、人归早。"这个结句的拟人,比上一句来得更为亲切,因为这是人和自然的换位心理交流。这样的交流回味无穷,全词的意境自然就深远了。

我们通常说诗词的体式,决定了其语言要经过锤炼,修辞亦要琢磨,让每一个字词不仅妥帖,还要有助于意境的深化,不说是字字珠玑,至少要做到无一词费——李清照这首词做出了又一个示范。

## 怨王孙(帝里春晚)

帝里①春晚,重门深院。草绿阶前,暮天雁断。楼上远信谁传,恨绵绵。　　多情自是多沾惹②,难拚舍③,又是寒食④也。秋千巷陌⑤,人静皎月初斜,浸梨花。

[注释]

①帝里:帝都,京都。唐代李百药《赋得魏都》诗:"帝里三方盛,王庭万国来。"宋代柳永《戚氏》词:"帝里风光好,当年少日,暮宴朝欢。"②沾惹:招致,招惹。宋代姜夔《月下笛》词:"春衣都是柔荑翦,尚沾惹、残茸半缕。"柳永《斗百花》词:"刚被风流沾惹,与合垂杨双髻。"③拚舍:割舍。拚,同"拼"。宋代周邦彦《凤来朝》词:"待起难舍拚。"明代邵璨《香囊记·邮亭》:"当日母子分离难拚舍,谁知此地相逢也。"④寒食:节日名,时在清明前一二日。相传春秋时期,晋文公有负于其功臣介之推。介之推愤而隐于绵山中。文公悔悟,放火烧山逼其出仕,介之推宁可焚死而不出。人们为了悼念他,相约于其忌日禁火冷食。后来相沿成俗,谓之寒食节。唐代韩翃《寒食》诗:"春城无处不飞花,寒食东风御柳斜。"⑤巷陌:街巷。宋代辛弃疾《永遇乐·京口北固亭怀古》词:"斜阳草树,寻常巷陌,人道寄奴曾住。"

[评析]

从开篇"帝里"一词看,这是一首春晚怀远之作,当成于易安婚后居住汴京(开封)时期。字里行间的清愁,应当产生于和赵明诚的某次别离中。

词人开篇即把整个京城纳入"春晚"的景象,但很快就回笔至主人公所处的具体环境,描写在这个春晚的"重门深院"中,独特的所见所感。因为人在楼上,故"草绿阶前"是俯视,"暮天雁断"为仰观,一瞬间天地意象,集于笔端,笔触大气而又细腻。由在暮色中飞翔的大雁而联想到人在远方,书信却无以传达,不由得"恨绵绵"。写天色,既"晚"复"暮";写置身处,门"重"、院"深"、楼高;写景物,草绿雁过。一笔笔地皴染,"恨绵绵"的情境渗透纸背。

下阕换头词情虽有一转,但和上阕结句联系得相当紧密,可谓转承无迹:"多情自是多沾惹,难拚舍,又是寒食也。"主人公似在埋怨自己的执着,反而更加深沉地表明了执着,所以又生出难以放下的无奈。何况,节日总是会勾起对远人的怀念啊!"也"这个语气词,通常表现舒缓的情调,在这里,却流露了一些伤感和无奈。就这样在楼上远望,直到夜深,全城街巷已是一片寂静,伊人仍在守望。只见月儿升上夜空,又渐渐西斜,月光如水,映照着洁白的梨花。"秋千巷陌"回应"帝里","人静皎月初斜,浸梨花"则以优美空明的意象,完成了全词人之美、景之清、情之深、守望之痴迷的点染——一个意味淡远而情不浮薄的意境,由于如此高妙的结句,得到了完美的呈现。

小令篇幅短小,无须铺叙而唯求凝练,字字句句都不能浪费。好的作品,结构、用词、设景、抒情都要精心,方能于尺幅之间得无尽韵致。易安这首小令可谓无一处不精妙,也无一处不自然,表现完足。

# 一剪梅(红藕香残玉簟秋)

红藕①香残玉簟②秋,轻解③罗裳④,独上兰舟⑤。云中谁寄锦书⑥来？雁字⑦回时，月满西楼⑧。　　花自飘零水自流。一种相思，两处闲愁。此情无计可消除。才下眉头，却上心头。

[注释]

①红藕：红色的荷花。五代后蜀顾敻《浣溪沙》词："红藕香寒翠渚平，月笼虚阁夜蛩清。"②玉簟（diàn）：精美的竹席。簟，竹席。③解：在这里不是指解下，而是指提起裙裾，使登舟时不被绊住。④罗裳：罗裙。裳，古代指下身穿着的裙子，男女皆可。上身穿着者为衣。《子夜四时歌·春歌》："春风复多情，吹我罗裳开。"⑤兰舟：用木兰树木制造的船只，或非实指，泛用为对船的美称。南唐冯延巳《应天长》词："杳杳兰舟西去，魂归巫峡路。"柳永《雨霖铃》词："留恋处，兰舟催发。"⑥锦书：华美的文书。唐代刘兼《征妇怨》诗："曾寄锦书无限意，塞鸿何事不归来。"宋代陆游《钗头凤》词："山盟虽在，锦书难托。"⑦雁字：雁群成列而飞，常常排成"一"字或"人"字形，故称。唐代白居易《江楼晚眺景物鲜奇吟玩成篇寄水部张员外》诗："风翻白浪花千片，雁点青天字一行。"宋代欧阳珣《踏莎行》词："雁字成行，角声悲送。"古代又有鸿雁传书之说，见《汉书·苏武传》。⑧西楼：泛指居所。南唐李煜《相见欢》词："无言独上西楼，月如钩。"唐代李白《长门怨》诗："天回北斗挂西楼，金屋无人萤火流。"

[评析]

当秋风掠过大地，花草树木为之色变；当大雁飞过天空，怀人念远之情格外强烈。"情以物迁，辞以情发。"（南朝刘勰《文心雕龙·物色》）四时景物的变化能牵动人的情绪，由此而催生文学作品。清秋时节的诸般景象，更易于引起多情者的种种感怀。因此，"秋"成为中国古典诗词的重要意象，成就了不少经典之作。李清照亦擅长写秋，她的名篇《一剪梅》，正是以秋来景象所引发的情感，呈现了一个精深优美的意境，千百年后依然动人心弦。

这首词有的版本题为"别愁"、"愁别"、"离别"、"闺思"（王学初《李清照集校注》卷一《一剪梅》题解）。然而细品词意，并无对应的送别之人，显然是怀念远人之作。"离愁"固在其中，却不是产生于离别的时刻,而是漫衍于别后的相思。

思念是抽象的情绪,它不仅需要形象化的表达,这种表达还需要有一个最为契合的切入点,才能最终构成艺术意境。

上阕触景生情,情缘境发。"红藕香残玉簟秋",词人起势不凡,先从目之所见、身之所感落笔。红荷凋零,唯有余香淡淡,坐在玉簟上的人儿,分明已感到秋凉。"红藕香残"这个意象,变化于后蜀顾夐的"红藕香寒"(《浣溪沙》),但"寒"和"残",一字之差,观感变为嗅觉,意象更为鲜明,也更有韵味。由外入内,由远及近,当词人描写的焦点定格于词中人时,凋零秋色带来的惆怅,已在似乎不经意的笔触中被轻轻勾起。暗淡秋景打动愁怀,思念之情搅得人再也不能安坐于席。于是她"轻解罗裳,独上兰舟"。船儿要飘向何方?是寻找所思之人呢,还是下意识的举止?无疑是后者。水远山长,相见时难,登舟,无非是安慰自己寂寞的情怀罢了。词人以娴熟的手法,毫不雕琢地刻画了相思女子孤独寂寞的形象,接着再表现其相思之情。

"云中谁寄锦书来?"一个明知故问的反诘句巧应"独上",思情也自然地由思妇转向远人。"锦书"与"雁字"两个意象暗有关联,词意紧密,但前者直言,后者使用典故。长空雁过是秋天特有的景象,但这个意象不单写景,还暗传其情:鸿雁都飞回了,所思之人却仍在远方;鸿雁可以传书,而你却无佳音传递给我。"月满西楼"是她油然而生的想象——当月光洒满西楼的时候,你会不会如同我思念你一样,也有一刻想起我呢?我们可以感觉到,反诘句的意蕴还在进一步推衍,这个流水兰舟之上,翘望云天的相思女子,已是宛然如画了。

下阕深化离情,意象鲜明。"花自飘零水自流",过片一句,是词情和全词结构的关键处,要紧承上阕意绪的流转,才能使全词意脉贯通,浑然一体。这句是实写,更是感悟。由上阕抒情女主人公仰望云天，设想对方心境的描写，转而写其下视，唯见花落水流，深感光阴紧迫，华年不待。此情被词人以重叠的两个"自"字，极为有力地揭示出来，词情紧密，情怀的表达也加深了一层。"一种相思，两处闲愁。"这个对句一石二鸟，同现双方情思，可见心心相印，情深意切。因"此情"极切，故"无计可消除"。顺势收束，力透纸背："才下眉头，却上心头。"

　　离愁究竟是怎样的一种感受？这实在是一个抽象的问题。但把抽象的情感具象化，恰是文学最重要的特点。李煜的《相见欢》之结句"剪不断，理还乱，是离愁"一向为人激赏，即因其具象化的成功。具象化的佳境在于形象鲜明，也即王国维所说的"语语如在目前"（《人间词话》）。试想，"愁"呈现于面部，其表情通常是愁眉紧锁。但如果词人的描绘仅止于此，那就流于一般了。愁眉方才舒展开来，心头又是愁云笼罩，一"下"一"上"，词人以两个如此普通的词语造为意象，非常生动地表达了愁情挥之不去，拂之还来，无所不在的状态，很好地诠释了"语语如在目前"的佳境，更兼有余不尽之妙，与上面所举李煜词异曲同工。早在清代就有人指出（清代王士禛《花草蒙拾》），这个意象并非李清照独创，而是从范仲淹的《御街行》"都来此事，眉间心上，无计相回避"脱化而出。然而脱化本身也是一种再创造，问题在是否更美、更贴切。我想，李清照的这个脱化，艺术效果不言而喻。

　　全词情思流贯无滞，艺术意境的创造臻于完美。用通常的情景交融来评论，已落下乘。清丽的词采中荡漾着清愁，轻巧的对偶带来无所雕饰的艺术美感，也是这首词的成功之处。

　　林黛玉的《咏菊》诗道："满纸自怜题素怨，片言谁解诉秋心？"（清代曹雪芹《红楼梦》第三十八回）"秋心"即"愁"，这是《红楼梦》惯用的拆字法。我们知道李清照是抒情高手，而"愁"是其情思的主要内涵。对于有高度艺术敏感和表现力的词人而言,"愁"的种种不同感觉,可以借助不同的艺术形象,在其作品中得到深刻、贴切而细腻的表现。"愁"之一字,在清照笔下的形态千变万化,绝非千篇一律。或许,这正是大家和平庸者的区别。林黛玉担心她的忧愁无人能解,在文学欣赏中这样的担心并非多虑,解人不易得啊!当然,过度强调"不易",难免陷入虚无主义的泥淖之中,但每个人都可能有不同的解读,也是自然之理。

## 醉花阴(薄雾浓云愁永昼)

薄雾浓云愁永昼①,瑞脑②销金兽③。佳节又重阳④,玉枕⑤纱厨⑥,半夜凉初透。　　东篱⑦把酒黄昏后,有暗香⑧盈袖。莫道不消魂⑨,帘卷西风,人比黄花⑩瘦。

[注释]

①永昼:漫长的白昼。永,长。②瑞脑:又名龙脑、冰片,用于制作熏香,香味甚浓。宋代姚述尧《减字木兰花》词:"轻曳霓裳来帝所,淡拂宫妆,瑞脑重铺片片香。"明代费元禄《贺新郎》词:"瑞脑烧金鼎,卷重帘。"③金兽:用铜制成的兽形香炉。古代也称铜为金。④重阳:即重阳节,在农历的九月九日,故又名重九。⑤玉枕:用玉制成或有玉饰的枕头,也用做瓷枕、石枕的美称。唐代胡曾《车遥遥》诗:"玉枕夜残鱼信绝,金钿秋尽雁书遥。"⑥纱厨:纱帐,用于避蚊或室内隔层。清代纪昀《阅微草堂笔记》卷九《如是我闻三》:"书室三楹,东一室隔以纱厨。"⑦东篱:东晋陶渊明《饮酒》(其五):"采菊东篱下,悠然见南山。"东篱因而代指菊花,也指种菊的花圃。⑧暗香:语出自宋代林逋《山园小梅》诗:"疏影横斜水清浅,暗香浮动月黄昏。""暗香"后来成为梅花的代称,此处用以指菊花的幽香。⑨消魂:也作销魂。形容极度哀愁。南朝江淹《别赋》:"黯然销魂者,唯别而已矣!"⑩黄花:菊花的别称。南北朝庾信《赠周处士》诗:"篱下黄花菊,丘中白雪琴。"唐代李白《九日登山》诗:"因招白衣人,笑酌黄花菊。"

[评析]

"每逢佳节倍思亲",这名句出于唐代诗人王维的诗歌《九月九日忆山东兄弟》。这句诗之所以能够广为流传,是因为他写出了人们在佳节中的普遍心境。在王维之后数百年的又一个重阳佳节中,李清照和着菊花的幽香,思念远方的丈夫,写出了《醉花阴》这一传世名篇。佳节思亲,在这里演绎了另一种深婉的情怀。

此词或题为"重阳"、"九日",抒发了相思离别之情。思念,可以是一时之间缥缈的情绪,也可以是萦绕心头、挥之不去的情结。这首词开篇即点出"愁"之深,深到浸漫了漫长的白昼。白昼已令女主人公感到难以忍耐的漫长,竟注意到了瑞脑香已燃尽在香炉。可以想见,长夜的孤枕独眠,"玉枕纱厨"的精美帐褥,在午夜梦回时,只会令人倍觉凄凉。天明之后是"永昼",永昼连着黄昏,黄昏追着黑夜,周而复始。可见词人抒发的不是一时,甚至不是一天两天的情绪。这并非词人时间观念错乱,而是要表达悠悠思念萦绕心头,只不过在重阳佳节更为强烈罢了。她把那种专注于远人的真实情怀,通过时间的错位,艺术地表现出来。"又"字用得相当有力度,以往欢聚的重阳,今日独居的重阳,与所爱之人分别后恍恍惚惚的心理状态,都被这一个"又"字提起。看来,时间错位是词人表达"愁"之深切的重要手段。

清照把相思之情称为"愁",是因为相爱的人,在佳节不能够聚首,思念的痛苦,超过了爱情的甜蜜。这样的情绪不难理解。清照夫妇情投意合,时逢佳节,本可以夫唱妇随,共饮美酒佳酿,同赋咏菊诗篇的,但此时赵明诚出仕在外,只留下清照独守空闺,正所谓情何以堪!因此,词人把深沉的思念之情,在首句就不假雕饰地和盘托出。不过虽说不假雕饰,头两句还是着意点缀了抒情环境:"薄雾浓云"既是天气的实写,也是愁怀的暗示。熏香燃尽在兽形的香炉中,则进一步点染了百无聊赖的心情。瑞脑是李清照最喜欢的熏香，在其词中多次提到它。这是不是表明现实生活中的她，有更多的相思纠结于心，有更多孤寂的白昼和黑夜要打发呢？"半夜凉初透"这一直接描写，无疑浸透了相思的体验。

耐人寻味的是，白昼与半夜，词人均一笔带过，却把黄昏这白昼与黑夜交替时分的意绪，充分地留给下阕来表现。以黄昏为抒发思念之情的背景，最早见于《诗经·王风·君子于役》。这首诗表现了一个贤惠的妻子，在日落黄昏时分倚门而望，苦苦思念去服徭役的丈夫这一情境。"日之夕矣，羊牛下来。君子于役，如之何勿思！"清代的许瑶光云："鸡栖于桀下牛羊，饥渴萦怀对夕阳。已启唐人闺怨句，最难消遣是昏黄。"（《雪门诗钞》卷一《再读〈诗经〉四十二首》第十四首）黄昏成为表达相思的典型意象，起于此诗，这大概是因为黄昏之后黑夜就要登场，最容易引发人的感伤情绪。可不是吗，在黄昏的背景下，菊花淡淡的幽香盈满了女主人公的衣袖，一盏美酒本为消愁，不料酒入愁肠，反觉愁情更深了。"莫道不消魂"一句以凝重的语气，使愈来愈深的愁情倾泻纸上，"帘卷西风"的意象在结句之前又平添了几分凄美。气氛到此已经渲染得足够浓郁了，最后以"人比黄花瘦"这一意象关合全词，尖新精警却又明朗如画。前人以花比人，多取花光之美，如李白以"一枝红艳露凝香"（《清平调》三首之二）比喻杨贵妃艳丽的容貌，白居易则以"梨花一枝春带雨"（《长恨歌》）比喻杨贵妃因哭泣而倍增其美的脸庞，皆可谓曲尽其妙。但李清照这一比，独摹因相思之苦而憔悴的意态，别开生面，令人回味无穷：词人巧妙地由菊花之"黄"联想到人之"瘦"，把两者自然贴切地加以比并而人更有甚者，人花合一，难分彼此，形象鲜明，如在目前，此其一；回应开篇的那个"愁"字，不道破一语而其情转深，使得通篇词气圆融，余韵悠悠，此其二。李清照用词的精练和贴切，在一个"瘦"字上表露无遗，令人不能不抚卷赞叹词人才情之高。

此词的末句向来为人激赏,好评如潮。有一段传说值得一提。据元代伊世珍的《嫏嬛记》记载,李清照把这首词寄给赵明诚,明诚在叹赏之余自愧不如,却又一心要胜过她。于是闭门谢客,废寝忘食三日,作了五十首词,然后把这首《醉花阴》混杂其中,让友人陆德夫品评。陆德夫玩味再三,说:"只三句绝佳。"明诚追问之,答曰:"莫道不消魂,帘卷西风,人比黄花瘦。"传说虽然如此,但若无前面的种种铺垫,这一句的神采不可能如此耀眼。

词采清丽,意象优美,却透着淡淡的、恰如其分的忧伤,亦是这首词的特点。形式和内容的反差,往往可以收到倍增情感和艺术表现力度的效果。

## 摊破浣溪沙(揉破黄金万点轻)

揉破黄金万点轻,剪成碧玉叶层层。风度精神如彦辅[①],大[②]鲜明。　　梅蕊重重[③]何俗甚,丁香千结[④]苦麄[⑤]生。熏透愁人千里梦,却无情。

[注释]

①彦辅:东晋人,名乐广,字彦辅。②大:据《世说新语·品藻》,应为"太"。③梅蕊重重:梅花盛开时花朵挨挨挤挤的样子。南唐冯延巳《抛球乐》词:"波摇梅蕊当心白,风入罗衣贴体寒。"宋代周紫芝《菩萨蛮》词:"宝薰拂拂浓如雾,暗惊梅蕊风前度。"④丁香千结:丁香花盛开时花朵密密匝匝的样子。五代毛文锡《更漏子》词:"偏怨别,是芳节,庭下丁香千结。"宋代蔡伸《念奴娇》词:"茂绿成阴春又晚,谁解丁香千结?"⑤麄:同"粗"。

[评析]

在百花丛中,桂花的容貌可能是最不起眼的一种。但在李清照笔下，其姿容可不一般。然而她在这首词中咏桂花，虽说主旨本不在写其貌而在传其神，但不只梅花比之见俗，就连结着愁怨的丁香，在桂花面前也显得粗糙了。其实对桂花的容貌，词人只是在开篇略作描写，不过虽说"略"，却也是经过精心剪裁的。"揉破黄金万点轻，剪成碧玉叶层层。"花形细碎，色泽金黄，体态轻盈，一如被人揉碎的黄金；叶子碧绿，巧手剪成，层层簇拥，一如片片碧玉——桂花的形象，被李清照用比喻的手法描绘出来，给人的感觉是如此清新优雅。

高明的词人往往不会浪费笔墨，在一个层面上流连。接下来我们看到她笔锋一转，拈来一个典故，加之以人拟花，桂花的精神风貌就巧妙地表现出来了。彦辅是东晋人，名乐广。《世说新语·品藻》说："王夷甫太鲜明，乐彦辅我所敬。"显然是易安误记了人名，但这并不影响我们领会其含义。词人的笔意，显然指桂花有着倨傲的个性，不随波逐流——这就是所谓"太鲜明"。对此我们不难体会，开篇两句描写簇拥着桂花的碧叶，已暗示了这一点。因此，上阕对桂花形貌和精神的描写，是互为表里的。

"梅蕊重重何俗甚，丁香千结苦麄生。"换头的笔力仍然集中于桂花本身，但梅花和丁香相比，艺术境界又有进一层拓展。梅花本为李清照之最爱，她在词中多次赞美其高洁傲世的精神，以及清丽挺拔的形象。但在这里，作为桂花的衬托，梅花的重重花瓣，就只能显出平庸累赘了。而丁香密密匝匝地挤成一堆，也只能给人粗糙的感觉。前面以反衬的手法，突出桂花从形态到精神的卓尔不群，结句则含蓄地突出其香。"熏透"一词虽不涉"香"字，桂花浓郁的芳香却已弥散在字里行间。"熏透愁人千里梦，却无情。"这个意象很新颖，明明花气袭人，不由分说地浸入"愁人"的睡梦中，却又显得那么无情。实则不是花无情，而是观花者思念远隔千里的"他"，那一腔幽怨，情不自禁地对花而发。词人移观花者之情于花,花固无情而人实有情。意象之"意",本是人赋予"象"一定的感情色彩。因此,不仅同一景物在不同的作家笔下,形象会有所不同,即使在同一个作家笔下也会多样。李清照并非仅仅写过一次桂花和梅花,但观物之情不同,则艺术形象各异。

这首咏物词运用了多种修辞手法来描写桂花,寄托感情。上阕写桂花之形貌用比喻,咏桂花之精神用典故;下阕突出桂花的卓尔不群,则用反衬。可谓手法灵活多变,形象生动鲜明。不仅得其形,更兼传其神。

## 渔家傲(雪里已知春信至)

雪里已知春信至,寒梅点缀[①]琼枝腻[②],香脸半开[③]娇旖旎[④]。当庭际[⑤],玉人[⑥]浴出新妆洗。　　造化[⑦]可能偏有意,故教明月玲珑[⑧]地,共赏金尊[⑨]沉绿蚁[⑩]。莫辞醉,此花不与群花比。

[注释]

①点缀:衬托、装饰以使主体显得更鲜明。清代李渔《闲情偶寄·种植部》:"自荷钱出水之日,便为点缀绿波。"②琼枝腻:形容梅花在雪中开放,花朵晶莹,冰雪覆盖的树枝细腻美好的样子。唐代贯休《对雪寄新定冯使君》诗:"因思太守忧民切,吟对琼枝喜不胜。"元代张野《鹊桥仙·咏梅赠人》词:"琼枝纤弱,瑶英娇小,占得江南春早。"③香脸半开:比喻梅花欲开未开之时,犹如美人俏丽的脸庞。④旖旎:形容柔美的样子。宋代晏几道《临江仙》词:"旖旎仙花解语,轻盈春柳能眠。"宋代苏籀《题僧寮白》诗:"芳蕤何蒨绚,尤物真旖旎。"⑤当庭际:在庭院中。⑥玉人:形容梅花如同美人。唐代元稹《莺莺传》:"拂墙花影动,疑是玉人来。"唐代杜牧《寄扬州韩绰判官》诗:"二十四桥明月夜,玉人何处教吹箫。"⑦造化:自然界。唐代杜甫《望岳》诗:"造化钟神秀,阴阳割昏晓。"唐代岑参《经火山》诗:

"人马尽汗流,孰知造化功。"⑧玲珑:形容月光皎洁。唐代李峤《月》诗:"皎洁临疏牖,玲珑鉴薄帷。"唐代白居易《竹窗》诗:"烟通香霭气,月透玲珑光。"⑨金尊:对酒尊的美称。南朝谢灵运《石门新营所住》诗:"芳尘凝瑶席,清醑满金尊。"唐代陈子昂《春夜别友人》诗:"银烛吐清烟,金尊对绮筵。"⑩绿蚁:新酿的酒在尚未过滤时,酒面上泛起的泡沫,后也用来代指新酒。唐代白居易《问刘十九》诗:"绿蚁新醅酒,红泥小火炉。"唐代翁绶《咏酒》诗:"逃暑迎春复送秋,无非绿蚁满杯浮。"

[评析]

对梅花的喜爱,使李清照写下了一篇又一篇咏梅词,但各各不同,篇篇不一,充分显示了词人的情怀和才华。

作为春的使者,雪与梅总是结伴而行,故为"春信"。雪是梅的背景,梅为雪的点缀,所以宋代卢梅坡的《雪梅》诗云:"梅须逊雪三分白,雪却输梅一段香。"雪中梅以其莹洁,常常被诗人们比为美人,又往往令人联想起月亮的清辉,所以元末明初诗人高启说:"雪满山中高士卧,月明林下美人来。"(《梅花九首》之一)李清照的这首咏梅词,可说集中了常见的意象,却不落窠臼,尖新轻灵,形成了自然浑成的艺术意境。

有了寒梅点缀,玉树琼枝显得更加莹润。在冰雪的映衬下,含苞欲放的梅花,则犹如风情旖旎的美人,含羞巧笑,欲开还闭。词人用拟人的手法,写尽了早春寒梅少女般的清纯,接着又以"玉人浴出新妆洗",象征梅花冰清玉洁的品格——梅与人浑成一片,却若即若离,不黏不滞。

上阕直接描写梅花的形象,亦花亦人。下阕则由花及人,亦人亦花。更有明月玲珑,雪、月、梅合一,映衬得天宇澄澈无比。赏花人究竟是沉醉于美酒,还是沉醉于暗香浮动,月色朦胧?词人不答,只是说,对花饮酒,不辞一醉方休。究竟是什么样的气质,使得梅花如此令人倾倒呢?"此花不与群花比"——词人结句点题,梅花卓尔不群、高标出尘的形象，寄寓了她对高尚人格的赞美。

咏物之作，贵在有所寄托。陆游说："一树梅花一放翁。"（《梅花》）对易安笔下的梅花，我们是不是也可以这样说呢？

## 多丽（小楼寒）

小楼寒，夜长帘幕低垂。恨潇潇、无情风雨，夜来揉损琼肌①。也不似、贵妃醉脸②，也不似、孙寿愁眉③。韩令偷香④，徐娘傅粉⑤，莫将比拟未新奇。细看取，屈平陶令⑥，风韵正相宜。微风起，清芬酝藉，不减酴醾⑦。　　渐秋阑⑧，雪清玉瘦，向人无限依依。似愁凝、汉皋解佩⑨，似泪洒、纨扇题诗⑩。朗月清风，浓烟暗雨，天教憔悴瘦芳姿。纵爱惜，不知从此，留得几多时。人情好，何须更忆，泽畔东篱⑪。

[注释]

①琼肌：莹洁如玉的肌肤，比喻菊花美似玉女。②贵妃醉脸：贵妃即杨贵妃，小名玉环。美而通晓音律，能歌善舞。初为寿王妃，后做女道士，号太真。入宫后得到唐玄宗专宠，封为贵妃。安史之乱起，玄宗出逃，到马嵬坡时军士哗变，归罪于杨贵妃，玄宗无奈，赐其自缢。醉脸，酒醉后脸色红艳。③孙寿愁眉：像孙寿那样故作愁眉以惑人。孙寿，东汉权臣梁冀之妻。《后汉书·梁冀传》载："寿色美而善为妖态，作愁眉、啼妆、堕马髻、折腰步、龋齿笑，以为媚惑。"《风俗通》曰："愁眉者，细而曲折。"④韩令偷香：像韩寿那样去偷来奇香。《晋书·贾谧传》、南朝刘义庆《世说新语·惑溺》载：晋代韩寿姿容甚美，贾充之女贾午见而悦之，暗通情好。贾午盗取西域异香赠予韩寿。贾充的僚属听说后向贾充告发，贾充遂把女儿嫁给韩寿为妻。偷香后来成为偷情的典故。⑤徐娘傅粉：徐娘，南朝梁元帝的后妃徐昭佩。《南史》本传载："徐娘虽老，犹尚多情。"后世因用以称尚有风韵的中年妇女。傅粉，似应为何晏。魏代何晏姿容、风度美，脸色特别白皙。魏明帝怀疑他傅粉，夏

天有意让他吃热汤饼,汗大出,用朱衣自拭,面色反而更白。后世遂以傅粉为美男子之称。事见《世说新语·容止》:"何平叔美姿仪,面至白,魏明帝疑其傅粉。正夏月,与热汤饼。既噉,大汗出,以朱衣自拭,色转皎然。"⑥屈平陶令:屈平,即战国时代爱国诗人屈原,名平,字原,楚国人。陶令,东晋田园诗人陶渊明。陶渊明曾任彭泽令,故称。唐代刘长卿《九日登李明府北楼》诗:"无劳白衣酒,陶令自相携。"毛泽东《登庐山》诗:"陶令不知何处去,桃花源里可耕田?"⑦酴醾:花名,也为荼藦。本是酒名,以花的颜色似之,故取以为名。宋代姜夔《洞仙歌·黄木香赠辛稼轩》词:"鹅儿真似酒,我爱幽芳,还比酴醾又娇绝。"明代汤显祖《牡丹亭·惊梦·好姐姐》:"遍青山啼红了杜鹃,荼藦外烟丝醉软。"⑧阑:残,尽,晚。宋代辛弃疾《青玉案》词:"蓦然回首,那人却在,灯火阑珊处。"唐婉《钗头凤》词:"角声寒,夜阑珊。"⑨汉皋(gāo)解佩:汉皋,山名,在今湖北省境内。《韩诗外传》载,郑交甫在楚地汉皋台下,遇到佩戴明珠的两个仙女,仙女解佩相赠。⑩纨扇题诗:《汉书》载汉成帝时班婕妤失宠,用细绢在团扇上题《怨歌行》以自伤。诗中感叹道:"常恐秋节至,凉风夺炎热。弃捐箧笥中,恩情中道绝。"⑪泽畔东篱:泽畔,指屈原,他被流放时行吟泽畔,脸色憔悴。东篱,指陶渊明,其《饮酒》诗道:"采菊东篱下,悠然见南山。"

[评析]

这是一首咏菊词,《乐府雅词》题为《咏白菊》。词人通过对白菊花的描写,寄托自己高洁的情怀。

《多丽》这个词牌,又名《鸭头绿》、《陇头泉》等,共139字,是《漱玉词》中篇幅最长的一首词。"人比黄花瘦"、"满地黄花堆积"——在李清照笔下,菊花形象有的极为简洁鲜明,而这首咏白菊词篇幅既长,典故又多,是不是可以这样理解:菊花在中国具有深厚的文化底蕴和象征意义,易安对白菊亦有太多的感想,所以须得铺叙、描绘一番呢?但无论如何,女词人还是从其身边景写起。

小楼秋寒,帘幕低垂,又一个长夜过去了。写夜不仅"寒",

而且"长",为心牵白菊张本。抒情主人公尚未探视,"恨"已暗生,因为想见夜来的"无情"风雨,会揉损了白菊美玉般的花瓣。在细致描绘白菊花之前,"琼肌"一词,已为她秀洁美好的形象定下了基调。接着词人连出几个著名美人的典故,极言"也不似",突出白菊的天然清新之姿,毫不造作之态。杨贵妃和孙寿的美,或酒染颜面,或故作愁眉;韩寿奇香,徐娘傅粉,也都是人工修饰。只有白菊花是天生丽质,这么多美的比拟,对于她来说都不算"新奇",因为那只是外在的啊!"细看取"将词意推进一层,用屈原和陶渊明的高洁情操,即内在风韵来比喻白菊,并断然表示这样的比拟,与白菊花才真正"相宜"。词笔铺陈至此,白菊的秉性风姿从外到内,一一呈现在我们眼前。然而还要加上天香,方更见白菊佳处。对此词人不再用典,而是轻快地写道:"微风起,清芬酝藉,不减酴醾。"白菊花香得清淡幽微,金风暗送,沁人心脾,此所谓"酝藉";白菊花之香虽然幽淡,却绝不在酴醾花之下,所以令人陶醉。上阕从赋花人的心情和花的外形、内韵、香气等多种角度,以间接描写(使用典故)和直接描写两副笔墨,全面地为白菊花写照,咏花人隐现其中。

过片先照应开头而回到季节,写秋天渐渐过去,眼看就要走到尽头,接着直接描写白菊花的风神:"雪清玉瘦"摹状其高洁,"向人无限依依"表现词人的深深怜爱,浑然难辨究竟是花向人,还是人对花的依恋。在词人看来,白菊花似乎含愁凝泪,似乎和深官怨女般害怕被抛弃的命运。因此她不觉担心,度过几个"朗月清风,浓烟暗雨"的时日后,"天教憔悴瘦芳姿"。不论自己如何爱惜她,天必不从人愿,不知"留得几多时",白菊花终究逃不过凋零的命运!接着情思一转,别开一境:"人情好,何须更忆,泽畔东篱。"既然花开自有花落时,那何不待花开之时适时观赏,花谢之际随心从时,又何必总是待花落之后,苦苦追忆屈子泽畔行吟的孤傲,陶令东篱采菊的清高呢？结句不再沿着悲伤的情绪写下去，而是以旷达之情收束全词，使咏菊意蕴得到提升。

说到意蕴，我们除了注意词人对白菊花形象和精神的直接描写外，还要关注其所选典故的原意。菊花象征着不与黑暗现实同流合污的品格，而白菊花以其色彩之洁净，更强化了这一意蕴的表现。难道我们能说这是易安信手拈来的吗？再者，这首词上下阕都出现了屈原和陶渊明，这两个人物都是以高洁情操抵御丑恶现实的典型，不过表现方式不同罢了。因此，这两个典故的使用颇可玩味。下阕出现的两个典故，"汉皋解佩"本事为得而复失，"泪洒纨扇"本事为被冷落遗弃，亦可玩味。咏物词本身所具有的寄托性，以及典故本身所具有的影射性，这样两种蕴藏深意的方式，同时出现在同一词篇中，而易安填这首咏物词，一反常态地如此高深，不会事出无因。我的意思是，这首词极有可能填于词人或其夫赵明诚所处的某一个非常时期，所以词人咏白菊花以自喻，两次提及屈原、陶渊明以表明心志。

那么，在李清照的生活中，是否有和上述典故吻合的事情出现呢？我觉得，据词人在词中的种种暗示，这个作品可能作于青州。宋徽宗崇宁五年（1106）蔡京复相位，而李清照的公爹赵挺之罢相，五日后病卒。他在卒后三日即遭蔡京诬陷，被指为庇元祐党人，追夺赠官。赵氏家族在京师难以立足，遂移居青州。清照在青州一住十余年，直到宋徽宗宣和三年（1121），才抵莱州与赵明诚团聚。大约是在屏居初期，李清照填了这首《多丽》词。上文所指词中的几个典故，均为她对这一事实的暗示。贵妃、孙寿、徐娘等以色相取悦君主者，无妨看作是她对奸臣的讽刺；开篇的"寒"、"恨"、"无情风雨"和下阕的"天教憔悴瘦芳姿"等意象，亦为对现实的影射。而白菊花的精神和清芬，屈原和陶渊明的节操，则是易安风骨的写照。并非笔者捕风捉影，李清照在《金石录后序》中追忆青州岁月时曾说道:"甘心老是乡矣!故虽处忧患困穷而志不屈。"赵明诚题《易安居士画像》亦云:"易安居士三十一岁之照。清丽其词,端庄其品,归去来兮,真堪偕隐。政和甲午新秋,德父题于归来堂。"对此画和题记的真实性学界虽有质疑,却也不妨信之(见徐北文主编《李清照全集评注·李清照年表》)。

## 好事近(风定落花深)

风定①落花深,帘外拥红堆雪②。长记海棠开后,正是伤春时节。　　酒阑③歌罢玉尊④空,青缸⑤暗明灭⑥。魂梦不堪幽怨⑦,更一声啼鴂⑧。

[注释]

①风定:风停息下来。宋代姜夔《满江红》词:"向夜深、风定悄无人,闻佩环。"辛弃疾《水调歌头》词:"红莲幕底风定,香雾不成飘。"②拥红堆雪:落红如同雪一般堆积起来。③酒阑:通常指酒筵已接近尾声。这里指酒将喝尽。唐代杜甫《魏将军歌》:"吾为子起歌都护,酒阑插剑肝胆露。"④玉尊:玉制的酒器,亦泛指精美的酒杯。尊,也作"樽"。三国魏国曹植《仙人篇》诗:"玉樽盈桂酒,河伯献神鱼。"宋代张泌《河传》词:"魂销千片玉樽前,神仙,瑶池醉暮天。"⑤青缸:青灯。清代龚自珍《隔溪梅令》词:"林檎叶叶拂僧窗,闪青缸。"⑥暗明灭:灯油将尽,光焰忽明忽暗。⑦幽怨:郁结于心中的愁怨,一般指女子和爱情有关,又不能宣之于人的情绪。⑧鴂(jué):鸟名。又名鹎,善鸣。《诗·豳风·七月》:"七月鸣鴂。"《毛传》:"鴂,伯劳也。"《玉台新咏·东飞伯劳歌》:"东飞伯劳西飞燕,黄姑织女时相见。"黄姑,牵牛星。南朝乐府民歌《西洲曲》:"日暮伯劳飞,风吹乌臼树。"后指情人或朋友的别离。宋代陈襄《织女》诗:"期约黄姑重相见,伯劳东鷟燕西飞。"明代张凤翼《灌园记·法章闻变》:"东去伯劳西去燕,断肠回首各风烟。"

[评析]

　　这首《好事近》，上阕以落花时节的意象，下阕以酒阑灯灭的场景，表现了词人凄凉幽怨的情怀。品读词意，当为李清照南渡前与丈夫离居时所作。

　　西晋著名诗人和文学理论家陆机在其《文赋》中提出了"感物"说，把文学创作和客观世界的对应关系做了一个精辟的概括："遵四时以叹逝，瞻万物而思纷；悲落叶于劲秋，喜柔条于芳春。"也即是说，人的思想感情不是凭空而来的，外界事物的变化，乃至四时更替，草木荣枯，都会触发人们的思绪，从而借万象以抒情怀。中国古典诗词的伤春和悲秋，早就引起了人们的关注和探讨。其实并非如一些现代人所理解的那样，古人的思想感情特别脆弱，所以见花落而掉泪，见月缺而伤心，而是因为花落月缺，似水流年，总是让人联想到人生的无奈，因而也更让人珍惜一切美好的事物。所以，表现这般境界的作品，自有其审美意义。

　　由于独特的生活体验和审美感受，李清照对事物的表现总是给人与众不同之感。比如，北宋张先的《天仙子》结句道："风不定，人初静。明日落红应满径。"而李清照偏偏开篇就说："风定落花深，帘外拥红堆雪。"两位词家所写情境，似乎只有个时间差，但俨然已成两种意趣。张先词由今夜听风而设想明日花落，愁绪淡然；李清照词却由眼见风定花落，帘外落红厚积如同堆雪，确定春光已无可挽回地逝去，愁情深浓。春去的衰败景象，总是以花落枝头为特征，然而感受总有程度的不同。词人在两句当中连着镶嵌了三个词，描写了春光的彻底凋零。既"深"，复"拥"，还"堆"，落红岂是片片或朵朵！"拥红堆雪"，无论是意象还是用语，都是清照独特的创造。接下来"长记海棠开后"透露出一个信息：并非是今年看到海棠花落才觉"伤春"，年年如此啊，只不过今年伤情尤重罢了。读完上阕我们不禁要想一想，究竟是落花引起了抒情女主人公的感伤，还是她以感伤的眼睛观物，所以倍觉"拥红堆雪"之愁惨呢？我想，这应当是人和自然的交流感应吧。下阕词人具体抒情，验证了这一点。

　　换头即由帘外落花转向室中宴饮，犹如上阕直接写春残一样，这里直接写盛宴散去，欢娱不再之时："酒阑歌罢玉尊空，青缸暗明灭。"一盏青灯，半明不灭，独坐枯守，怕过长夜，这才是女主人公现实的处境。这幅暗淡画面与上片的"拥红堆雪"相呼应，气氛渐见凄惨，而词人的笔触还要向更凄惨处写去："魂梦不堪幽怨，更一声啼鴂。"睡梦中的心神，也撇不脱幽怨的侵扰，窗外伯劳声声，更勾起了满腔心事，情何以堪！伯劳，常被用来比喻情人分离。词人把这个意象用在结句，再加以虚化，"一声啼鴂"扰乱了梦魂，幽怨之情缠绵不尽，别离之旨现于象外，真是闻胜于见，余音袅袅，不绝如缕。"啼鴂"意象，在中国古典诗词中多得不胜枚举，试举一例与清照词作对比。南宋蒋捷的《粉蝶儿》也使用了这个意象，也用在结句："啼鴂声中，春光化成春梦。"两相比较，意象同一，情境却完全不同。啼鴂在李词中烘托了幽怨之情、凄凉之境，在蒋词中则相反，简直就是温柔富贵乡的装点了。在语感上，李词的"一声"有惊魂之效，而蒋词的"声中"是欢乐的伴奏。可见，特定的意象内涵，在不同的情境中，也可以表现出不同的意趣，形成不同的感情色彩。

　　这首词给人的感觉，不像是写一般的离情。上阕风定落花和下阕酒阑长夜的描写，意象色彩都甚为凄厉，全词的情调也极为愁惨，浑不似《醉花阴》和《一剪梅》那样，相思之情的抒发，流露着甜蜜的忧愁。究其情，此词或作于清照南渡之前，具体说是在靖康二年（1127）。这一年，赵明诚因奔母丧先行南下。国破家亡在即，词人于风雨飘摇中感受别离，其心境自然不是和平时期可比。次年春李清照南渡抵江宁（南京），赵明诚时为江宁知府。

## 行香子（草际鸣蛩）

草际鸣蛩①，惊落梧桐，正人间、天上愁浓。云阶月地②，关锁③千重。纵浮槎④来，浮槎去，不相逢。　　星桥鹊驾⑤，经年才见，想离情、别恨难穷。牵牛织女，莫是离中⑥。甚霎儿⑦晴，霎儿雨，霎儿风。

[注释]

①蛩（qióng）：蟋蟀。唐代钱起《晚次宿预馆》诗："回云随去雁，寒露滴鸣蛩。"宋代周邦彦《齐天乐》词："暮雨生寒，鸣蛩劝织，深阁时闻裁剪。"②云阶月地：以云为阶梯，以月为平地。指仙境和美境。唐代杜牧《七夕》诗："云阶月地一相过，未抵经年别恨多。"也作月地云阶，宋代苏轼《次韵杨公济奉议梅花》之四："月地云阶漫一樽，玉奴终不负东昏。"③关锁：关卡封锁。亦作"关鏁"，《敦煌变文集·目连缘起》："重门关鏁难开得，振锡之声总自通。"④槎（chá）：木筏。唐代韦应物《龙潭》诗："浪引浮槎依北岸，波分晓日漫东山。"又为传说中来往于海上和天河之间的船。晋代张华《博物志》卷十："天河与海通，近世有人居海滨者，年年八月，有浮槎去来，不失期。"⑤星桥鹊驾：神话中的鹊桥。传说每年农历七月初七（七夕）的晚上，相隔在银河两岸的牛郎、织女一年一度相会，有喜鹊为他们搭桥。南北朝庾信《舟中望月》诗："天汉看珠蚌，星桥似桂花。"明代汪镜《春芜记·团圆》："度春风欢娱百年，星河鹊驾高悬。"⑥莫是：莫非是、难道是。离中：别离中。⑦霎儿：一会儿，宋代詹玉《多丽》词："霎儿间，恨桐招雨，西风叶叶商量。"

[评析]

牛郎织女的传说始于何时已不可考，但自从《诗经》时代双星意象进入文学作品以来，人们对其诠释虽因时、因人不同而有所差异，但那份对爱情永不言变的执着，那相望而只能相思的痛苦，那地老天荒遥遥守望的凄美，无疑是这个传说最动人的元素。李清照的《行香子》，正是借此来寄托相思之苦的。那么，她在其中表现了什么样的感情，又是怎样来表现的呢？

　　词一开篇，我们就感觉到秋天的萧瑟之气扑面而来：蟋蟀在草丛里发出哀鸣，梧桐被秋风惊落了碧叶。蟋蟀入秋，意味着生命即将逝去；梧桐叶落，观一叶而知天下秋。由于"鸣蛩"和"梧桐"两个意象本身所具有的通常意义，词人不用费心加以涂饰，秋气已然满纸。写叶落用"惊"，不是对一般自然现象的描绘，而充盈了词人浓重的感伤情绪。一"鸣"对应一"惊"，连着两个动态描写，使感伤成为笼罩全篇的基本色彩。接着由人间到天上，词笔自然无迹地转换。下一句开头的"正"字，在格律中作为最具顿挫感的一字逗领起下文，加强了感情表现的力度，并把词人对双星的感悟巧妙地牵引出来，绾合了现实和传说的同一情境。是什么样的情境呢？词人直书"愁浓"二字突现之。这浓愁此时此刻既在人间，也应在天上吧？人间，是词人真实的感受；天上，却是由真实感受而引发的联想。由此生发开去，一个奇思妙想呈现在我们眼前：即令我以白云为阶梯登上天空，也必定是关锁千重啊！"纵浮槎来，浮槎去，不相逢。"海上和天河之间纵有浮槎可以往来，我又如何能与你相逢呢？当这个传说出现在词篇中，抒情主人公绝望的情绪，也就流布其间了。

　　下阕换头，词人的笔触继续向"天上"延伸，引出了牵牛织女的传说，无论是意象还是词气，转接都显得极为自然而紧密。"星桥鹊驾，经年才见"，这一年是多么漫长啊，设想他们的离情别恨，应是难以穷尽的吧？"牵牛织女，莫是离中"，以设问为肯定，明写双星，而词中人的处境和心境，尽在其中。惟其以愁情观双星，双星自然带愁。结句又是一字领起："甚霎儿晴，霎儿雨，霎儿风。"阴晴不定，风雨时来，这是什么样的天气啊！其实不是天气不好，而是人的"愁浓"。从天上的双星忽而转向人间的天气，结句语言流畅而意味深长。一字领起的"甚"和后面重叠的三个"霎儿"，是《行香子》词律的要求。词人把口语纳入到精严的格律之中，语言既生动又合律，意态既张扬又内敛，收到了意想不到的艺术效果。辛弃疾曾刻意模仿过李清照这个时间词："千峰云起，骤雨一霎儿价。更远树斜阳，风景怎生图画？"（《丑奴儿·博山道中效李易安体》）品读可知，"霎儿"用在这个情境中，正是所谓"词眼"。

为了深入体会这首词，我们有必要简略回顾以牛郎织女为意象的几个名篇。

在产生于周代的《诗经》中，最早出现双星的身影。《小雅·大东》说："维天有汉，监亦有光。跂彼织女，终日七襄。虽则七襄，不成报章。睆彼牵牛，不以服箱。"诗的大意是，天上有波光流动的银河，虽然织女星日移七次，从不停下劳作，却终日织不成美丽的花纹。牵牛星虽然明亮，却拉不动大车厢。在这里，牵牛、织女星是毫无关系的无情双星，诗人不过是由其名称而产生了联想。

到了东汉末期，由于长期的社会动荡，人间灾祸横生，有情人暌隔千里，人们对双星的感悟发生了演变，让他们成为隔着银河遥遥相望，有情而不能厮守的情人。佚名文人的《古诗十九首·迢迢牵牛星》是这一转变的代表作。在这首诗里，双星隔河相望，织女因相思而痛苦，所以"终日不成章，泣涕零如雨"。诗人感叹说："河汉清且浅，相去复几许？盈盈一水间，脉脉不得语！"织女的眼泪，其实是人间痛苦的折射。

到宋代，时代略早于李清照的秦观填了一首《鹊桥仙》词，翻转了《迢迢牵牛星》的立意。在他看来，不仅"金风玉露一相逢，便胜却人间无数"，而且有情不必厮守，"两情若是久长时，又岂在朝朝暮暮"。对比这两个名篇，我们感受了人世间爱情的两种主要境界。然而无论是相思的痛苦，还是相聚的达观，执着的爱情，总是人类一种美好的向往。

李清照这首《行香子》流传的广度，或许不如在她之前的几个名篇。但是，这首词以精美的结构，巧妙的联想，深沉的情感和生动的语言，表达了词人真实的感情，自有其不可替代的艺术价值。

# 念奴娇（萧条庭院）

萧条庭院，又斜风细雨，重门须闭。宠柳娇花寒食近，种种恼人天气。险韵诗①成，扶头酒②醒，别是闲滋味。征鸿过尽，万千心事难寄。　　楼上几日春寒，帘垂四面，玉阑干慵倚。被冷香消新梦觉，不许愁人不起。清露晨流，新桐初引③，多少游春意。日高烟敛，更看今日晴未。

[注释]

①险韵诗：以所含字量最少的韵辙押韵，或以冷僻难押的字做韵脚的诗。宋代苏轼《次韵舒尧文祈雪雾猪泉》诗："怪词欲逼龙飞起，险韵不量吾所及。"宋代刘克庄《四和》诗："屈盘硬语押险韵，有似兵家使诈愚。"②扶头酒：易醉之酒。唐代白居易《早饮湖州酒寄崔使君》诗："一榼扶头酒，泓澄泻玉壶。"宋代贺铸《南歌子》词："易醉扶头酒，难逢敌手棋。"③初引：树木新发出的嫩绿枝叶。宋代欧阳修《初伏日招王几道小饮》诗："蒲萄忆见初引蔓，翠叶阴阴还满架。"贺铸《春怀》诗："著水苔衣渐涵绿，向阳竹鞭初引萌。"

[评析]

宣和二年（1120）赵明诚为莱州知府，李清照独居青州，作此名篇寄到莱州。（黄墨谷《重辑李清照集》，齐鲁书社1981年版）

词人以一个春情寂寥的傍晚为背景，用饱蘸深情的笔触，抒发了挥之不去的离愁别绪。

表现独守空闺的离愁别绪，李清照往往喜欢从居所写起。然而庭院、重门、垂帘、高楼、阑干、飞鸿等景物，总能在愁绪的浸润中，形成各不相同的意象色彩。"情以物迁，辞以情发"，纵然"年年岁岁花相似"，但"岁岁年年人不同"的体验，总能让她找到不同的抒情角度，从而形成各有意味的词篇。

上片从"萧条庭院"落笔，副词"又"一字领起下面几个意象，不仅渲染了幽独的氛围，而且加重了语气，表明离别并非一次。然而今日重逢同样的景象，女主人公依然是这般无奈。"斜风细雨"带来的清冷，令人觉得似乎禁受不起，她想：如果把一扇扇的门关闭起来，是不是就可以把寂寞拒之于门外了呢？"重门须闭"这个意象以虚就实，极为巧妙、极有内蕴。原来她之所以会想到闭门，是因为寒食节已近，虽有"宠柳娇花"，门外却是"种种恼人天气"。不是天气恼人，而是人恼天气，花红柳绿，只不过惹得人无端烦闷而已。那么回到屋子里吧，然而为驱赶烦闷作的险韵诗已成，最易醉人的扶头酒已醒，心头却"别是闲滋味"。这"闲"并非悠闲、清闲之"闲"，而是离愁、暗恨、别情的混合。它搅得人坐卧不宁，所以这个女子显然又走出门去，一仰头，却见"征鸿过尽"。越冬的大雁让她联想到鸿雁传书，然而这实际上是不可能的。在《一剪梅》中词人曾写道："云中谁寄锦书来？"这里的"万千"，则从另一个角度表现了离别的痛苦。词情到此，上阕可结。

过片承接望征鸿而点明"楼上"，承接"心事难寄"而铺叙离情，点染春色。或因春寒而"帘垂四面"，但本来就"玉阑干慵倚"，偏偏又"被冷香消新梦觉"，还"不许愁人不起"。这样的状态，就只能说是离愁带来的无情无绪了。一句中连用两个否定词，真是"良辰美景奈何天"啊！词人以具体的感觉和行动描摹，把心绪具体化了，时间也悄无声息地转到次日清晨。接着，她进一步以春天美丽的景物，表现女主人公慵懒的状态。"清露晨流，新桐初引，多少游春意。"仅由在楼上看到的一抹春色，也能想象外面的春光有多么美丽，这本该是和爱人一同游春的时节啊！可如今只能以"日高烟敛"做个推测，"更看今日晴未"？其实，无论是"斜风细雨"在天，还是"宠柳娇花"满地，她独自一人，肯定是没有心情去欣赏春色的。一首长调词，结得如此意味隽永，关合得如此潇洒自如，怎不令人击节赞叹呢！

这首词比较突出地体现了李清照词的总体特点：在寻常事物和寻常语中，不时有尖新优美的意象，以凝练自然的语言出之。上阕的"宠柳娇花"一向为人激赏，如宋代黄升赞其"甚奇俊，前此未有能道之者"(《唐宋诸贤绝妙词选》)。清代王士禛将此意象连同"绿肥红瘦"，赞为"人工天巧，可称绝唱"(《花草蒙拾》)。移用前人语句意象而了无痕迹，达到浑然天成的地步，也是这首词的一个特点。下阕的"清露晨流，新桐初引"来自《世说新语·赏誉》，原文是："于时清露晨流，新桐初引。"有学者指出，《阳春白雪》本改"新"为"疏"，《词菁》本改"引"为"影"(王学初《李清照集校注》卷一)。中国古代的选家和评点家，有一种擅改他人作品的习惯。有改得比原作好者，改坏了的也不少。这两个本子的改动不仅属后者，还有些令人瞠目结舌——难道编者竟然不知道，这是易安移用的成句？

## 点绛唇（寂寞深闺）

寂寞深闺，柔肠一寸愁千缕。惜春春去，几点催花雨①。倚遍阑干，只是无情绪。人何处，连天芳草②，望断归来路。

[注释]

①催花雨：春雨。宋代晏几道《泛清波摘遍》词："催花雨小，著柳风柔，都似去年时候好。"陆游《社日小饮》诗："催花初过社公雨，对酒喜烹溪友鱼。"②芳草：或作衰草。与本词所写春景不合，当误。但"草"不协韵，为词家忌。《词综》等选本作"芳树"，虽合律，但不知所本（参阅王学初《李清照集校注》）。

[评析]

惜春，在古代诗人的笔下，有种种不同的意境。既然惜，就总是带有丝丝伤感和憾恨。因为美好春光的逝去，总是令人自然而然地联想到现实人生。看来此时的李清照，又处于与丈夫的离别之中，故因惜春而伤怀，词境具有两重意蕴。

这首词或题为"闺思"、"闺怨"，由女性之手抒写女性的惜春情怀，有别于男性代言。其实很多男性当此时节，也有诸般愁怨。有趣的是，他们往往代拟，即以女性的口吻和角度来抒发惜春之情。即如辛弃疾，他的词作名篇《摸鱼儿》以"春又归去"为意象，寄托壮志难酬的抑郁，其手法之婉约，典故之女性化，也不类惯常的豪放情调。更不用说，欧阳修那首颇负盛名的《蝶恋花·庭院深深深几许》，整个是以女性为抒情角的代拟之作。不过，这些作品，都无如女性手笔令人感觉贴近。下面我们还会具体看到，不仅作者的不同性别表现于作品，不可能不留下痕迹，即令是相同的感情和表现手法，也会带来不同的美感。

一般的伤春之作，总是从景物切入，清照却从人物的心理落笔："寂寞深闺，柔肠一寸愁千缕。"第一句看似平平，但带出了愁肠九转的下句，顿觉情境不凡。深闺何以寂寞？都因那人不在。华年正如同这美丽的春光一般短暂，待他归来，我的青春是否又逝去几分？我的容颜是否又多了几分憔悴？这不是无端的伤感，花无百日红，这是无情的事实啊！在离别的日子里，每一寸柔肠都聚集了千万缕愁绪，满腹的愁思又让人如何承受？此处运用了夸张手法，却不使人感到失实。这个意象虽不出于清照，但其化用之功，实不输于独创。五代韦庄的《应天长》道："别来半岁音书绝，一寸离肠千万结。"北宋晏殊的《玉楼春》道："无情不似多情苦，一寸还成千万缕。"欧阳修的《锦香囊》则道："一寸相思无著处。"这几位词人均以相近的艺术形象写离思，也都用了"一寸"这个量词来强化感情，但细微处仍然有所不同。三位男性词人的笔调比较阳刚，或直抒其情，或用语洒脱，而清照的这两句偏偏不提离情，而将离情暗含于意象之中。正是显豁与蕴藉的差别，呈现了女性词人独有的温婉和细腻。

"惜春春去，几点催花雨。"词人开篇不道破离情，过片却直言"惜春"，一明一暗，两种情怀在此交错，意境也得到了拓展。愈是珍惜就愈是容易逝去，美丽的春光如此，青春同样如此。"几点"照应"一寸"，量之微小再一次得到强调，愁的深重亦进一步得到增强，而抒情主人公"寂寞"的深度，以及上阕不肯明言的离情，在下阕以别一种方式继续表达出来。

过片与开篇笔法相似，仍从主人公的心境着笔，变化处在于以动态深化心理："倚遍阑干，只是无情绪。"高楼独倚，望郎归来，这是古典诗词中一个经典的画面。且不说晚唐诗人温庭筠的《望江南》，更早的南朝乐府民歌《西洲曲》就有"望郎上青楼"、"尽日栏杆头"的描写。李清照青出于蓝而胜之，她用"倚遍"对应"只是"，传神地刻画了相思女子满怀愁绪，没着没落的痛苦。当我们后来读辛弃疾的词，读到"栏杆拍遍，无人会，登临意"（《水龙吟·登建康赏心亭》）时，不禁想到，女词人的词笔，是何等高明！

"倚遍阑干"，所为何来？"人何处"？这一无人能够回答的反问，给了读者一个回答。然后，追随着词中人的心绪和视线，全词由离愁而伤春，由伤春而伤别的情绪，都归结到远望盼归上来："连天芳草，望断归来路。"双眼久久地眺望着所思之人的归来路，唯见芳草离离而不见人儿。这样的寂寞，这样的无奈，这样的伤感，这样的等待，究竟还要持续多久？画面上的深闺女子并不知道，词人也无须明确回答。词篇留给我们的，只是春残时节，迟暮时分，一个倚栏翘首远望，柔肠百结的思妇剪影。

## 蝶恋花（暖日晴风初破冻）

暖日晴风初破冻，柳眼①梅腮②，已觉春心动。酒意诗情谁与共，泪融残粉花钿③重。　乍试夹衫金缕④缝，山枕⑤斜攲⑥，枕损钗头凤⑦。独抱浓愁无好梦，夜阑犹剪灯花弄。

[注释]

①柳眼：形容早春初生的柳叶，如美人睡眼初展。宋代周邦彦《蝶恋花·咏柳》词："爱日轻明新雪后，柳眼星星，渐欲穿窗牖。"《红楼梦》第七十八回："惊柳眼之贪眠，释莲心之味苦。"②梅腮：形容梅花含苞待放之时，美如少女的脸颊。宋代王之道《满庭芳》词："风动珠帘不卷，香散处、半露梅腮。"金代元好问《朝中措》词："香轻红浅露梅腮，江上早春来。"③花钿：用金玉珠宝镶嵌而成的花形首饰。南朝沈约《丽人赋》："陆离羽佩，杂错花钿。"唐代白居易《长恨歌》："花钿委地无人收，翠翘金雀玉搔头。"④金缕：指金丝。唐代杜秋娘《金缕衣》诗："劝君莫惜金缕衣，劝君惜取少年时。"唐代白居易《秦中吟·议婚》："红楼富家女，金缕绣罗襦。"⑤山枕：山形的枕头。古代枕头多中间凹进，两端突起，有如山形。晚唐温庭筠《更漏子》词："山枕腻，锦衾寒，觉来更漏残。"清代纳兰性德《虞美人》词："半生已分孤眠过，山枕檀痕浣。"⑥斜攲：亦作"斜欹"。斜靠。宋代刘褒《菩萨蛮》词："花枕并攲斜，斜攲并枕花。"宋代赵师侠《柳梢青》词："柔风唤起娉婷，似无力、斜攲翠屏。"⑦钗头凤：饰有凤凰样式的金钗，亦为词

牌名。元代王恽《点绛唇·寿涿郡房二尊亲》词："露影庭萱，一枝金绽钗头凤。"明代许景樊《四时歌·夏歌》："雕梁昼永午眠重，锦茵扣落钗头凤。"

[评析]

　　春来景象，处处动人。只见暖日照耀，和风吹拂，大地回春，寒冻初解。新柳柔嫩的叶儿，宛如美人的睡眼微开；梅花含苞欲放，就像少女粉嫩的面颊。这样的景象，看一看已觉情不自禁，更哪堪"酒意诗情"，无人与共呢？思念那远行的人儿，泪水融化了白日的残妆，以至华美的头饰，竟自让人觉得承受不起。拿起春衫欲着身，忽感离情萦怀，难以自禁，不觉斜倚孤枕，压损凤钗。满怀的浓愁化解不开，长夜辗转无眠，又哪里能够寻到好梦呢？天放亮了，犹自独剪灯花，它会不会结一个喜信儿，报我那人将归？

　　这是李清照以细腻的感受，清新的语言，优美的意象，婉约的风格描绘的又一帧思妇图。不同于南朝乐府民歌《西洲曲》，在不同季节的景物和时空中，一层层展示思妇的心理和形象，易安只是截取了一个春日的傍晚和长夜，作为这首词的抒情背景，思妇形象在景中，亦在情中，情语景语，浑然一体。

　　这首词让我想起盛唐诗人王昌龄的名篇《闺怨》，两相对照，或许更能体现易安词的特色。诗如下："闺中少妇不知愁，春日凝妆上翠楼。忽见陌头杨柳色，悔教夫婿觅封侯。"诗人从闺中少妇的心理切入，通过她由"不知"到"忽见"，进而到"悔"的心理过程，简练地勾勒了一幅少妇春日相思图，笔墨灵动简练，谐趣洋溢，意味深长。这样的艺术效果，与诗人对情景关系的处理有关。他把人物与景物刹那间相遇而生的心绪作为着力点，深化了全诗的内涵。这是触景生情，诗人们常以此为情绪的触发点，为全诗张本，李清照这首词亦如此。

　　触景生情，景如何写？早春的迹象在历代诗人笔下似已写尽，易安却偏能别出心裁。如果说"暖日晴风初破冻"还比较平常，那么"柳眼梅腮,已觉春心动",可就算得新颖别致了。其妙在于这几个意象以拟人手法出之,并非单纯地描写景物,而是一石二鸟,既写出了初春景象的特点,又让人联想起观物者形象的曼妙。美,产生于观物者发现美的眼睛,而又让拥有者的容貌产生相应的美感。景如此,情何以堪?同样,"春心动"既是词人对春回大地细腻感觉的提取,更是对思妇心理的含蓄表达。"春心"是男女之情的暗喻,"酒意诗情谁与共",明点所思之人为情投意合者,其情转深,其意转浓。泪残脂粉,泪下得自然,"花钿重"这一意象更显得特别——这是女主人公被相思之苦折磨得有气无力,在那一低头瞬间的感觉。只有女性词人能够以这样细腻的手笔,和代言体的男性词作区别开来。

大家闺秀晨起要整洁容面,使其光洁,而"残粉"表明时光已晚,这正是思妇最觉难挨的时刻,词人选择"乍试夹衫"这个生活细节来强化愁情。金线缝制的华美寝衣,该当是向爱人展示的吧?但如今斯人远隔,"乍试"一下,已然意懒。"山枕斜敧"仍表无绪,其形态可与南朝民歌《西洲曲》中的"垂手明如玉"相比。以慵懒现愁怀,表相思,甚至残妆懒卸,损坏了钗头凤,也都是词人来自生活的心理体验。

"独抱浓愁无好梦,夜阑犹剪灯花弄。"结句堪称神来之笔。"独抱浓愁"回映上片的"酒意诗情谁与共",进一步深化了闺怨主题。"无好梦"以下更可玩味:这是抒情女主人公睡觉之前的料想呢,还是她午夜梦回之后的现实?民间习俗认为灯花结,预兆着喜事到。一个春心浪漫的年轻女性,长夜将尽尚在修剪灯花,"弄"字虽然轻巧,意味却很深长,其相思情怀之深沉,其孤枕难眠之苦况,其盼望情郎归来之急切,词人都不必明写,读者尽可以想象。这,就是诗词艺术的特点了。从全词的情调和意象推测,这是李清照前期的相思离别之词。

# 诉衷情（夜来沉醉卸妆迟）

夜来沉醉卸妆①迟，梅萼②插残枝。酒醒熏破春睡，梦远不成归。　　人悄悄，月依依③，翠帘④垂。更挼⑤残蕊，更捻⑥馀香，更得些时⑦。

[注释]

①卸妆：女性除去白日里修饰面部的脂粉和衣装。②萼：花瓣下部托起花朵的叶状绿色小片。梅花的蓓蕾亦称为梅萼。宋代欧阳修《玉楼春·题上林后亭》词："池塘隐隐惊雷晓，柳眼未开梅萼小。"但此处既言"插残枝"，当指花瓣落去，只剩下托花的萼片。③依依：恋恋不舍的样子。唐代王维《渭川田家》诗："田夫荷锄立，相见语依依。"宋代仇远《浣溪沙》词："红紫妆林绿满池，游丝飞絮两依依。"④翠帘：精美的绿色帘幕。五代韦庄《清平乐》词："碧窗望断燕鸿，翠帘睡眼溟濛。"宋代李朝卿《玉楼春》词："玉树琼葩长不谢，翠帘绣暖燕归来。"⑤挼：两手自相揉搓。南唐冯延巳《谒金门》词："闲引鸳鸯香径里，手挼红杏蕊。"宋代辛弃疾《满江红》词："一笑折、秋英同赏，弄香挼蕊。"⑥捻：用手指搓。五代和凝《天仙子》词："柳色披衫金缕凤，纤手轻捻红豆弄。"宋代刘辰翁《最高楼》词："花上雪，信手捻来成。"⑦得些时：犹言还需要等候多久。得，需要。

[评析]

一个沉醉之后春梦被惊醒的情节，一种梦醒后怅然若失的心态，是李清照这首词的主要内容。

明代戏曲大师汤显祖有句名言："因情成梦，因梦成戏。"（《复甘义麓》）"临川四梦"每部都有一个"梦"作为"情"的演绎，而《牡丹亭》中的杜丽娘之梦，承载着她对生命之春的呼唤和渴望，以其独特的穿透力和清新细腻的描写，成为中国古典文学作品写梦的极致。杜丽娘感悟到《关雎》其实是一支恋歌，因此游园时她面对大好春色而伤感、幽怨。这一腔幽情并不是因为某一个具体的对象而起,涌动于她心中的其实是莫名的春潮。心中的春潮入梦,《惊梦》的实质,是在现实中被封建礼教压抑的人欲,在幻觉世界中的实现。当好梦被惊醒后,她满腹哀怨,开始了《寻梦》之旅,最终捐弃了生命。限于体裁和意识的不同,对于梦醒之后女性心理状态的描写,李清照或许不能充分地展开,但一个片断,一个动作,虽不能和汤显祖的戏曲相比,却足以成为名篇。

词笔轻灵而情思深重,场景简单而意味悠远,无论抒情主人公所思之人是谁,词人所描写的画面,所表达的感情,都是那么耐人寻味:夜来又是一番沉醉,日妆迟迟未能卸下。插在发际的梅花,竟然只剩了梅萼残枝。酒醒了,春睡已被梅香熏破,梦见的远人却终究未能归来。夜深人静,只有月光依依,翠帘低垂。她手按寒梅残蕊,余香染指,若有所思。还要等待多久,那人才能真的归来?

在春夜绵长的相思中,女主人公的形象,疏放爽朗中透着温婉灵秀。若不疏放爽朗,则不能沉醉于春梦;若不温婉灵秀,则不能感觉梅熏梦破。上阕写夜来春梦,字字含蓄。下阕以环境衬托人物形象,以动作表现人物心理,梦境、离思和期待,似都表露无遗。"按"、"捻"两个动词用得非常精当妥帖,细腻地表现了女性沉吟之间下意识的动作,从而传达出相思之情的深度。"更得些时"作为结穴,余音袅袅,不绝如缕,使女主人公复杂的心曲愈加婉曲。全词手法婉曲而情脉明显,并未见一句"情语",却达到了诗词艺术的极致:一切景语皆情语。

## 浣溪沙(莫许杯深琥珀浓)

莫许杯深琥珀[①]浓,未成沉醉意先融。疏钟[②]已应晚来风。

瑞脑③香消魂梦断,辟寒金④小髻鬟⑤松。醒时空对烛花红。

[注释]

①琥珀:这里指酒的颜色犹如琥珀。唐代李白《客中行》诗:"兰陵美酒郁金香,玉碗盛来琥珀光。"五代南唐冯延巳《抛球乐》词:"歌阑赏尽珊瑚树,情厚重斟琥珀杯。"②疏钟:断断续续的钟声。宋代蒋捷《柳梢青》词:"归来门掩银红,淡月里、疏钟渐撞。"唐代李商隐《裴明府居止》诗:"坐来闻好鸟,归去度疏钟。"③瑞脑:又名龙脑、冰片,用于制作熏香,香味甚浓。李清照《醉花阴》词:"薄雾浓云愁永昼,瑞脑销金兽。"清代陈维崧《菩萨蛮·题青溪遗事画册》词:"回廊碧甃芭蕉叶,鸭垆瑞脑薰犹热。"④辟寒金:晋代王嘉《拾遗记》卷七载,三国魏明帝时,昆明国进贡嗽金鸟,鸟吐金屑如粟。宫人争以鸟吐之金饰钗佩,谓之"辟寒金"。后世以此喻钗饰之精致小巧。南朝任昉《述异记》卷下则说嗽金鸟畏寒,魏明帝筑温室以居之,名避寒台,故鸟儿所吐之金谓之"辟寒金"。唐代许浑《赠萧炼师》诗:"还磨照宝镜,犹插辟寒金。"宋代钱惟演《此夕》诗:"春瘦已宽连理带,夜长谁有辟寒金。"⑤髻鬟:年轻女性的环形发髻。唐代曹邺《恃宠》诗:"三十六宫女,髻鬟各如鸦。"宋代陆游《梅雨初晴迓客东郊》诗:"幼妇髻鬟簪早稻,近村坊店卖新醅。"

[评析]

杯中荡漾着有琥珀光泽的美酒,几声断断续续的远钟,一个午夜梦回髻鬟低垂的少妇,一剪在暗夜轻风中摇红的烛光,构成了这首词凄而不伤的意境。

饮酒,可以在高兴之时,更多的,则是在愁来之际,这似乎是李清照词中之酒的感情基调。这首词没有任何季节特征的描写,开篇就直写女主人公似醉非醉的心理状态。"莫许杯深琥珀浓,未成沉醉意先融。"年轻的女主人公并没想多饮,所以举杯时就告诫自己"莫许",然而只不过是小饮而已,人却已在不知不觉中沉醉。俗话说,"酒不醉人人自醉"。看来是"意"在酒先,所以才会如此。其"意"究竟如何?词人并未明言。"疏钟已应晚来风",悄然宕开的笔触,在晚风送来的断续钟声里,在一凝神的倾听中,使夜半时分幽远无端的意绪,氤然纸上。

是钟声惊破了她的美梦吗?"瑞脑香消魂梦断,辟寒金小髻鬟松。"下阕换头勾画出一幅仕女醉醒图,不着痕迹地暗示了上阕未明言的离愁别绪,不着痕迹地暗示了她梦中的情境——和所思之人相会。"魂梦断"很含蓄,但这个意象的通常含义,使梦的内容相对清晰,并透露出许多信息:因为相思,所以女主人公借酒浇愁,所以连妆都未曾卸下就和衣入梦,所以钟声惊破好梦时,才觉瑞脑的幽香早已散尽,而白日精心梳理并插戴了精美首饰的髻鬟,也已松垂下来。更令人难堪的是,"醒时空对烛花红"。好梦毕竟是梦,梦醒了,离人依然在远方。这样一番情思,该如何收拾?词人没有再写下去,而是留下一个艺术空间,让读者自己去想象。

这首词的抒情结构,上阕为铺垫,重点在下阕的午夜梦回。我们知道人有一种心理体验:在某种强烈的情绪中入梦,当梦被外界的声音惊醒后,意识中梦的情境并不会立刻退去。古代诗人很善于表现这样的心理状态,从而构成一个强大的信息磁场,形成深远的意味。如唐代金昌绪的《春怨》:"打起黄莺儿,莫教枝上啼。啼时惊妾梦,不得到辽西。"这首小诗由思妇的动作和心理,暗示梦的内容和人的思绪,恼恨的是枝上的黄莺,对战争给人们带来的痛苦一字不涉,却字字皆为情语,艺术空间比直言更为广阔。清照的这首词表相思之情,亦以梦断为重心,全词无一语明言情绪而字字皆为情语。但结句的"醒时空对烛花红",比唐诗更多了几分挥之不去的落寞惆怅。这两个作品异曲同工,唐诗的爽朗和宋词的深致,细品有不同的况味。

## 满庭芳(小阁藏春)

小阁藏春,闲窗锁昼,画堂无限深幽。篆香[①]烧尽,日影下帘钩②。手种江梅③更好，又何必、临水登楼。无人到，寂寥恰似④、何逊⑤在扬州。　　从来，知韵胜⑥，难堪雨藉⑦，不耐⑧风揉。更谁家横笛⑨，吹动浓愁。莫恨香消玉减，须信道、扫迹情留。难言处，良宵淡月，疏影⑩尚风流。

[注释]

①篆香：即盘香。明代刘基《喜迁莺》词："画角断，篆香清，斜月淡疏棂。"清代纳兰性德《酒泉子》词："篆香消，犹未睡，早鸦啼。"②帘钩：卷帘所用的钩子。唐代王昌龄《青楼怨》诗："肠断关山不解说，依依残月下帘钩。"宋代周密《浪淘沙》词："开尽栋花寒尚在，怕上帘钩。"③江梅：一种野生梅花。宋代范成大《梅谱》："江梅，遗核野生，不经栽接者，又名直脚梅，或谓之野梅。凡山间水滨荒寒清绝之趣，皆此本也。花稍小而疏瘦有韵，香最清，实小而硬。"④恰似：正如；恰如。南唐李煜《虞美人》词："问君能有几多愁，恰似一江春水向东流。"宋代吴文英《卜算子》词："频探秋香开未开，恰似春来了。"⑤何逊：南朝梁代诗人，字仲言。梁代天监间为建安王萧伟的水曹行参军兼记室，有咏梅诗《扬州法曹梅花盛开》（一题为《咏早梅》），有句云："应知早飘落，故逐上春来。"⑥韵胜：犹言高雅。宋代范成大《梅谱·后序》："梅以韵胜，以格高。"明代宋濂《同虚山房记》："若霖（傅若霖）恬淡而好读书，皦皦霞外，诚韵胜之士也。"宋代辛弃疾《如梦令》词："韵胜仙风缥缈，的皪娇波宜笑。"⑦雨藉：被雨侵害。⑧不耐：禁受不起。南唐李煜《浪淘沙》词："罗衾不耐五更寒。"宋代陆游《新菊》诗："老去流年不耐催，微霜又见菊花开。"⑨横笛：指用笛子吹奏古曲《梅花落》。五代和凝《望梅花》词："何事寿阳无处觅，吹入谁家横笛？"南宋吴文英《高阳台·落梅》词："南楼不恨吹横笛，恨晓风、千里关山。"姜夔咏梅词《暗香》："旧时月色，算几分曾照我，梅边吹笛。"⑩疏影：宋代林逋《山园小梅》诗："疏影横斜水清浅，暗香浮动月黄昏。"南宋姜夔自度咏梅词，词调名为《疏影》，后以此为梅花的代称。

[评析]

这首咏梅词或作于李清照屏居青州时期。词人对梅抒怀，含蓄蕴藉，抒情女主人公和梅花的形象融为一体，全词意脉流转，意境浑然天成，用典给人"不隔"之感。

李清照的咏物之作，通常并不取开门见山之势，即不从正面入笔，而更喜欢从抒情女主人公身处的环境写起，然后渐入正题。这样的写法易于造成亲切之感，并使笔触在人和花之间腾挪转换。

梅开时节，正当大地回春，万物复苏，整个世界一片勃勃生机。然而女主人公的处所，却充满了寂寞无聊。春色被阻于闺阁之外，白昼被窗儿封锁，精美的画堂，深深的庭院，只令人感到无限忧愁。"小阁藏春，闲窗锁昼"——不是人被春色"藏"、"锁"在寂寂幽闺，而是大自然中涌动的春潮，完全进入不了这个特殊的世界。其实这是女主人公心境的反映，所谓"春心莫供花争发，一寸相思一寸灰"（李商隐《无题》）。当爱人远离身畔，春光纵有千般美妙，又和自己有什么关系呢？"篆香烧尽"是任凭时光逝去，心灰意懒的表现，"日影下帘钩"则意味着白昼将要过去，自己又将孤独地度过一个漫漫长夜。

"手种江梅更好"，词至此进入咏梅主旨。江梅本为野生，品种虽非名贵，却疏瘦有韵，香气清馨，且又是自己亲手种于庭院之中的，那又何必舍近求远，临水登楼，去欣赏别人栽种的梅花呢？这是在对江梅的眷顾中，进一层渲染女主人公百无聊赖的心情，郁闷不展的思绪。

江梅尚有自己去眷顾关注，而自己的小阁锁窗，幽深画堂，则"无人到，寂寥恰似、何逊在扬州"。何逊字仲言，是南朝著名的诗人，对唐诗影响颇大。杜甫曾说自己"颇学阴（铿）何（逊）苦用心"（《解闷十二首》其七）。《梁书》载何逊在梁代天监间做建安王萧伟的水曹行参军兼记室，扬州廨舍有梅花一株，何逊常常吟咏其下。后来他居于洛阳时思念这株梅花，再请其任，抵扬州，花开方盛，对花彷徨终日。易安此句典出于此，语则出自杜甫的《和裴迪登蜀州东亭送客逢早梅相忆见寄》诗："东阁官梅动诗兴，还如何逊在扬州。"易安何出此语？想来是她认为何逊在扬州之所以终日对梅吟咏，是因为他内心深感寂寥。故此处用典既因事涉梅花，也出于对何逊寂寥的同怀。一句"无人到"，透露了多少落寞惆怅啊！那个应当到的人究竟是谁？又有谁才到得了深闺？答案不言自明。

上阕先由人而花，再由花而人——花惟梅花，人则有抒情女主人公自己、前代诗人何逊，还有那个不在场的心上人。然而爱人在庭院梅花开放的时候，却不知正在天涯何处，因此自己的情怀和何逊一般寂寥。咏花和咏人，就这样以孤独情怀为系，达到了浑然一体的境界。

"从来，知韵胜"，这一句既是赞花也是赞人。但惟其韵胜，更"难堪雨藉，不耐风揉"。这并不是描摹梅花的娇弱，而是高标其品格。这是咏梅，亦是女主人公形象的写照。抒情女主人公似乎在向爱人表示，自己有和梅花一般雅洁的品性。那么，是不是她的爱人移情别恋了呢？是不是她的寂寥也缘于此？但她的示意中，并没有通常怨妇的哀诉，却有一种和江梅气质同样的倨傲。

然而此情毕竟是难以割舍的啊，更哪堪怨笛《梅花落》"吹动浓愁"！发自内心的愁苦只有自己排解，寂寥更添一重。"莫恨香消玉减"，风雨固然无情，逼使香消花谢，但"须信道、扫迹情留"。花朵纵然飘零，甚至无影无踪，但情意总会留下。"难言处"三字情语，颇费猜详，但抒情女主人公欲言又止的情态隐隐可见，可谓对全词从境到人，从人到梅，从内到外的无限寂寥下了一个注脚。我们不妨说，这是一首咏梅词，也是一篇怨情词。

怨则怨矣，怨而不怒；哀则哀矣，哀而不伤。在情词的吞吐隐约中，词人再次回到咏梅词旨，出以更为含蓄蕴藉的结句："良宵淡月，疏影尚风流。"在林逋的《山园小梅》后，姜夔又有自度曲

《暗香》、《疏影》，这四字遂成梅花专指。在美好的春夜，淡月疏星，梅影摇曳，暗香浮动，风流自赏。这是梅花的品格，也是赏花人的心性。一个新的希望在心灰意懒中萌生：花落香消，总有情留，明年春来，又可以和梅花相对——这是积极的咏梅情怀，也是积极的人生态度，词的境界，在结尾得到了提升。

## 玉楼春（红酥肯放琼苞碎）

红酥[①]肯放琼苞碎[②]，探著南枝[③]开遍未？不知酝藉[④]几多香，但见包藏无限意。　　道人[⑤]憔悴春窗底，闷损[⑥]阑干愁不倚。要来小酌[⑦]便来休，未必明朝风不起。

[注释]

①红酥：形容红润柔腻。酥，用牛羊奶制成的食物。宋代陆游《钗头凤》词："红酥手，黄縢酒，满城春色宫墙柳。"明代徐渭《寄赵君时将买妾戏赠之》其三："宫髻一鬟堆燕雏，胭脂两朵晕红酥。"②琼苞：花苞的美称。宋代蒋捷《白苎》词："琼苞未剖，早是东风作恶。"碎：绽放。③南枝：借指梅花。宋代苏轼《次韵苏伯固游蜀冈送李孝博奉使岭表》："愿及南枝谢，早随北雁翩。"王文诰辑注《苏轼诗集》引赵次公曰："南枝，梅也。"宋代王十朋《点绛唇》词："雪径深深，北枝贪睡南枝醒。暗香疏影，孤压群芳顶。"④酝藉：本指人宽和而有涵养，引申为蕴含。⑤道人：说道那人，词中抒情主人公自称。⑥闷损：烦闷。宋代欧阳修《品令》词："闷损我、也不定。"宋代黄庭坚《醉落魄》词："闷损旁观，我但醉落托。"⑦小酌：随意饮酒。陆游有《花下小酌》、《村舍小酌》等诗。

[评析]

枝头红梅迟迟不肯绽出美玉般的花蕊，而早梅是不是已经开遍了小园？不知红梅蕴含了多少芳菲，只觉包藏着无限情意。相思的人儿憔悴在春窗下，心情烦闷怕倚阑干。爱人啊你快回来吧，让我们在树下举杯。只怕明天早晨，无情的风儿把梅花吹落。

显然又是一个爱人远离，空闺寂寞的时日，李清照唱出了这样一首相思情歌。不用铺叙，也无哀怨，爽朗中带有几分惆怅，红梅花的清丽和幽香，糅合了相思的缠绵。虽然明代的《花草粹编》和清代的《历代诗馀》，都把这首词题作《红梅》，但按照通常的标准，它并不是纯粹的咏物之作，而只是借助红梅花，来表达一段相思之情。

词人首先从女主人公的眼中，描写红梅含苞欲放时的美感："红酥"可以想见其色，"琼苞碎"可以想见其洁。"肯放"一词嵌在其中，极为巧妙地写出了看花人期待的心情，由花及人，人和花在开篇就达成了一种内在的呼应。这个角度比直接写花要来得巧妙，沿着看花人的心理，笔致显得极为轻灵自如。"探著南枝开遍未？"这一问有趣，由一枝想到全部，却又不肯定，于是红梅"不知酝藉几多香，但见包藏无限意"的美丽形象，就犹如水墨写意一般，凸现在我们面前。"不知"、"但见"带起的两个意象富于虚空之美。"香"尚未嗅到，却可以想到；"意"不能见到，却可以感到。前者说"酝藉"，后者说"包藏"，红梅花之神，被词人用如此精致的笔墨摹写于纸上，而看花人温婉而俏皮的形象，则隐约于花间树下。上阕写得真是空灵啊，意境也相当优美。

如果说上阕由花及人，人花交映，落笔虚空，那么下阕对人的描写，却要具体得多。"道人憔悴春窗底"——过片直写观花人的愁容和处所。"春窗底"让我们忽然明白，原来上阕所写，都是女主人公窗中所见啊！这令我们不能不赞赏词人结构词篇的功力。须知，词之结构，佳者不仅上下阕气脉要贯通，意象也不能割裂。李清照的这个词篇，无疑又是佳构。

"闷损阑干愁不倚"这一意象，进一步加深了对相思之苦的表现。女主人公终日坐守春窗，满怀郁闷却懒倚阑干，由此可以想见，她曾经有过多少次倚阑凝眺，不见归人的失望啊！词情至此，情不自禁地发出一声呼喊："要来小酌便来休，未必明朝风不起。"这个结句真是水到渠成，怨而不怒，包含三层意蕴：明明远人未归，也不知他究竟何时归来，语气却如同对面撒娇，真切动人，这不由得令人想起在北朝民歌中，性情热辣的北方女子等待情郎不来的口吻："月明光光星欲堕，欲来不来早语我！"（《地驱乐歌》）此其一。好花易落，好景不长，对明朝难以预料的担忧，蕴含着青春易逝，华年难再的深刻感伤，超出了一般相思之情的层面，此其二。情人何时得归，仍然不得而知，女主人公面临的，不知还有多少个"会面安可期"的明天？此其三。小词的结句尤要追求深远之致，让人有充分回味的空间。这一个结句，应当说是相当成功的。

## 凤凰台上忆吹箫（香冷金猊）

　　香冷金猊①，被翻红浪②，起来慵③自梳头。任宝奁④尘满，日上帘钩⑤。生怕离怀别苦⑥，多少事、欲说还休。新来⑦瘦，非干病酒⑧，不是悲秋。　　休休⑨！这回去也，千万遍阳关⑩，也则难留。念武陵人⑪远，烟锁秦楼⑫。惟有楼前流水，应念我、终日凝眸⑬。凝眸处，从今又添，一段新愁。

[注释]

①金猊（ní）：铜制香炉的一种，炉盖作狻猊形，烟从口出。前蜀花蕊夫人《宫词》之五二："夜色楼台月数层，金猊烟穗绕觚棱。"宋代张元干《花心动·七夕》词："绮罗人散金猊冷，醉魂到，华胥深处。"②被翻红浪：红绫被子凌乱于床的样子，表明无心折叠整理。③慵：即懒。慵懒。④宝奁（lián）：梳妆镜匣的美称。宋代欧阳修《于飞乐》词："宝奁开，美鉴静，一

掬清蟾。"元代陈旅《为赵敬叔赋汉海兽蒲桃镜》:"宝奁偶落长安市,永与人间照珠翠。"⑤帘钩:卷帘所用的钩子。唐代王昌龄《青楼怨》诗:"肠断关山不解说,依依残月下帘钩。"宋代韩元吉《临江仙》词:"金波摇酒面,河影堕帘钩。"⑥离怀别苦:或作"闲愁暗恨"。⑦新来:即近来。⑧病酒:因饮酒过量而生病。⑨休休:罢了罢了。宋代蒋捷《沁园春》词:"休休。著甚来由。"⑩阳关:古曲《阳关三叠》的简称,由唐代王维《渭城曲》"劝君更尽一杯酒,西出阳关无故人"翻成。也泛指离别时唱的歌曲。宋代柳永《少年游》词:"一曲《阳关》,断肠声尽,独自上兰桡。"宋代张先《蝶恋花》词:"莫唱阳关,真个肠先断。"⑪武陵人:这里指离家留居外地之人,出自南朝宋刘义庆的《幽明录》。此书记载汉明帝永平年间,剡县刘晨、阮肇共入天台山中,迷路,遇到两个美女,遂留居半年。这里应指此事。唐代胡宿《残花》诗:"长乐梦回春寂寂,武陵人去水迢迢。"宋代刘几《花发状元红慢》词:"武陵人,念梦役意浓,堪遣情溺。"另指隐居者,来自晋代陶渊明的《桃花源记》。⑫秦楼:秦穆公为其女弄玉所建之楼,亦名凤楼。汉代刘向《列仙传》载,秦穆公之女弄玉好音乐,萧史善吹箫效凤鸣。秦穆公以弄玉妻之,为之建凤楼。数年后夫妻乘龙凤飞升而去。唐代李白《忆秦娥》词:"箫声咽,秦娥梦断秦楼月。"南唐李煜《谢新恩》词:"秦楼不见吹箫女,空馀上苑风光。"⑬凝眸:向远处专注地看。唐代李商隐《闻歌》诗:"敛笑凝眸意欲歌,高云不动碧嵯峨。"宋代柳永《曲玉管》词:"立望关河萧索,千里清秋,忍凝眸。"

[评析]

李清照前期词中所表现的爱情生活,多半风光旖旎,诗意浪漫。即令是离别的痛苦,也不乏甜蜜的忧愁。但这首词抒发离别之情吞吐隐约,几番欲言又止,颇耐人寻味。恰如明代杨慎所问:"端的为着甚的?"(转引自王学初《李清照集校注》卷一本词参考资料)明代沈际飞亦说:"懒说出,妙。瘦为甚的?尤妙。千万遍,痛甚?"(《草堂诗馀正集》卷三,转引自褚斌杰主编《李清照资料汇编》本词点评)揣度词中诸般意象,我觉得前人问得有理。在此词中,李清照塑造了这样一个思妇形象:她既留不住、又舍不下情人,心中万千心事"欲说还休",唯有翘首凝眸,苦苦等待,盼其回心转意,重新回到自己身旁。

"香冷金猊,被翻红浪,起来慵自梳头。"隔夜残香,凌乱被褥,精致的内室铺设,懒于晨妆的思妇,开篇就流露出女主人公无情无绪的心理状态。如果一个封建时代的女性,连自己的头都懒得梳理,那就不是一般的愁绪了。《诗经》有一个诗篇道:"自伯之东,首如飞蓬。岂无膏沐,谁适为容?"(《卫风·伯兮》)诗里的思妇,因丈夫去服徭役而无心打扮,头发乱如飞扬的蓬草。她说,并不是我缺少润发的膏油,而是不知道要为谁来打扮啊!所谓"女为悦己者容",头面不修,本来已足以表达心情,但词人还要接着铺写:"任宝奁尘满,日上帘钩。"看来,女主人公无心于梳洗,已非一日两日。由于她任凭其闲置,梳妆匣都布满灰尘了。每天她总是清醒而慵懒地拥被独坐,看着太阳渐渐升高,日光爬上帘钩。其实一直到此时,词人并无一笔写到情绪,但暗传心事,词笔已叙两层。"生怕离怀别苦",缘由似已挑明,然而"生怕"已启人疑窦,笔锋又忽然收煞:"多少事、欲说还休。"这不由得让人猜想:离怀别苦,此处为何欲说还休?休亦未休,避开正面表露,词人委婉地退一步道出:近来人消瘦了,"非干病酒,不是悲秋"。接连两个否定,排除了通常的原因,暗示了这次离别之非常。实际上仍是吞吞吐吐,令人更觉疑窦丛生。从艺术构思上来说,如此委婉的笔墨,加深了词的情感信息蕴含量,使其更加耐人寻味。让笔者也不禁要问:千百遍踌躇于心头,欲说还休,却是为何?

然而词人并不明说,却在换头叠用"休休"这样两个感情色彩极为强烈的词,表达了女主人公想要毅然决然斩断情丝的心态,上阕之隐约其情,似乎也一变而为明朗。于是,几番欲说还休的情事,在接下来的三个典故中,被较为确定地透露出来。典故的使用其实并不完全是卖弄学问，恰恰相反，典故固有的内涵使人一望而知其意，可以省却许多不必要的笔墨。所以，用典成为诗词最常用的手法。现代人总觉得典故烦琐，其实是欠缺文化底蕴。在典故出现之前，是"这回去也"这样一个相当散文化的句子。然而清照词笔确乎不同凡响，就从这个异常普通的句子中，我们不难品味出压缩的信息：这一次离别，绝对不同于以往多次离别中的任何一次。下面两句夯实了这一点："千万遍阳关，也则难留。"《阳关三叠》是离歌："劝君更尽一杯酒，西出阳关无故人。"也即是说，清照词中的抒情主人公曾千百遍苦苦倾诉，告诉他无论前头风光如何旖旎，他再也不会遇到如自己这般款款深情的女子了。但他，还是要决然离开。

　　究竟是什么原因造成分离呢？词人连出两个典故："念武陵人远，烟锁秦楼。"本词的注释已表明，此武陵人并非陶渊明笔下隐居于桃花源者，而是流连艳遇、驻足新欢的男性。至于秦楼，则指弄玉和萧史两情欢洽、夫唱妇随之典范。武陵人远、烟锁秦楼这两个意象，不正明白地道出了情人移情新欢，以往甜蜜可虞这一令人痛苦的事实吗？而她虽然仍那样留恋美好的爱情，这时爱人却已决然而去，毫无顾念之情，"惟有楼前流水，应念我、终日凝眸"。主宰不了自己的情感，万般无奈却又万分难舍，只好把一腔深情寄托给无情流水。在呜咽缠绵的声情中，女主人公的一腔痛楚倾泻而出。下面用顶真格，又一个"凝眸"强化了其情之无奈，其意之缠绵。"从今又添，一段新愁"回应上阕结句，似乎解释了"瘦"和"非干"与"不是"的内涵，却又分明告诉人们，换头的"休休"之语，不过是自我安慰罢了。自从得知情人情有所移，已自愁肠百结。因为"生怕"离别终会到来，故几番欲说还休。如今他更要远离，而自己偏偏依然那么爱他。他走得再远，也走不出自己的视线。寂寞深闺，这段"新愁"该如何排遣？只剩下痴人枉自"凝眸"罢了。这个结句真可谓心神凄远，余韵悠悠。

慵懒、生怕、新瘦、休休、念念，全词一层层铺叙，读来真是柔肠九回！抒情女主人公隐秘的心曲，在"欲说还休"的跌宕中虽非明言，却已显豁。

以浅近之语，蕴深沉之情，词人表现了爱情的一种缺憾。不论它是不是李清照生活中的真实，出现这样的插曲都不奇怪，只要我们正视生活，就应当懂得世间没有十全十美的事物。一个优秀的作家，不会只把生活的蜜糖奉献给读者，而更要让他们懂得，经历各种痛苦，才是生活的真实。一个封建时代的女性，敢于把这样的内容宣之于众，不仅显出了李清照对爱情的执着，同时也更显出其不让须眉的才情和气魄。

## 蝶恋花（泪湿罗衣脂粉满）

泪湿罗衣脂粉满，四叠阳关①，唱到千千遍。人道山长山又断，萧萧微雨闻孤馆。　　惜别伤离方寸乱，忘了临行，酒盏深和浅。好把音书凭过雁，东莱不似蓬莱②远。

[注释]

①阳关：古曲《阳关三叠》的省称，亦泛指离别时唱的歌曲。唐代李商隐《饮席戏赠同舍》诗："唱尽《阳关》无限叠，半杯松叶冻颇黎。"看来《阳关》曲到底唱几叠，并无统一的规定。"四叠"，苏轼《东坡志林》卷七说："旧传《阳关三叠》，然今世歌者，每句再叠而已。若通一首言之，又是四叠。皆非是。若每句三唱以应三叠之说，则丛然无复节奏。余在密州，有文勋长官以事至密，自云得古本《阳关》。其声宛转凄断，不类向之所闻……乃知唐本三叠盖如此。及在黄州，偶得乐天《对酒》云：'相逢且莫推辞醉，听唱阳关第四声。'注云：第四声'劝君更尽一杯酒'。以此验之，若一句再叠，则此句为第五声；今为第四声，则第一句不叠审矣。"②蓬莱：亦称蓬山，神

话传说中仙人居住的三座神山之一。另外两座是"方丈"和"瀛洲"。唐代杜牧《偶题》诗："今来海上升高望,不到蓬莱不是仙。"李商隐《无题》诗："刘郎已恨蓬山远,更隔蓬山一万重。"

[评析]

"四叠阳关,唱到千千遍。"《阳关》曲是中国古代著名的离歌,自从大唐诗人王维在送别友人的那个清晨,唱响于长安灞桥,其忧伤而深情的旋律即超越时空,在长亭离宴,在南浦水滨,一次次穿透离人的心。其实,无论是黯然销魂的情人之别,还是挥手泪下的朋友之别,也无论一曲《阳关》是三叠、四叠或无限,离别情境纵有千差万别,惆怅伤感,却总是令人不能立刻释怀。

大约在宣和三年(1121)之秋,赵明诚任莱州知府,李清照在独居青州数年后,赴莱与其团聚。途中她宿于昌乐县驿馆,回想起故乡姊妹送别的情境,填了这阕《蝶恋花》寄给她们。

"泪湿罗衣脂粉满",词作开篇直写姊妹之间的离别情状。别泪打湿了罗衣,浸透了脂粉,这些意象充满了女性色彩,有异于李清照词一向对离情含蓄的表达。"四叠阳关,唱到千千遍。"夸张的描写,贴切地重现了姊妹们当时难舍难分的离别悲伤。然而纵使姊妹情深,抒情女主人公和她们分别,是为了与情投意合、分别数年的丈夫团聚啊,其内心本该充满幸福的期待,而姊妹们也本该祝福她即将来临的幸福。可是,离别还是让人产生了如此浓重的悲情。在人类的情感世界中,爱情并不是全部。19世纪法国著名作家雨果,曾在其名著《悲惨世界》中说过:"世界上最广阔的是大海,比大海更广阔的是天空,比天空更广阔的是人的心灵。"深情恣纵如李清照,心中如何只容得下一桩感情,又如何能够不为相处多年的姊妹离别而悲伤呢?她在《凤凰台上忆吹箫》一词中曾写道:"这回去也,千万遍阳关,也则难留。"同一意象在这首词中重现,离别的对象虽然不同,但其情感之深挚并无二致。

旅途的风物即令本来一般无二，也总是会因为旅人的心境而产生不同的观感，这就是景因人异了。"人道山长山又断，萧萧微雨闻孤馆。"晚来走出绵绵山道，独自驻足旅寓，愁听微雨潇潇的心境，只有满怀离情的旅客，才能体验那浓重的孤独感吧？女词人的心思可能更细腻一些，故在上阕结句，写出了这样一幅凄凉的孤旅画面。"人道"表明送行者的担忧，"又断"则是行路人自己的实感。远行人渐行渐远，和送行人之间的空间距离更加遥远了，但心理上的距离可能恰恰相反，思念愈切。随着词人婉转的笔触，我们知道开篇虽直接描写离别情状，实际上是词人孤旅独在时的思忆。因此，过片以"惜别"开笔，上下阕词情的抒发过渡很自然，体现了词体结构的艺术性。

"惜别伤离方寸乱，忘了临行，酒盏深和浅。"姊妹们的手足深情，在离别时得到了最为充分的检验，"方寸"竟为之而乱，以至于回忆起来，不知别时醉与否。酒盏深浅，这是一种含蓄的表达，惟其含蓄，更见忧伤。不，忧伤中还有心绪不宁的恍惚和惆怅。

既然离别在所难免，那么还是寄望于鸿雁，让它们来传递相互之间的思念吧，莱州总不似蓬莱那般遥远！"好把音书凭过雁，东莱不似蓬莱远。"这是无奈的安慰，对自己，也对送行人。然而虽则无奈，若无开朗的胸怀，亦不能出此旷达语。这就令人想起了唐代诗人笔下的情怀：

海内存知己，天涯若比邻。（王勃《送杜少府之任蜀川》）

青山一道同云雨，明月何曾是两乡。（王昌龄《送别柴侍御》）

莫愁前路无知己，天下谁人不识君？（高适《别董大》）

更为巧妙的是，词人在结句中利用地名的相同字"莱"，把现实中的莱州和传说中的蓬莱连接起来，引起人们无限的遐想。再者，两个地名连接带有的几分俏皮口吻，在词中形成一种间色，打破了全词沉郁的离别情调，给人一种温暖的感觉。如果我们说易安这首"惜别伤离"的名作有唐音,或许不是没有根据的谬评。

## 长寿乐(微寒应候)

微寒应候①,望日边②、六叶阶蓂初秀③。爱景④欲挂扶桑⑤,漏残银箭⑥,杓回摇斗⑦。庆高闳⑧此际,掌上一颗明珠剖⑨。有令容淑质⑩,归⑪逢佳偶。到如今,昼锦⑫满堂贵胄⑬。　荣耀,文步紫禁⑭,一一金章绿绶⑮。更值棠棣连阴⑯,虎符⑰熊轼⑱,夹河分守⑲。况青云⑳咫尺,朝暮重入承明㉑后。看彩衣㉒争献,兰羞玉酎㉓。祝千龄,借指松椿㉔比寿。

[注释]

①应候:正是这个季节应有的气候。②日边:比喻京师附近或帝王左右。唐代高蟾《下第后上永崇高侍郎》诗:"天上碧桃和露种,日边红杏倚云栽。"③六叶阶蓂初秀:六叶,寿主诞辰为阴历初六日。阶蓂即蓂荚,瑞草名,夹阶而生,故名。《竹书纪年》卷上:"帝(尧)在位七十年……又有草夹阶而生,月朔始生一荚,月半而生十五荚,十六日以后日落一荚,及晦而尽。月小则一荚焦而不落,名曰蓂荚,一曰历荚。"秀,开花。④爱景:和煦的阳光。爱,通"暖"。景,阳光。南朝鲍照《侍宴覆舟山》诗:"繁霜飞玉闼,爱景丽皇州。"唐代李绅《渡西陵十六韵》诗:"爱景三辰朗,祥农万庾盈。"⑤扶桑:神话中的树木名,太阳栖息的地方。《山海经·海外东经》:"汤谷上有扶桑,十日所浴。"郭璞注:"扶桑,木也。"《说文》云:"榑桑,神木,日所出也。"榑同扶。先秦屈原《九歌·东君》:"暾将出兮东方,照吾槛兮扶桑。"⑥漏残银箭:漏,漏壶。古代计时器,铜制,有孔,可以滴水或漏沙,有刻度标志以计时间,简称"漏"。银箭,漏壶中标记时刻的白色竖标,以似箭而名。宋代司马光《宫漏谣》:"铜壶银箭夜何长,杳杳亭亭未遽央。"⑦杓回摇斗:杓,指北斗星的第五、六、七颗星,亦称"斗柄"。杓星回转,使北斗七星调转了方向,意味着春天即将来临。⑧高闳:门庭高大,指

门第显贵。宋代苏轼《求婚启》："敢凭良妁，往款高闳。"宋代刘过《庆周益公新府》诗："能广万间庇寒士，定容驷马向高闳。"⑨明珠剖：明珠喻女儿，所谓掌上明珠。剖，指出世。⑩令容淑质：令容，美丽端庄的容貌。淑质：善良娴雅的品性。唐代沈佺期《册金城公主文》："咨尔金城公主，幼而敏惠，性实柔明，徽艺日新，令容天假。"宋代陆游《夫人孙氏墓志铭》："夫人幼有淑质。"⑪归：古代指女子出嫁。《诗经·周南·桃夭》："之子于归，宜其室家。"⑫昼锦：《汉书·项籍传》载秦末项羽入关，屠咸阳后思归江东，曰："富贵不归故乡，如衣锦夜行。"后世遂称富贵还乡为"衣锦昼行"，省略为"昼锦"。清初吴伟业《项王庙》诗："凄凉思昼锦，遗恨在彭城。"⑬贵胄：贵族的后裔。《陈书·江总传》："开府置佐史，并以贵胄充之。"⑭紫禁：比喻皇帝的居处。旧说天上有紫微垣，保卫天子的宫殿，故称宫禁为"紫禁"。《文选》收谢庄《宋孝武宣贵妃诔》："掩彩瑶光，收华紫禁。"李善注："王者之宫，以象紫微，故谓宫中为紫禁。"⑮金章绿绶：指代仕途通达。金章，金质的官印。一说为铜印。绶，丝质的带子，古代常用来拴在印纽上。⑯棠棣连阴：指兄弟皆为高官。《诗经·小雅》有《常棣》篇，言兄弟应该相互友爱，后常用以指兄弟。唐代张九龄《和苏侍郎小园夕霁寄诸弟》诗："兴属蒹葭变，文因棠棣飞。"宋代苏轼《生日王郎以诗见庆次其韵并寄茶二十一片》："棠棣并为天下士，芙蓉曾到海边郭。"⑰虎符：古代军中调动军队的印信。铜质虎形，左、右两半，朝廷存右半，统帅持左半。⑱熊轼：车子有伏熊形的车前横木，古时为显官所乘。南朝徐陵《司空章昭达墓志》："前轸熊轼，后乘龙辀。"⑲夹河分守：寿主二子皆为郡守。《汉书·杜周传》："始周为廷史，有一马。及久任事，列三公，而两子夹河为郡守，家訾累巨万矣。"⑳青云：比喻获得高官显爵，所谓平步青云。㉑承明：即汉代承明殿，为侍臣值宿所居，又称承明庐。后世以入承明庐为入朝或在朝为官的典故。唐代李颀《送綦毋三谒房给事》诗："徒言青琐闼，不爱承明庐。"㉒彩衣：谓孝养父母。《艺文类聚》卷二十引《列女传》："老莱子孝养二亲，行年七十，婴儿自娱，常著五色采衣……于亲侧。"后世因而以"彩衣"指孝敬父母。㉓玉酎(zhòu)：美酒，是经两次或多次酿造的醇酒。唐代无名氏《题屈原祠》："行客谩陈三酎酒，大夫元是独醒人。"㉔松椿：松树与椿树，比喻高寿。宋代张孝祥《水调歌头》词："建崇牙，开盛府，是生辰。十州老稚，都向今日祝松椿。"宋代晏殊《拂霓裳》词："今朝祝寿，祝寿数，比松椿。"

[评析]

这实在是一首用典繁多，虚应故事的祝寿之作。作品显然完成于南渡之前，寿主则是一个贵妇。元代《截江网》卷六署为易安夫人作，王学初认为宋代未见有这样称呼李清照的，故列为待考。这首词确乎不同于李清照一贯的词风。不过，以李清照的身份地位，未始不能有应酬之作；以李清照的才情高华，未始不能有另类风格。这首词，倒是可以和李清照作于南渡后的《新荷叶》（薄露初零）相比较，以见其南渡前后不同的心情和写法。如果说，作为同一题材的词作，《新荷叶》（薄露初零）尚流露了对中原故土的怀念之情，那么，这首《长寿乐》就完全是应酬之作了。

《长寿乐》在艺术上最突出的特点，是它以广博而贴切的用典，表现了词人深厚的文化修养和词学素养。试想，一篇祝寿词，从寿主本人的诞日、出身、出嫁、生儿育女，一直说到其夫衣锦还乡，贵胄满堂祝贺生日，其子兄弟皆贵，并祝福寿主二子青云直上，使其得享子孙孝敬，寿比松椿——真可谓无一遗漏。如此面面俱到，要用许多祝词，还要无一语重复，没有深厚的学养和艺术修养，是不可能做到的。但是李清照做到了。

另一方面，用典不仅要用得贴切，还要形象鲜明，没有陈腐之气。易安的用典有雅有俗，但皆不生僻古奥，故全词用典虽然繁多到几乎句句不空，却还不至于令人望而生厌。典雅如"阶蓂初秀"、"昼锦"、"棠棣连阴，虎符熊轼，夹河分守"，俚俗如"杓回摇斗"、"一颗明珠"、"松椿比寿"，都恰如其分地表达了词人美好的祝愿。

或许，这首词的意义，只在于词人的用典技巧和语言艺术吧。

# 菩萨蛮（归鸿声断残云碧）

归鸿声断残云碧，背窗雪落炉烟直。烛底凤钗明，钗头人胜①轻。　角声催晓漏②，曙色回牛斗③。春意看花难，西风留旧寒。

[注释]

①人胜：人形的饰物，古时于正月初七人日用之。初唐沈佺期等有《人日重宴大明宫赐彩缕人胜应制》诗。晚唐温庭筠《菩萨蛮》词之二："藕丝秋色浅，人胜参差剪。"②晓漏：拂晓时分铜壶滴漏之声。唐代杜审言《秋夜宴郑明府宅》诗："露白宵钟彻，风清晓漏闻。"杜甫《赠献纳使起居田舍人澄》："晓漏追趋青琐闼，晴窗检点白云篇。"③牛斗：星宿名，指牛宿和斗宿。唐代陈子昂《入东阳峡与李明府船前后不相及》诗："地上巴陵道，星连牛斗文。"宋代陆游《纵笔》诗："素月徘徊牛斗间，天风吹鹤度函关。"

[评析]

南渡初期的李清照，在日复一日的北归期待中，抒写着日益加深转浓的乡愁。中州盛行的节令，更易牵动她对故乡的思念。南方古都踏雪寻梅的高士韵致，以及妇唱夫随的旖旎风情，似乎都无法洗去词人内心深处的惆怅。

"归鸿声断残云碧，背窗雪落炉烟直。"在这幅由上而下、由外而内、由远而近、由动而静的画面中，抒情女主人公似乎并未出场，但实际上她正背窗伫立，在归鸿的叫声中，看暮天的残云渐渐浓黑，听白雪在身后窗外无声飘落。室内，温暖的炉子正升起一缕淡淡的轻烟。

这是一番怎样的景象呢？如果仅仅从画面的感觉来说，除了"归鸿声断"有几分凄凉，天空的暮云、窗外的落雪、室内的炉烟，都充满了静美。惟其静，烟才"直"。这个"直"字虽有所本，但移王维的"大漠孤烟"（《使至塞上》）入一方居室之内，却又如此贴切，也只有大手笔才能做到。然而画外音中透出的丝丝凄凉，仍超出了其他物象，把词作的情感脉络，指向经常出现在易安词中的那个"愁"字。这个画外音，令人想起了元代马致远《汉宫秋》中那声划过夜空，惊破幽梦的雁叫。是的，古今愁情，在断鸿声中尤觉动人。

渲染气氛的笔墨显然已经足够，那么"烛底凤钗明，钗头人胜轻"——笔触由对女主人公的间接描写转为直接描写，也就是自然而然的了。烛光和凤钗的光华相互映照，简练地勾勒了她不同寻常的身份，但更重要的是她钗头上的"人胜"，即人日（正月初七）所戴的饰物，暗传出她在这个闺中盛节里的思绪，该是在追忆中州盛日吧？

"角声催晓漏，曙色回牛斗。"看来又是一个不眠之夜，她听着角声在每一个时段响起，铜壶滴漏之声表明拂晓已经到来。不是相思离别，胜似相思离别。究竟是怎样的一种情感在折磨她？且看结句：

"春意看花难，西风留旧寒。"原来抒情女主人公彻夜辗转难眠，是担忧春天虽已在飞雪中来到，报春的梅花却未必按时开放。她猜想西风余威尚存，更叠加着料峭春寒，谁又能不有所畏惧，而可以决然冲风冒寒，出去看花呢？

这个结句意味极其深长：西风和东风之间隔着一个漫长的冬季，二者本不可能交织，易安未必不知。这是明知故为啊，"旧寒"想必来自心底，暗喻了词人对环境的感觉，不可过于拘泥。正是对时光和季候如此这般错剪，留下了丰富的联想空间，引人深入寻绎词情。易安词的含蓄隽永，于此也就可以领略一二了。

其实说到底，这首词始终没有明言情之内涵。诸多意象的呈现,只能证明文学的模糊特征。在易安词中,这样的呈现方式并不多。也正因为如此,解读的空间也就特别大。那就让有幸注意到这个作品的人去寻绎吧,寻绎女词人的词心之所在。

## 蝶恋花（永夜恹恹欢意少）

永夜①恹恹②欢意少,空梦长安③,认取长安道。为报今年春色好,花光月影宜④相照。　　随意杯盘虽草草⑤,酒美梅酸⑥,恰称人怀抱。醉里插花花莫笑,可怜春似人将老。

[注释]

①永夜:长夜。永,长。唐代杜甫《宿府》诗:"永夜角声悲自语,中天月色好谁看。"宋代秦观《水龙吟》词:"永夜婵娟未满,叹玉楼,几时重上。"②恹恹:精神萎靡的样子。宋代晏几道《清平乐》词:"一点恹恹谁会,依前凭暖阑干。"清代纳兰性德《临江仙》词:"人说病宜随月减,恹恹却与春同。"③长安:西汉、隋、唐等朝的首都,在历史上有过迁徙,故址大约在今陕西西安一带。唐以后人往往以长安代指首都。这里清照指北宋都城汴京,即今开封。④宜:应该,应当。南唐李煜《乌夜啼》词:"醉乡路稳宜频到,此外不堪行。"宋代晏几道《采桑子》词:"若是朝云,宜作今宵梦里人。"⑤草草:做事马虎,简陋从事,不精致。唐代皇甫曾《遇风雨作》:"草草理夜装,涉江又登陆。"宋代葛胜仲《鹊桥仙》词:"瓜华草草具杯盘,喜共泛、初筵零露。"⑥梅酸:指用酸梅（乌梅）酿成的美酒。

[评析]

此词一题为《上巳召亲族》。上巳是古代节日。汉以前以农历三月上旬巳日为上巳,魏晋以后,定为三月三日,不一定取巳日。宋代吴自牧的《梦粱录·三月》云:"三月三日上巳之辰,曲水流觞故事,起于晋时。唐朝赐宴曲江,倾都禊饮踏青,亦是此意。"但也有仍取巳日者,如此词,又如元代白朴的杂剧《墙头马上》第一折:"今日乃三月初八日,上巳节令,洛阳王孙士女,倾城玩赏。"

建炎三年(1129),大宋王朝偏安江南已逾数载,而收复之梦年复一年,依然是南渡衣冠不忘的悬想。和一般人以偏概全的想法两样,多少个漫漫长夜,萦绕于李清照心头的并非只有离愁别恨。叹逝伤往、回归故国、故都的强烈愿望,说一声乡愁太轻,道一句思念太短!"永夜恹恹欢意少,空梦长安,认取长安道。"有谁读到这样的词句,不为从易安到陆游、辛弃疾、岳飞、文天祥……诸多南宋仁人志士的热肠动容?首句三个意象,以递进的手法直击人心,加深了对抒情主人公抑郁情怀的表现。后面两个"长安"递相重复,一则言"空梦",二则言"认取",在看似矛盾的情境中拓展了意境。此话怎讲?我们知道,梦中的心理本不可捉摸,梦中的景象却有来自现实的心理依据。夜中不能寐,是因为南渡衣冠,欢愉殊少,此心入梦,直抵故都,旧日宫阙城池宛然在目,故言"认取"。但一切终归虚幻,岂非"空梦"?因为这是梦醒时的叹惋,所以更见沉痛。

"为报今年春色好,花光月影宜相照。"梦醒了,现实却依然是那么令人失望,这是一种甚为痛苦的心理体验。于是,无端的埋怨从女主人公的心头泛起:是谁传说今年的春色好呢?让我期待有"花光月影"来装点这无眠的春夜!"宜",委婉地透露出事实本该如此,却并非如此。那么,可以想见这个春夜是异常黯淡的了。当然,这或许只是抒情女主人公个人的心理感受。江南之春未必不如往年,只是心怀国事之忧,无心踏春赏春,这"春色好"本已来自传闻,在辗转不眠的长夜,更觉春色远人,月光不到的苦闷了。境因意胜,易安在上阕所描写的这个"恹恹永夜",实是移情于境的缘故。

词题为《上巳召亲族》,词人却笔意迟迟,上阕已尽而言未及此,足见在这个本当欢愉的时刻,现实却令人无从乐起。本无诗兴,午夜梦回之际涌上笔端的,只能是山河失据的痛感。然而既召亲族,词情总得有所交代,因此过片回笔点题道:"随意杯盘虽草草。"待客之道,原不该既随意、且草草,只能说,这是词人沉痛情怀的表现。不过虽然草草,酸梅酿成的美酒,也还是足以称情的吧?然而毕竟是借酒浇愁,所以易醉。"醉里插花花莫笑,可怜春似人将老。"花开年年岁岁,插花为上巳节风俗。醉里插花,尚恐为花取笑,可见女主人公其实并未沉醉。在她的心目中,人花通灵,但"花莫笑"三字中包含着多少辛酸苦痛之情啊!因为,美好的春天就像插花的人儿一样即将老去!

在最后两句中,人的华年同花光将逝,有两次对照,"可怜"者,在人而不在花。相隔不过几年,同那个在中原街头,卖花担上拈来春花,"云鬓斜簪,徒要教郎比并看"(《减字木兰花》)的娇俏少妇相比,这个抒情女主人公的心气显然已今非昔比。不是岁月催人老,而是客居江南、北归难期的心事,折磨得她自知容颜衰老,不复能与花比并!沉痛,除了沉痛,还是沉痛!不必牵强附会地把结句解释为暗喻国家即将沦亡,当时的易安不太可能预见国家将亡于何时,想来也不会在词中作这样的暗示。她只不过是以知性的人文情怀,与国家同呼吸、共命运,抒发自己的真情实感罢了。正如同任意贬低李清照词的家国之忧一样,不切实际地拔高其思想性,也并不会为之增色。

这首词的抒情结构比较特别:词人用倒叙的手法,上阕写梦中及梦回之时的感触,下阕才点题回写宴乐情景。这样的抒情结构既符合生活的常情,也更能突出词作的抒情主题。可见,即令是在诗词这样的短章中,结构艺术也是要适应于内涵表现的。

# 菩萨蛮（风柔日薄春犹早）

风柔日薄①春犹早，夹衫乍著②心情好。睡起觉微寒，梅花鬓上残。　　故乡何处是？忘了除非醉！沉水③卧时烧，香消酒未消。

[注释]

①风柔日薄：春风和煦，日光尚不强烈。宋代王灼《菩萨蛮》词："风柔日薄江村路，一鞭又逐春光去。"宋代文同《和子山陪使君游西湖三绝正月晦日》诗："风柔日薄恰新霁，正好访春来此行。"②乍著：刚刚穿上。宋代曹勋《木兰花慢》词："更乍著轻纱，凉摇素羽，翠点清池。"薛梦桂《一斛珠》词："单衣乍著，滞寒更傍东风作。"③沉水：熏香名，又称沉水香、蜜香。宋代苏洞《桂花》诗："远于沉水淡于云，一段秋清孰可分。"宋代刘翰《客去》诗："酒醒今夜银屏冷，沉水薰炉旋旋添。"

[评析]

"故乡何处是？忘了除非醉！"这是多么深厚的感情，却令人倍感沉痛！

思乡，这是人类美好的感情之一。其情往往看似触景而发，遇事而生，其实它是溶于血液、不可分解，渗于意识、不可摒弃的。只不过对于异乡游子来说，积淀于生命中的故乡情结，在某一个特定的时刻，会更加强烈罢了。"举头望明月，低头思故乡"（李白《静夜思》）；"露从今夜白，月是故乡明"（杜甫《月夜忆舍弟》）……在华夏文学积累了千百年，不可胜数的思乡曲中，李清照这首显然作于南渡前期的词，是一支跌宕起伏、令人难忘的悲歌。

在一个春气和融的早春清晨，女主人公换上了薄薄的春衫。素日的愁闷，也被温柔的春风一扫而空，心中充满了阳春到来的欣喜。睡醒之后她微感春寒袭人，又看到插戴在鬓发上的梅花已经残损。上阕的描写意象清新，情调欢悦，但过片情调陡转，这首词的中心意绪也随之凸现于纸上：故乡无时无刻不萦绕在心头，要忘却了它啊，除非是用酒使自己沉醉！

是微寒的感觉和鬓上的残梅，勾起了抒情女主人公埋藏在心底的乡愁，还是她从来就没放下过对故乡的思念？必定是后者，才能瞬间改变她欢悦的心情，顷刻愁云笼罩。是的，异乡的春天无论多么可爱，也不能和故乡媲美，只不过徒然引起强烈的思乡之情罢了！"故乡何处是？忘了除非醉！"要有多少次明知难忘，其痛苦却使她不能不想法去忘，而后发现根本不可能忘的经历，才能锤炼出这样的词句？这是抛却中原故乡，回归迟迟无望的女词人的心声，也是一代南渡北人共同的心声。女词人以饱蘸泪水的笔墨，曾多少次书写过这般沉痛的情怀？

"沉水卧时烧，香消酒未消。"开篇"风柔日薄"的良辰美景，抒情女主人公春日清晨的欢欣，至收篇忽成无尽悲伤。夜来为"忘了"而借酒浇愁，焚香沉醉，如今香是消了，愁却未消。"未消"者为残酒，人则不再沉醉。既然不能再"醉"，如何能够"忘了"？醉而醒，醒而醉，这周而复始的痛苦，又何时能了？以宕开为收束，笔力千钧。若非易安手笔，又孰能为之？

# 声声慢① （寻寻觅觅）

寻寻觅觅，冷冷清清，凄凄惨惨戚戚②。乍暖还寒③时候，最难将息④。三杯两盏⑤淡酒，怎敌⑥他、晓⑦来风急。雁过也，正伤心，却是旧时相识⑧。　　满地黄花堆积，憔悴损、如今有谁⑨堪摘？守着窗儿，独自怎生⑩得黑？梧桐更兼细雨，到黄昏、点点滴滴。这次第⑪,怎一个愁字了得!

[注释]

①《声声慢》,又名《胜胜慢》、《人在楼上》、《凤求凰》、《梧桐雨》等。此词或题为"秋情",明清词本或作"秋闺"(明代卓人月《古今词统》)、"秋词"(明代赵世杰《古今女史》)、"秋晴"(清代谢元淮《碎金词谱》)。②戚戚:忧伤的样子。宋代张至能《晚登黄鹤楼》诗:"戚戚登临地,凄凄欲暮天。"刘过《沁园春》词:"未尝戚戚于怀,叹自古英雄安在哉。"③乍暖还寒:天气忽冷忽热,阴晴不定。通常以此描写初春,如宋代朱淑真《中春书事》诗:"乍暖还寒二月天,酿红酝绿斗新鲜。"元代刘因《玉楼春》词:"柳梢绿小梅如印,乍暖还寒犹未定。"独清照以此描写秋天的感觉,尤能见其情之不怅。④将息:调养,保养。唐代白居易《偶咏》诗:"身闲当将息,病亦有心情。"王建《留别张广文》诗:"千万求方好将息,杏花寒食约同行。"⑤盏:平浅而小的酒杯。⑥敌:抵御。⑦晓:据文渊阁《四库全书》本《漱玉词》和《词的》、《白香词谱》等。或作"晚",如《词综》、《词谱》等。一字之差,关系到全词意脉的圆通与滞涩。作"晓"则意脉通畅,一日之间,愁肠九转,刻画尤切,且所有意象皆有着落。作"晚"则意绪颇多滞涩,为词家所忌。如按古代习俗,摘花,无论簪于发际还是插于瓶中,都在清晨而非黄昏。此例古典诗词、小说、戏曲中甚多,不胜枚举。再说,时光既已晚,又何须说"到黄昏"、"独自怎生得黑"?只有作"晓"解,全词意脉方能贯通。⑧李清照是北方人,靖康之变后南渡,大雁秋来飞迁南方越冬,故如此说。⑨谁:什么、啥。指菊花而非通常的"谁人"、"何人"之意。⑩怎生:怎样、怎么。⑪这次第:这种种情形,种种光景。宋代黄孝迈《湘春夜月》词:"这次第,算人间、没个并刀剪断,心上愁痕。"

[评析]

南宋建炎三年(1129),靖康之变后仓皇南渡的李清照,又经历了国破家亡之后的另一个沉重打击——与她志趣相投、心心相印的丈夫赵明诚病逝于建康(今南京)。清照在丧事完毕后,撰祭文表达了自己的心情:"坚城自堕,怜杞妇之悲深。"(南宋谢伋《四六谈麈》)。杞妇是春秋时期齐国大夫杞梁之妻。传说齐庄公四年齐国袭莒，杞梁战死，其妻迎丧于郊，哀哭之甚，至城墙为之崩塌。从这个比拟，可见清照之恸。直到次年秋天，她哀恸欲绝的情绪不仅并未得到缓解，痛定思痛，更转深切。这阕千古绝唱《声声慢》，如泣如诉地表达了这一情怀。

精通词律的李清照选择《声声慢》这个词牌绝非偶然，这是词调的声情，更是词人的心境。词为声之葩，声情相谐，是词家所追求的最高境界。因而，历来填词名家词题可有可无，词牌却不可不讲究。就词的音乐性而言，平韵慢词一般舒缓清扬、恢宏从容。李清照南渡初期的这篇代表作，却以浑如"大珠小珠落玉盘"般的繁音促节，把我们带入了惨切悲凄、寂寞清冷的意境。

词人截取了秋季的某一天，以概括无数个时日的同一情境。随着画面的展开，我们看到一个女子满怀忧伤、怅然若失的形象，她似乎在寻觅什么，却又终无所得，不禁百感交集，悲从中来。天气是这般冷暖不定，内心是这般绝望无助。在西风中孤苦地独守秋窗，她感到秋气是愈来愈深了。归鸿飞过，菊花憔悴，徒然引起对故人、故乡的苦苦思忆；梧桐细雨，点点滴滴，浑似敲打着贮满哀愁的心。愁情——秋景，这一切，令她历尽苦难的心再也承受不起。一声呼喊不禁从心底喷发而出："怎一个愁字了得！"

如此描述这个词篇深远惨怛的意境，未免失之粗疏，却不妨让我们以此为起点，步入女词人深沉的内心世界。

就艺术意境生成的一般规律而言，词人和词中之人既可以是二而一的，也可以是有所分离的。说她和词人是二而一的，李清照现实的经历可以作为印证。早在山河破碎之时，这个此刻正沉浸在丧夫之痛中的女词人，身世就如同风雨飘萍了。靖康变起，背井离乡，多年苦心收集、承载着深厚伉俪之情的金石书画散失殆尽。如今，就连心心相印的丈夫，也已幽明两隔……

在经历了国破家亡、漂泊流离之苦后又丧夫孀居，这重重苦难所积淀的复杂情怀，用一个"愁"字来表达，实在是太轻太轻！所以，现实中的李清照和词篇中的抒情女主人公之形象，在这里是叠合的。但另一方面，优秀的文学作品总是具有极强的概括性，能够把作家个人的独特感受，升华为同一历史语境中的人之常情。从这个角度看，词中之人和现实的词人又是有所分离的。也即是说，词中的抒情主人公，并不完全等同于词人的真实形象。这使得《声声慢》从一个女性的现实体验所表现出来的情思和意象，以及遣词造句的奇崛风格，承载了一段感性的历史，在千百年后依然能够引起人们强烈的共鸣。

　　不是说李清照的词篇仅有《声声慢》达到这样的高度，而是说这个词篇的成就更为突出。试想，"人生愁恨何能免"（李煜《子夜歌》）？然而无论其愁是深是浅，未必每个人都能够恰切地表达出来。"怎一个愁字了得"却一语道破，成为那个乱离时代和千古愁人的共同心声。人们大可不必追问"愁"的具体内涵，却无不深刻地感受到己心与词作息息相通——这正是经典的主要价值之所在。从整个词篇来看，这只是一个结句，但这个结句在全词的内在意脉和表层结构上，是从开篇蜿蜒而来的意绪，到终篇水到渠成的收束。所以，我们要由此进行回溯。

　　词的开篇异常奇崛，词人以七个叠词，细腻地刻画了难以名状的悲恸心境："寻寻觅觅，冷冷清清，凄凄惨惨戚戚。"抒情主人公感到了太多太多的失落，却难以理清究竟失落了什么；感到了自己的心很痛很痛，却又似乎茫然不知缘由。寻而不得，因为自己也不知到底要寻找什么；端坐凝思，又不堪内心深处牢牢攫住的忧伤之折磨。"居则忽忽若有所亡，出则不知其所往"（司马迁《报任少卿书》），这就是"寻寻觅觅"的情状。不过精神虽然恍惚，在模糊意识的深处，却分明知道所寻之人已隔泉壤，所忆之事已为昨梦前尘，惟让未亡人追之思之，痛彻心腑。因此，除了四围无边的孤寂清冷，一切都显得那么虚无缥缈，难以捕捉。一个词儿不足以表达其痛其哀，三个词儿重叠也未必能够尽意，却也只能如此了。可以毫不夸张地说，汉语叠词的艺术效果，在这个开篇中被发挥到了极致，纵观中国文学史，绝无仅有。如此奇崛的起句，形成了笼罩全篇的悲情基调，下面我们须细品词人抒情、用词、创造意象的其他着力之处。

开篇渲染了刻骨铭心的痛苦体验后，词人把笔触转向对外界的描写。天气阴晴不定，感觉忽冷忽暖，这是"最难将息"的时节。欲待借酒浇愁，无奈那酒太薄，难以抵御拂晓劲疾的秋风。接上的一笔是上阕的第三层意蕴：大雁飞过，原来是旧时相识啊！北人南迁是迫不得已的流离转徙，雁儿南飞则为候鸟的生存习性。如果再从大雁的文化象征意蕴着眼，情书欲寄，也如同词人在另一个词篇《南歌子》中所感慨的，是"天上人间，没个人堪寄"了。伤逝、悲己、乡愁，如同五味杂陈，都在这一个看似寻常的意象中得到了鲜明的表现，令人不能不被词人的才情所折服。其实一切都不过是感觉而已，秋境皆一般，只因秋心不同，顿成差别。当此情境，万千悲苦郁积心头，然而形单影只，无可告语，长空雁过勾起对旧人旧事的追忆，却只能转成更深更重的悲伤。词人的笔势，也就由此极为自然地过渡到了下阕。

下阕继续追怀旧事。词人的《醉花阴》中那堪与思妇媲美的黄花，如今已是憔悴满地，无可采摘了。不过如果真是想摘的话，也未必无一朵可取。说到底，是因为那个曾经共同赏花、赏词的人儿永诀了，她再也没有这样的闲情逸致了呀！黄花到底堆积枝头还是飘零地上？从其"宁可枝头抱香死，不教吹落尘埃中"（郑思肖《画菊》）的一般秉性而言，应当是前者。但这又有多少关系呢？关键在词人这是写人，还是写花，答案不言而喻。如果说"芙蓉向脸两边开"（王昌龄《采莲曲》）是以鲜花映衬娇颜的话，那么李清照在这里的表现则完全相反。黄花不仅"憔悴",还要再缀上一个"损"字,这般隐喻愁人形象,容颜之惨淡和内心之抑郁,都达到了无以复加的地步。在这样的情境中独守窗儿,她简直不知道要如何度过这漫漫白昼。但即令白昼过去了,接下来的茫茫长夜只会更加难熬啊!凄惶的心境,愁苦的情思,本已十分令人难禁,更哪堪黄昏时分,又有秋雨一点点、一声声地滴落在梧桐叶上呢!"已觉秋窗秋不尽,那堪风雨助凄凉"(《红楼梦》第四十五回《秋窗风雨夕》)。大概也只有林黛玉的"秋心",与此略相仿佛了。人们喜欢引用晚唐温庭筠《更漏子》词中的意象,来说明李清照这一句的青出于蓝:"梧桐树,三更雨,不道离情正苦。一叶叶,一声声,空阶滴到明。"其实一读而知,二词所取景物虽然同一,表达的愁绪,却实在是大有清浅和凝重之分。更何况,李清照这首词的结尾是如此出人意表:"怎一个愁字了得!"这个结句的语气斩截有力,全篇缠绵哀婉的抒情随即戛然而止。但欲止未止,余音袅袅,让人生发出无限联想。曹操和李煜在月明的深夜,都曾用比喻的手法抒情:一个感叹"明明如月,何时可掇?忧从中来,不可断绝"(《短歌行》),一个感叹其愁"恰似一江春水向东流"(《虞美人》)。但李清照在这里完全不必借助于任何修辞手段,只是纯用白描手法直抒胸臆,其愁情就已力透纸背。

上阕一层层地抒情,情中有景;下阕一层层地写景,景中有情。抒情主人公的愁惨忧郁之情被如此反复皴染,使得上下阕浑成一片,而全词浓郁到化不开的愁绪,也渐次氤氲开来,至结尾处,终于凝成一个惆怅、悲怆、孤苦的孀妇形象,鲜明到跃然纸上。

这个名篇的声律与传情,也颇可玩味。《声声慢》这个词调的用韵,有平韵和仄韵二格,历来词家多选平韵。李清照这首词却不仅险取仄韵,而且如《词律》所言,其篇中犹多以仄声代平声者,如"惨"、"戚"、"盏"、"点"、"滴"等。这不是一般词家惯用之格。《词谱》中这个词调的例词不以李清照这首《声声慢》为正体,《词律》则干脆不收此作。但这首词的声律之奇崛,一向为人激赏。在这个作品中,李清照突破了格律的束缚,自成这个词调的别一体,却丝毫没有卖弄才情的意思,更不见任何斧凿之痕——倾诉痛入骨髓的家国情怀,自然化为最切合情景的音律。由于李清照在其《词论》中,把"协音律"作为词"别是一家"的重要标准,人们往往把她看作墨守成规的词人,《声声慢》却提供了一个有力的反证。所以《词律》虽不收此词,但是卷十评价道:"其用字奇横而不妨音律,故卓绝千古。人若不及其才而故学其笔,则未免类狗矣。"这番评论不仅精当地指出了这首词运用叠字的成功之处,其告诫也不是空穴来风。清照这首词问世以来,其遣词之奇和声韵之美,获得了人们的一致肯定并不时有人模仿,然而模仿者徒得"效颦"(《词的》)、"类狗"之讥。事实上,拟作者不少,成功者无多。除了历代诗话笔记中的讥弹外,如元代散曲名家乔吉这样留下完整仿作者极少。乔吉的《天净沙》道:"莺莺燕燕,春春花花,柳柳真真事事。风风韵韵,娇娇嫩嫩,停停当当人人。"清代陆以湉评论说:"叠字又增其半,然不若李之自然妥帖。"(《冷庐杂识》)其实这哪里只是"才"的问题,李清照之才高固然非比寻常,但要以创意为先,语言韵律方能出奇。然而后来学步者,谁又有李清照这样深刻的人生体验呢?感情苍白,游戏文字,除了"效颦"、"类狗",我们又能期待什么?

## 添字采桑子(窗前谁种芭蕉树)

窗前谁种芭蕉①树?阴满中庭,阴满中庭。叶叶心心,舒卷有馀情。　　伤心枕上三更雨,点滴霖霪②,点滴霖霪。愁损③

北人④,不惯起来听!

[注释]

①芭蕉:多年生树状草本植物,叶大而果实像香蕉,可食。南唐冯延巳《忆秦娥》词:"滴滴,窗下芭蕉灯下客。"宋代欧阳修《生查子》词:"深院锁黄昏,阵阵芭蕉雨。"②霖霪:久雨不晴。南朝宋鲍照《山行见孤桐》诗:"奔泉冬激射,雾雨夏霖霪。"宋代王禹偁《雷》诗:"及秋又霖霪,雷声时一举。"引申为雨声连绵不停。③愁损:犹言忧伤、愁杀。宋代史达祖《双双燕·咏燕》词:"愁损翠黛双蛾,日日画阑独凭。"宋代郑子玉词《八声甘州慢·草》:"最苦夕阳天外,愁损倚阑人。"④北人:北方人。靖康之变后,李清照从山东流落到江南,故自称北人。

[评析]

雨打芭蕉,在中国古典文学中是表达愁情的意象。不论是爱人之间的离愁别恨,还是乡愁或故国之思,更深夜静时,在一滴滴,一声声,充满哀怨,落在芭蕉叶上的雨点中,总是漫上离人的心头,演绎了一个个雨打芭蕉愁煞人的悲凉意境。晚唐词人温庭筠的《更漏子》下阕,当为这个意象之本:"梧桐树,三更雨,不道离情正苦。一叶叶,一声声,空阶滴到明。"元代著名杂剧家白朴的悲剧《梧桐雨》中有一支《倘秀才》道:"这雨一阵阵打梧桐叶凋,一点点滴人心碎了。"虽然写的是梧桐,但明显可见与温、李词的关系。事实上,雨落梧桐和雨打芭蕉是同类意象。易安这首词虽然可说本自温词,但其创造性是显而易见的。

"窗前谁种芭蕉树?"以问领起全词,引人遐想。芭蕉是江南特有的物种,这一问带有"不惯"见的感觉,表明抒情主人公本非南人;"谁种",则表明此处原不是旧居所。漂泊流离的惆怅和凄凉,开篇就笼罩了全词。毫无疑问,这是易安南渡后的作品。

"阴满中庭,阴满中庭。"这个叠句重韵是李清照对《采桑子》原谱的改造。她把原谱的第三句和第四句"中仄平平(韵),中仄平平中仄平(韵)"(按:"中"即可平可仄)添改为"中仄平平

（韵），中仄平平，中仄仄平平（韵）"，并承第二句为叠韵，形成如下格律：

中仄平平　中仄平平　中仄平平　中仄仄平平（韵）

阴满中庭，阴满中庭。叶叶心心，舒卷有馀情。

这个韵律的改造，想来并非易安在卖弄词艺，而是服从其表达感情的需要为之。我们知道，中国文学史上的第一部诗歌总集《诗经》所创造的重章叠韵，很好地表现了汉语韵律的特点，从而使诗歌的复沓达到在内容上强化感情、在音韵上婉转动听的效果。词这一文学体裁本来自民间，故在一些词调中亦有重韵形式。易安精于声律，在需要的时候按情而改，极为自然。"添字"这一韵律改动，形成"阴满中庭"二叠韵，突出了芭蕉枝肥叶茂的形象，抒情女主人公眼观芭蕉，愁绪满怀的身影，也同时跃然纸上，为下文张本：芭蕉有叶，叶叶有心，白日里看它们在风中舒卷，流溢的是北人说不尽的愁怀啊！

白日看窗前芭蕉，已是令人如此情怀难堪，那么夜晚呢？"伤心枕上三更雨，点滴霖霪，点滴霖霪。"这是一幅多么愁惨的画面：女主人公长夜独处，辗转无眠，更兼风雨时至，点点滴滴犹如打在心头。二叠韵同样强化了其情之难堪，真是愁上加愁，"怎一个愁字了得"！二叠韵犹未能了其愁，结句索性戛然而止："愁损北人，不惯起来听！""北人"为身处江南的北方人之自称，但玩味其意，这一指称并非通常的地理身份，而是词人的故国乡关之思，在词中沉痛的表现。

结句的"不惯"与开篇的"谁种"对应，白日夜晚，南来风物，处处令人怀念北国，窗前芭蕉迎风舒卷的"馀情"，难道还有比故国乡关之思更为沉重的吗？就在词人对芭蕉这一南国意象的白描中，一个悲伤哀婉的意境诞生，并赋予了夜雨芭蕉全新的意蕴。

## 孤雁儿（藤床纸帐朝眠起）

藤床纸帐①朝眠起，说不尽无佳思。沉香②断续玉炉③寒，伴我情怀如水。笛声三弄④，梅心惊破，多少春情意。　　小风疏雨萧萧地，又催下千行泪。吹箫人去玉楼空⑤，肠断与谁同倚。一枝⑥折得，人间天上，没个人堪寄。

[注释]

①纸帐：用藤皮茧纸缝制的帐子。明代高濂《遵生八笺》卷八载其制法："用藤皮茧纸缠于木上，以索缠紧，勒作皱纹，不用糊，以线折缝缝之。顶不用纸，以稀布为顶，取其透气。"唐代徐寅《纸帐》诗："几笑文园四壁空，避寒深入郑藤中。误悬谢守澄江练，自宿嫦娥白兔宫。几叠玉山开洞壑，半岩春雾结房栊。针罗截锦饶君侈，争及蒙茸暖避风。"宋代苏轼《自金山放船至焦山》诗："困眠得就纸帐暖，饱食未厌山蔬甘。"②沉香：沉水香，一种熏香的名称。③玉炉：或为用玉制作的香炉，或泛指精美的香炉。④三弄：古曲名，即《梅花三弄》。宋代贺铸《忆仙姿》词："半醉倚迷楼，聊送斜阳三弄。"元代李好古《张生煮海》第一折："今宵灯下弹三弄，可使游鱼出听无？"⑤此句用汉代刘向《列仙传·萧史》典故："萧史者，秦穆公时人也，善吹箫，能致孔雀、白鹤于庭。穆公有女字弄玉，好之，公遂以女妻焉。"后来二人飞升而去，"吹箫"遂成为缔结婚姻的典故。唐代岑参《感遇》诗："昔来唯有秦王女，独自吹箫乘白云。"宋代辛弃疾《满江红》词："人去后，吹箫声断，倚楼人独。"⑥一枝：梅花的别名。相传三国时吴国陆凯自江南寄梅花一枝给在长安的范晔，并赋赠花诗曰："折花逢驿使，寄与陇头人。江南无所有，聊赠一枝春。"后来人们多以"一枝春"称梅。宋代黄庭坚《刘邦直送早梅水仙花》诗之一："欲问江南近消息，喜君贻我一枝春。"宋代陈师道《和豫章公黄梅》诗之一："寒里一枝春，白间千点黄。"

[评析]

南渡初期，由于赵明诚就职建康（今南京），李清照和他曾有过一段浪漫的日子。每当天降大雪时，她头戴斗笠，身披蓑衣，踏雪访胜，寻觅诗情每有佳句，则必邀赵明诚唱和，而明诚总是因为才情不及而苦恼（宋代周辉《清波杂志》卷八）。可叹在世事艰危的时代，这妇唱夫随的日子并没有持续多少时日，赵明诚就一病而逝，剩下李清照犹如失伴孤雁，面对春花秋月，哀思无尽。这首词即作于这样的时期和心境之中。

《梅苑》、《三李词》这首词前有小序云："世人作梅诗，下笔便俗。予试作一篇，乃知前言不妄耳。"据小序，词意似为咏梅，然而究其实，并不同于一般的咏梅作品。李清照在这篇词中并没有把梅花作为直接描写的对象，而是让她成为人间天上、悲欢离合的载体。所以，我们不妨把这首词看作悼亡词。

悼亡，在中国古代文学作品中是最动人的一类，可谓源远流长，佳篇不少。《诗经》中有《邶风·绿衣》，西晋潘岳有《悼亡诗》三首，唐代元稹有《遣悲怀》、《离思》，宋代苏东坡有《江城子》（十年生死两茫茫），明代归有光有《项脊轩志》，等等。这些作品都以深婉悱恻的笔调追思亡人，抒写了对亡人的深厚感情。但我们知道，悼亡题材自潘岳以来，一般为男性对妻子的追思，很少有女性对丈夫的怀念。这固然因为古代女性的作品流传甚少，但恐怕更多的原因，还在于她们有所顾忌吧。所以，李清照词中的这个题材，显得尤为珍贵。

《孤雁儿》词牌名来自无名氏词"听孤雁声嘹唳"，可见李清照是有心选择这个词牌，用以抒写自己的离思，同时借梅花意象，寄托对亡夫的悼念。

"藤床纸帐朝眠起，说不尽无佳思。"词一开篇即直抵现实，抒写孤枕独眠之后的又一个清晨，女主人公心灰意冷的状态。心情不好，是谓"无佳思"，这样的情怀"说不尽"，可见她已经度过了，而且不知还将度过多少个这样的黑夜和清晨。抒情略无掩饰，并不词费于描摹,却为下文留了无限地步。残香断续,玉炉生寒并不仅只是写景,而是突出"伴我",暗示孤寂。"情怀如水"本该是美好而恬静的心境,在这里却成为与断续残香、生寒玉炉对应的一个凄清意象。这样看来,女主人公可真是从外而寒自内心,或说是因内心之寒而触目生寒了。正是在这样的心境下,当不知何处飘来《梅花三弄》的笛声时,何止"梅心惊破",女主人公的"多少春情意"亦不是暗生,而简直就是惊魂。这支古曲中有"青鸟啼魂"、"隔江长叹声"等段落,既切咏梅之题,也合悼亡之旨,想来精通声律的易安,不会是信手拈来。然而一样的"春情意",对此时的女主人公来说不是温馨,却是"无佳思"的伤感。

  过片由上阕的"多少春情意"生发开来,一句"小风疏雨萧萧地",接连出以三个色彩灰暗的意象,渲染了春日清晨的落寞伤感。下句一个"又"字,再一个"催"字,加强了"千行泪"的力度,不难想象女主人公曾经历了多少这样的情境!由此而拈出"吹箫人去玉楼空"的典故,极其自然,极其贴切地表达了畸零人触景思人的痛楚。如果以萧史喻逝者,而今已人去楼空,梅花可以年年开放,而未亡人纵然"肠断",也是无人能够领会的。不仅无人能领会此景此情,就是有心如陆凯那样折来一枝寄赠,也是"人间天上,没个人堪寄"了!结句化用陆凯自江南寄梅花给范晔的典故,却反其意而用之,那种独立天地,四顾茫茫,无可告语,落寞惆怅的悲伤,又怎么可以和当年陆凯满怀友情温暖,欣然折梅的况味相比!全词止于其所当止,让无尽的哀思,缭绕于无人堪寄的梅花,意境深沉而悠远。

  这首词有几个明显的特点:写景妙在点化,抒情妙在直接,情景之间的关系却不因此而有所疏离;词人在一首中调词里化用了三个典故,读来却不感觉隔膜,而是天衣无缝,宛若己出;咏梅和悼亡之间意脉贯通,既不黏不滞,又丝丝入扣。以上特点加上语言清浅，情意深长，遂成悼亡词之佳作。

## 南歌子（天上星河转）

天上星河①转，人间帘幕垂。凉生枕簟②泪痕滋，起解罗衣聊问夜何其。　　翠贴③莲蓬小，金销④藕叶希。旧时天气旧时衣，只有情怀、不似旧家时。

[注释]

①星河：银河。唐代白居易《长恨歌》："迟迟钟鼓初长夜，耿耿星河欲曙天。"宋代苏轼《菩萨蛮》词："风回仙驭云开扇，更阑月堕星河转。"②枕簟（diàn）：泛指卧具。簟，竹席。唐代韩愈《新亭》诗："水文浮枕簟，瓦影荫龟鱼。"宋代黄庭坚《次韵曾子开舍人游耤田载荷花归》诗："扫堂延枕簟，公子气翩翩。"③翠贴："贴翠"的倒装。这是一种服饰工艺，即用翠羽贴成各种花样，这里是贴成莲蓬样。宋代张玉娘《游春》诗："贴翠自娄羞舞镜，送春无奈听啼规。"宋代程炎子《蜡梅》诗："歌儿戏拍供檀板，妆女轻裁贴翠翘。"④金销："销金"的倒装，也是一种服饰工艺，用金线嵌绣花样，这里指嵌绣莲叶纹。宋代陈世崇《元夕八首》："看灯螃蟹月前供，迓鼓金销画领中。"

[评析]

天上银河转动，意味着时光渐渐流逝；人间帘幕低垂，意味着又一个无眠的长夜来临。要有多少愁绪不能释怀，才会与天空黯然相对？要有多少伤心事无可告语，方能让帘幕死气沉沉？开篇以天上人间对举，不是词人一时随兴生发的联想，而是人世间生离死别的写照。我们不能够确定这首词的具体写作年头，但可以肯定其完成于赵明诚去世之后。嫠妇长夜无眠的悲怆，蕴藏在不露声色的景物描写中，有别于易安以往直抒其情的爽朗。

人已去，伤怀时，顿觉"凉生枕簟"。不是秋凉，胜似秋凉，令人一时难知这是永夜泪痕滋生的寒意，还是乱离时世中孤枕独眠滋生的凄凉。"起解罗衣聊问夜何其"？原来女主人公是和衣而卧，夜已深方起来解衣。自觉应当是下半夜了，却又不能够确定，于是姑且自问此时何时。这样一个情形，暗传了多少孤独寂寞和无情无绪，何尝是通常的"慵懒"可以形容！"夜何其"来自《诗经·小雅·庭燎》："夜如何其？夜未央。""夜如何其？夜未艾。""夜如何其？夜绣晨。"原诗复沓渐进，表明长夜就要过去，黎明即将来临，这与词中的主人公所问，是多么不同。

那么，还是解衣睡下吧。然而双手已搭上了衣扣，伤时怀旧的愁绪又涌上心头。换头天衣无缝地描写"罗衣"：用翠羽贴成的莲蓬依然那么精巧，用金线嵌绣的荷叶也还在恰到好处地衬托。然而，"旧时天气旧时衣，只有情怀、不似旧家时"，两句之中连用三个"旧"字，前两个抚今追昔，不胜酸楚；后一个语气断然，悲从中来。斗转星移，物是人非，人世最深沉的心灵创伤，人生最难堪的未亡人情怀，全在这三个"旧"字中一泻无遗。词不避重字，但也要用得好，不作无意义的重复，并蕴含尽可能大的信息量才好——这三个"旧"字的艺术效果正是如此。

《南歌子》词牌要求的两个对仗句，在这首词中显得工稳而凝练，非对仗的词句，却是易安一贯的平易风格，于平易中包含着隽永的意味。

# 临江仙（庭院深深深几许）

原序：欧阳公作《蝶恋花》，有"深深深几许"之句，予酷爱之。用其语作"庭院深深"数阕，其声即旧《临江仙》也。

庭院深深深几许,云窗雾阁常扃①。柳梢梅萼渐分明,春归秣陵②树,人老建康③城。　　感月吟风多少事,如今老去无成。谁怜憔悴更凋零,试灯④无意思,踏雪没心情。

[注释]

①扃(jiōng):门环、门闩等。这里指门窗关闭。语出自韩愈《华山女》诗:"云窗雾阁事恍惚,重重翠幔深金屏。"②秣陵:今南京的别称。五代韦庄《解维》诗:"又解征帆落照中,暮程还过秣陵东。"宋代文天祥《行宫》诗:"神德倘存终有晋,秣陵未改已无秦。"③建康:亦今南京的别称。宋代辛弃疾有《水龙吟·登建康赏心亭》词,陆游有《夜泊龙庙回望建康有感》诗。④试灯:一般在农历正月十五日元宵节晚上张灯,以祈丰稔。元宵节前一日张灯预赏,谓之试灯。宋代吴文英《花心动》词:"夜雨试灯,晴雪吹梅。"宋代王沂孙《一萼红》词:"压酒人家,试灯天气,相次登临。"

[评析]

风雨飘摇、偏安一隅的南宋小王朝,总是让仓皇南渡的国民满怀忧虑,并让他们恢复中原的愿望一次次落空。李清照填这首词时,想来正是这样的心情。这是她词中不多的直接抒发国是日非之痛的作品,从"春归秣陵树,人老建康城"两句看,此词当作于南渡后期。词人以沉痛的笔调,表现出自己对朝廷的深深失望,而这样的思想感情具有普遍性,表达了当时人们渴望恢复中原的心声。

又一个春天来到了女词人的生命中,但她并不从对春色的描写入笔。因为这是一个特殊的春天,失去中原家国的她,正在南方古都建康城中,感受着以往不曾体验过的痛苦。"庭院深深深几许",这个起句或许是写实,或许是信手拈来,易安直接套用了欧阳修名篇《蝶恋花》词的首句。妙在这个套用不仅吻合易安喜欢从身边景落笔的一贯风格,而且三个"深"字重叠,贴切地表达了易安对国事的忧虑。所以,这个套用很高明,达到了无痕迹的境地。"云窗雾阁常扃"一句,变化于唐代韩愈《华山女》中的两句:"云窗雾阁事恍惚,重重翠幔深金屏。"但词人只取其"重重"之"深"而去其恍惚之状，增加了一个门窗常闭的意象。其实欧阳修词的第三句"帘幕无重数"，亦被易安化用于其中。词人笔下并无一语道及心情，女主人公抑郁忧愤的形象，却已呈现在我们眼前。门窗虽设而常闭，但她对春天的感受还是那么敏锐。柳梢青了，梅萼红了，古老秣陵城的春天来得是那么温婉，一切都是渐渐变得分明起来的，既不突兀，也不模糊。一个"渐"字，写透了江南之春的动态，也写透了女性细腻的感觉。然而春归秣陵，不是中原；春光虽美，人老南都。感受越细腻，痛苦越尖锐。读到"春归秣陵树，人老建康城"，我无语，却不能不赞叹易安词笔的魅力。

此时既然是以词笔抒写心中之痛，自然会联想起以往曾经有过的春风词笔，再对应于时下的处境，抚今追昔的心情，都化为一声长叹，自然地过渡到下阕："感月吟风多少事，如今老去无成。"一个"多少"，千种怀想；一个"老去"，万般无奈。女词人有心报国而无力回天，但"谁怜憔悴更凋零"呢？或许恢复中原的大业仍将蹉跎，或许自己平生心愿仍将付诸东流，而一个弱女子，又能怎样！很快就是正月十五，灯节将到，岂止觉得中原盛行的"试灯"，如今毫"无意思"，就是在春天的建康城"踏雪"觅诗寻梅，也是同样的"没心情"啊！总是精心营造结句，形成意味无限的艺术空间，易安此词同样止于其所当止，而对中原的怀念，对偏安的不满，对恢复的渴望，对老去的伤感，全都蕴蓄其中。这不是一个人的悲歌，而是一代人的伤感。由此可见，并不是所有的直抒和白描都了无意味。

《临江仙》词调一般要求上下阕各有一个对仗，易安的对仗工稳而自然，艺术张力强而毫无吃重之感。应当说，这是感情深厚的效果，而不仅仅是驾驭语言的能力。

## 忆秦娥（临高阁）

临高阁，乱山平野烟光薄。烟光薄，栖鸦归后，暮天闻角①。　断香②残酒情怀恶③，西风④催衬⑤梧桐落。梧桐落，又还秋色，又还寂寞。

[注释]

①角：一种乐器，画角、号角，古代多为军中用来报昏晓，振士气。姜夔《扬州慢》词："渐黄昏、清角吹寒，都在空城。"陆游《钗头凤》词："角声寒，夜阑珊。"据王学初《李清照集校注》："闻"，南宋何士信编《草堂诗馀》杨金本作"残"，明代陈耀文编《花草粹编》作"吹"。②断香：若有若无的香气。后蜀毛熙震《菩萨蛮》词："屏掩断香飞，行云山外归。"宋代苏舜钦《丙子仲冬紫阁寺联句》："断香浮缺月，古像守昏灯。"③恶：指心情特别不好。④西风：《全芳备祖》缺此二字，王学初《李清照集校注》据《花草粹编》校补。⑤催衬：催着、帮着。

[评析]

这首词或题为《咏桐》，宋代陈景沂编辑的花谱类著作《全芳备祖》，将其归为李清照词，并收入"梧桐门"。明代陈耀文编《花草粹编》收录此词，佚名（参阅王学初《李清照集校注》卷一）。

这是一首秋来登高抒怀之作，上阕写景，下阕抒情，由景入情，情景交融。

"临高阁，乱山平野烟光薄。"发端直点登临，以峻急的起势，把画面聚焦到高阁之上，虽然并无一语涉及抒情主人公，她却已分明立于画面之中。这个切入点选择得当，为下文写景抒情留下了无限地步。登高望远，视野开阔，然视线一般由远而近，所以词人的落笔点先是远山，而后是平野。因相距甚远，故群山的高低起伏之态更见突出，一个"乱"字，恰切地勾画了远方群山给人的观感。远山下是平野，以"平"对"乱"，画面富于立体感。然而如果画面感太清晰，既不符合登临实情，也缺少艺术意味。词人深谙此道，故用水墨技法，为乱山平野抹上了一层淡淡的烟雾，不是浓得遮蔽了一切，此之谓"烟光"。这样，画面就具有了一种朦胧美、凄凉美，为全词抒发的情感，定下了基调。

下一个"烟光薄"，按词牌格律是叠韵，在声情上，则有强化开篇基调的艺术效果。薄暮中遥见旷野上乌鸦归飞，已令人不胜惆怅，哪堪又闻画角悲声，回荡在寂寥的天地，真是令人不禁悲从中来啊！飞鸦和角声，以动出静，暗示了主人公复杂的心情。

上阕写景，景中有情。下阕自然地由景物描写转入到对抒情主人公的描写。"断香残酒情怀恶"，直表其情怀之感伤。熏香快要燃尽，若有若无的香气恼人情怀；酒已残，愁情却并未减少。"恶"字直而欠雅，但非如此不足以表现情绪恶劣的程度。可见，力度，也是用词的一个标准。

情绪既极其低落，又值高阁上西风袭人，由此可以设想，梧桐叶在西风的催促下，一定已经飘落殆尽了吧！"衬"的语感比较特别，这个词有帮助之义，也即帮衬。说秋风不仅催促，而且帮衬梧桐叶落，表达了一股怨气。这种用法是很新颖的。叠韵"梧桐落"，进一步加深了愁惨的气氛，接着两个"又还"，前一个"又还"仍为设想之词：万物经秋，江山萧瑟，阁外秋色，想想即知情何以堪！后一个"又还"是真实切身的体验：独上高阁，远望满目悲凉，静坐满室寂寞，断香残酒，倍增伤感，人奈其何！词情结于重叠句式，戛然而止，留下了广阔的联想空间。

这首词描写了抒情主人公由外而内的两个情境，但对于她来说，内外皆不相宜，动静均觉难堪，词人对孤苦并未道破一字，一切却尽在不言中。就一阕小词而言，其意境可说是相当深远的。

《忆秦娥》词格有仄韵和平韵，李清照用仄韵来填，声情尤显酸楚。上下阕各有一个叠韵，结以叠句，更增强了情调的感伤意味。

## 武陵春（风住尘香花已尽）

风住尘香①花已尽，日晚倦梳头。物是人非事事休，欲语泪先流。　闻说双溪②春尚好，也拟泛轻舟。只恐双溪舴艋舟③，载不动、许多愁。

[注释]

①尘香：尘土中含有落花或脂粉的香气。宋代陆游《丁酉上元》诗："翠袖成围欺月冷，毡车争道觉尘香。"②双溪：浙江金华的水名，因双水分流而得名。③舴艋舟：一种小船。唐代张志和《渔父》诗："钓台渔父褐为裘，两两三三舴艋舟。"宋代方岳《上巳溪泛》诗："舴艋舟轻暖欲酣，鸂鶒朸重老何堪。"

[评析]

"物是人非事事休，欲语泪先流。"当李清照吟出这个名篇时，南来衣裳早已布满了风尘。先是国破，接着家亡。先前夫妇唱和的情词虽有高下之别，但金石书画之同赏，毕竟是人生难逢的知己。但春色不管南北年复一年，人事却非昨日，已全然改变。孤身漂泊的女词人，只能追随着偏安皇帝的足迹避乱于金华。历尽乱离之苦，多少事何止欲说还休，未曾开言已是泪流满面！有多少痛楚堆积心头，才铸就了这般沉重的词句？

当我在今夜秋灯之下，反反复复地品读这一句时，思绪驰骋于千年前的暗夜，不由得想起了《红楼梦》中香菱品诗的话：就像口里含了几千斤重的一个橄榄。是的，李清照词中的点睛之笔，句句当得起曹雪芹这样的评价。譬如这一句，即由词人自身的经历和感悟，提炼出了人们面对同一境地时的普遍感情。

"风住尘香花已尽，日晚倦梳头。"词人起笔处，一个憔悴的中年女子，孑立于暮春的傍晚。残春的景色总是让人倍觉伤感，万紫千红的春花委地化尘，最易勾起似水流年的惆怅。易安此时只身流离转徙，触景伤情，开篇一句既是写实，亦为其华年正渐渐老去的暗喻。基于此，"日晚倦梳头"的懒散形象，将抒情主人公的心绪变得可以触摸。在那个讲究"妇容"的时代，一个女子竟然时至傍晚尚未梳头！非如此铺垫，不足以表现"物是人非事事休，欲语泪先流"的沉痛情怀。

虽说城中春事已尽，但女主人公对春信还是关心的。"闻说双溪春尚好，也拟泛轻舟。""闻说"并非实见，"也拟"只是心想；上阕归结于沉痛心情的直写，下阕却承以内心的意念——这是"倦"在另一情境下的延伸，也是"事事休"的变奏。词情至此，"欲语泪先流"的哽咽之声尚未止歇，暗自涌动的愁情，由"只恐"一词牵引，又漫溢而成无尽的悲哀。

"只恐"是下阕第三次出现的虚拟之词，它带出了一个夸张而贴切的比喻："只恐双溪舴艋舟，载不动、许多愁。"李煜以"恰似一江春水向东流"来称量不可实指的"几多愁"（《虞美人》），贺铸以"一川烟草，梅子黄时雨"把"几许"闲愁形象化；易安则以轻舟为体，以"载不动"对应，又以"许多"修饰"愁"，其愁之分量可谓压倒前人。不仅以分量压倒前人，李清照的这个言"愁"意象，可谓独出心裁。她结合金华的实地、实物来写，显得既夸张又贴切，被元代戏曲大家王实甫加以化用。王实甫描写崔莺莺和张生长亭送别时，这样描写莺莺的心情："遍人间烦恼填胸臆，量这些大小车儿如何载得起？"（《西厢记》第四本第三折）虽然这化用也堪称高明，但船儿变成车儿，易安的首创之功还是很明显的。

不必再分析这个名篇的修辞手段和白描手法，只说它的结构之特别。全词只有上阕"日晚倦梳头"一句为实写，以此张本，下面皆为对情绪和心理的抒写。然而在李清照高明的词笔下，抽象的情绪和心理全都被具体化了，成为鲜明真切的艺术形象，真是达到了化抽象为具体的至境。

"物是人非事事休，欲语泪先流。"无论开篇、过片还是结穴，当这首词所有的意象都指向这里时，夫复何言！


## 摊破浣溪沙（病起萧萧两鬓华）

病起萧萧①两鬓华，卧看残月上窗纱。豆蔻②连梢煎熟水③，莫分茶④。　枕上诗书闲处好，门前风景雨来佳。终日向人多酝藉⑤，木犀⑥花。

[注释]

①萧萧：**头发**花白稀疏的样子。宋代严羽《满江红·送廖叔仁赴阙》词："问相思、他日镜中看，萧萧发。"宋代陆游《白发》诗："萧萧白发濯沧浪，刬曲西南一草堂。"②豆蔻：多年生常绿草本植物，外形像芭蕉，果实呈扁球形，种子像石榴子，有香味。③熟水：用植物或其果实做原料煎泡而成的饮料，这里以豆蔻为原料。宋代方回《次韵志归十首》诗："未妨无暑药，熟水紫苏香。"宋代杨万里《舟过大水旁罗滩渴甚小饮》："熟水无多吃，烹茶未要来。"④分茶：宋元时期的煎茶方式，或可称为宋代茶道。注入茶汤后用箸搅动，使茶和水混合，面上变幻成种种花纹形状。宋代杨万里《澹庵座上观显上人分茶》诗："分茶何似煎茶好，煎茶不似分茶巧。""二者相遭兔瓯面，怪怪奇奇真善幻。"陆游《临安春雨初霁》诗："矮纸斜行闲作草，晴窗细乳戏分茶。"⑤酝藉：本指人宽和而有涵容。这里引申指花木的幽香。李清照

《玉楼春》词:"不知酝藉几多香,但见包藏无限意。"宋代洪咨夔《满江红》词:"飞絮急,青梅小。把风流酝藉,向谁倾倒。"⑥木犀:即桂花。宋代赵师秀《池上》诗:"一树木犀供夜雨,清香移在菊花枝。"宋代范成大《探木犀》诗:"秋半秋香花信迟,攀枝擘叶看纤微。昨朝尚作茶枪瘦,今雨催成粟粒肥。"

[评析]

这首词以思乡为基调,刻画了李清照晚年的自我形象。

甲骨文中的"土"字,其形象为万物生于大地。可见,中国人很早就以文字来表达对故乡热土的特殊感情。脚踩故乡的热土,人会觉得心中踏实。正因为如此,异乡漂泊的酸楚,即令在风华正茂的青春岁月,或春风得意的人生旅程,也会不时泛上心头。是的,唐代诗人王维的《九月九日忆山东兄弟》,作于他十七岁漫游长安之时,如果不是深刻的思忆,何能年纪轻轻,就提炼出"每逢佳节倍思亲"这一千古名句,引起千百年来世世代代游子的情感共鸣?至于年华老去,在迫不得已的异乡羁旅中,再雪上加霜地遭遇病苦,那其情就更为令人难堪了。欧阳修被贬为峡州夷陵(今湖北宜昌)县令时经历了"夜闻归雁生乡思,病入新年感物华"(《戏答元珍》)的伤怀,在他之前杜甫曾于"艰难苦恨繁霜鬓"的晚年孤身漂泊夔州,在落木萧萧中感慨"万里悲秋常作客,百年多病独登台"(《登高》),其情怀之沉痛尤有过之。观李清照的这首词,开篇即言"病起",复言"萧萧两鬓华",自我形象,其情其境,颇同于杜甫而胜于欧阳修。看来,人生的种种得意或失意,都会因漂泊而成别样况味啊!

当然,易安有易安的境遇,易安有易安的风格,其情怀的表现,也就和别人两样。不过,开篇勾勒的"萧萧两鬓华"这一自我形象,倒真是堪与老杜之"艰难苦恨繁霜鬓"相比,且不同于易安词笔惯以写景切入的路数。不难想象,在国破家亡之后的异乡,经历了太多的悲辛,当岁月的风霜毫不留情地染白稀疏鬓发时,易安的词笔也就难以流连风花雪月了。女主人公病起尚不能下床,故"卧看残月上窗纱"。鬓已霜,月已残,这个"卧看"的嫠妇,不同于杜牧诗中那个"卧看牵牛织女星"(《七夕》)的俏皮少女。窗纱上的残月只能使情怀更加凄凉,残月映照下的霜鬓,也只能使抒情主人公的形象更加萧索。仅此一笔,胜过万语千言。

"豆蔻连梢煎熟水,莫分茶。"前一句描绘出一幅安详的画面,一种安闲的神态。词笔这一转换,透露出女主人公历经磨难后的成熟。然而后一句上来,却又是无情无绪的懒散。"分茶"是宋代士大夫悠闲生活中的调味剂,也是宋代仕女优雅品味的表现,这应当是她惯熟的生活情调吧?但是,一个"莫"字虽然简洁,却笔力千钧,断然与既往隔绝,如今的生活状态,自然是不用再多言了。

"枕上诗书闲处好,门前风景雨来佳。"过片仍是病中形色:枕上品书,几多闲情逸致,偶然伫立门前,秋雨时至,风景尤好。这情景,淡然、超然。不过这淡然、超然中散发着多少惆怅?从艺术上来说,这样的描写达到了平淡的境界。在晚年易安的笔下,情感的浓度似乎有所稀释,但潜在的信息磁场却是更加强大了。"作诗无古今,惟造平淡难。"(梅尧臣《读邵不疑学士诗卷、杜挺之忽来,因出示之,且伏高致,辄书一时之语以奉呈》)这不仅是一种艺术境界的追求,其实也是一种人生境界的了悟。有如陶渊明在看够了动乱和权力更迭的血腥之后,归隐于田园的部分作品;有如李白在度过其或飞扬或沉郁的人生,一切都归于平静后写下的《独坐敬亭山》;易安又何尝不是如此?仅就这首词而论,开篇形象的萧索沉郁与后头情怀的淡定,乃至叙事的琐屑,在结构上都是渐渐行来的。

"终日向人多酝藉,木犀花。"收笔于桂花,在词人笔下曾经"揉破黄金万点轻,剪成碧玉叶层层"(《摊破浣溪沙》)的华丽,显然已经散去,桂花终日向人却不再张扬其芬芳,她只是轻吐着淡淡的幽香。花如其人,这是人的感悟,人的心境。而这样的意象,也正表现了易安在人生波澜千叠之后归于平淡。

《摊破浣溪沙》这个词牌又名《添字浣溪沙》,是《浣溪沙》的变调。平韵,上下阕各多了一个三字结句,格调显得相对轻快,但也可以反之,如李璟的同调词"菡萏香消翠叶残"。易安以这个词牌来表达相对安详的基调,但开篇两句的形象却暗蕴郁勃之情,格律韵调和语言形象之间的反差,开头两句与下文情调之间的反差,达成了一种颇为不同寻常的艺术效果,这是要我们细品方知的。

## 鹧鸪天（寒日萧萧上琐窗）

寒日萧萧上琐窗[1],梧桐应恨夜来霜。酒阑[2]更喜团茶[3]苦,梦断偏宜瑞脑[4]香。　　秋已尽,日犹长,仲宣怀远[5]更凄凉。不如随分[6]尊前[7]醉,莫负东篱[8]菊蕊黄。

[注释]

[1]琐窗:雕刻或绘有连环形花饰的窗子。唐代李贺《有所思》诗:"自从孤馆深琐窗,桂花几度圆还缺。"唐代李商隐《访人不遇留别馆》诗:"卿卿不惜琐窗春,去作长楸走马身。"[2]酒阑:酒筵将尽。《史记·高祖本纪》:"酒阑,吕公因目固留高祖。"裴骃《集解》:"阑,言希也。谓饮酒者半罢半在,谓之阑。"南唐冯延巳《采桑子》词:"酒阑睡觉天香暖,绣户慵开。"[3]团茶:用龙凤圆模特制的茶饼,兴于宋代,专供宫廷饮用。宋代苏轼《记梦回文二首》叙曰:"梦人以雪水烹小团茶,使美人歌以饮。"诗曰:"红焙浅瓯新活火,龙团小碾斗晴窗。"黄庭坚《奉谢刘景文送团茶》诗:"刘侯惠我大玄璧,上有雌雄双凤迹。"[4]瑞脑:见《醉花阴》注。[5]仲宣怀远:仲宣,汉末文学家王粲的字。他是"建安七子"之一,文思敏捷,尤擅诗赋,以《登楼赋》著称。《登楼赋》曰:"登兹楼以四望兮,聊暇日以销忧。"全赋表达了怀思远方故人之情和怀才不遇之感。[6]随分:随意、任意。宋代朱敦儒

《临江仙》词:"随分盘筵供笑语,花间社酒新篘。"宋代杨万里《冬日归自天庆观》:"逗晓清寒未苦严,轻霜随分点茅檐。"⑦尊前:在酒尊之前,即酒筵上。南唐李煜《虞美人》词:"笙歌未散尊前在,池面冰初解。"宋代晏几道《满庭芳》词:"漫留得,尊罍淡月西风。"⑧东篱:东晋陶潜《饮酒》诗之五:"采菊东篱下,悠然见南山。"自后人们以东篱代指菊花或栽种菊花的园圃。

[评析]

乡愁、悲秋与醉酒,是李清照中晚年词中常见的意象。南渡前词人曾说:"新来瘦,非干病酒,不是悲秋。"(《凤凰台上忆吹箫》)漂泊江南时的情形却是大异了。究竟是秋的萧瑟引动了乡愁,还是思乡的痛楚必得以沉醉来麻痹?我想是兼而有之吧。

秋阳透出的萧瑟之感,竟然连精美的雕窗也难以消减,更有夜来寒霜,使得梧桐叶片片凋零。触目所见,一派凄凉,"应恨"者,自然是观物之人了。草木有情,其实何尝不是人之移情呢?随着抒情主人公视线的转移和眼前之所见,"萧萧"二字的意蕴,令人感同身受,寂寥惆怅这一笼罩全篇的感情基调,也由此呈现。此景此情,自然引出借酒浇愁,酒阑梦断的昨夜。"更喜"者苦茶,然而其苦并未能解酒,可见沉醉的程度;"偏宜"者瑞脑香,然而其香更透露出寂寞清冷。上阕在写景忆事之间,已把主人公孤寂的心境写出。

"秋已尽,日犹长"——过片绝不是单纯地叙事,而深蕴了沉痛之情,我们不禁又有一问:究竟是长夜难熬呢,还是白日苦长?在李清照南渡后对时光的表达中,我们看到这已经没有什么区别了。因而,词人对王粲的《登楼赋》,体会到的是"更凄凉"的感觉。何以如此?原来王粲之"怀远",交织了怀才不遇的抑郁,怀乡思归的惆怅,而此时的词人,不仅家山万里,爱侣更是早已阴阳两隔,"怀远"之情如此,能不令人倍感沉痛?"已"、"犹"、"更"

三个虚词形成一种递进关系，一步步加重了抒情主人公的沉痛之感。但怎生是好？一如"琐窗"消减不了秋日的寂寥，"怀远"只能使心灵更加痛苦，那么只剩下一个无奈的选择了："不如随分尊前醉，莫负东篱菊蕊黄。"无疑，这只能是貌似超脱，实则无奈的自我安慰罢了。

即令仍是东篱把酒，但暗香盈袖的美妙诗情，早就失落在南渡之后那日渐凄厉的西风之中。这个秋日的清晨，分明预告着此后一个个时日，也将总是如此痛苦，直到抒情主人公生命的终结——词情之沉痛，尤在于此。

## 清平乐（年年雪里）

年年雪里，常插梅花醉。挼①尽梅花无好意②，赢得③满衣清泪④。　今年海角天涯，萧萧⑤两鬓生华⑥。看取晚来风势，故应难看梅花。

[注释]

①挼：两手自相揉搓。南唐冯延巳《谒金门》词："闲引鸳鸯香径里，手挼红杏蕊。"宋代辛弃疾《满江红》词："一笑折、秋英同赏，弄香挼蕊。"②无好意：心情不好。宋代欧阳修《渔家傲》词："莲子与人常厮类，无好意，年年苦在中心里。"宋代石孝友《满江红》词："立尽西风无好意，遥山也学双眉蹙。"③赢得：落得。唐代杜牧《遣怀》诗："十年一觉扬州梦，赢得青楼薄幸名。"宋代范成大《念奴娇》词："赢得长亭车马路，千古羁愁如织。"④清泪：悲伤的眼泪。宋代陆游《浪淘沙》词："清泪浥罗巾，各自消魂，一江离恨恰平分。"宋代辛弃疾《谒金门》词："近日醉乡音问绝，有时清泪咽。"⑤萧萧：头发花白稀疏的样子。宋代严羽《满江红·送廖叔仁赴阙》词："问相思、他日镜中看，萧萧发。"宋代陆游《白发》诗："萧萧白发濯沧浪，剡曲西南一草堂。"⑥生华：长出了白发。金代元好问《眼儿媚》

词:"乃公行坐文书里,面皱鬓生华。"

[评析]

如果花儿可以代表人的志趣,那么梅花就是李清照的写照;如果花儿可以象征人生的历程,那么是李清照选择了梅花。赏梅、咏梅,早在少女时期,梅花就和她结下了不解之缘。在人生的不同阶段,由于心态的不同,梅花在其笔下的意味个个有别,却异曲同工。

"年年雪里,常插梅花醉。"以梅花的风姿和词人对她终身不变的爱,本该在开篇有一个不凡的亮相,但易安只是以"年年"点流光,以"雪里"表节令,以"常插"写闲情,以"醉"状情态——平平道来,无一奇笔。然而高明的作家不但善于出人意表,也善于化平淡为神奇。李清照曾以"雪里已知春信至,寒梅点缀琼枝腻"(《渔家傲》)的尖新意象作为开篇,描写梅花傲雪开放、晶莹高洁的风采,这首词的起笔则换了一个角度,以平生赏梅的情事系人生不同阶段。注意到这首词写于词人晚年这一事实,我们就会感到,其中实在是蕴含了太多的追忆,太多的眷恋,太多的惆怅,太多的辛酸!这首词的头两句,就呈现出一个情趣高雅、豪放爽朗的年轻女子形象。或许就在词人下笔之时,汴京(今开封)的春雪梅花,以及江宁(今南京)初春踏雪寻梅的情景,还有那已远去的爱人身影,一时之间都聚到了心头。于是,她在万千思绪中提炼出年年雪里插梅,对其风姿沉醉这样一幅鲜明的图景,确定了这首词以赏梅纪人生的词旨。你说,这样的开篇,是平淡还是神奇?

往昔的记忆越是美好,到晚年就越是容易引起伤感,这是人之常情。从回忆到现实,词笔转接利落而自然:"挼尽梅花无好意,赢得满衣清泪。"早年插梅,常常醉心,而今人憔悴,心绪不佳,梅花还是一样的美,玩赏的心情却已大变。漫不经心间揉碎梅花,抒情女主人公心在何处?悲伤的眼泪落满了衣襟,是为逝去的华年而痛苦，还是忆起了曾经共同赏花的爱人？抑或是为国破家亡，无以北归而伤怀？词人都不必一一写出，读者尽可以从心想象。不过，这绝不是那个"夜来沉醉卸妆迟，梅萼插残枝"，"更挼残蕊，更捻馀香，更得些时"（《诉衷情》）的相思少妇，也不是那个向人道"醉里插花花莫笑，可怜春似人将老"（《蝶恋花》）的南渡初期自我形象。我们从下阕的意象，可以捕捉到其中潜藏的词人伤逝情感。

"今年海角天涯，萧萧两鬓生华。"原来女主人公心情不好，泪洒衣襟，是因为经过了一生中的几十个"年年"，在"今年"这个两鬓斑白的垂暮时节，却只身一人，漂泊海角天涯。是啊，中国人自古讲究叶落归根，故国、故乡情结，是感情世界中非常重要的一角。南渡以来，有多少人做着恢复中原的好梦，盼望北归之路打开？然而，生命的年轮无情地碾过，一次次的失望，堆成了多少"北人"鬓角的清霜！对于易安这样敏感而深情的士族女性来说，其痛苦不知又要比别人强烈多少倍！年已垂暮而愿望不能达成，且看不到任何希望，这样的痛苦，对于经历过生活和爱情美好时光的易安来说，是极其难堪的。所以，当词人在词中书写自我形象时，就自然而然地在又一度春来，又一度梅花开放的时节，把垂暮老妇和当年那个插梅沉醉的年轻女性，不着痕迹地连在一起了。

如今的女主人公容颜憔悴，白发稀疏，对天气和季候的变化也更加敏感。"看取晚来风势，故应难看梅花。"当她看到晚来北风劲疾，就知道梅花要惨遭零落的命运了，又哪有心情再去踏雪寻梅，摘来插在瓶中欣赏呢？这个结句看起来是这般平淡，但其中潜藏着许多情感信息，可谓意味深长："晚来风势"回应上阕的"无好意"，"难看梅花"回应上阕的"满衣清泪"，突出了"今年"的恶劣心情。这是对迟暮人生的写照，也是对国事失望的隐喻。

全词对以往赏梅美好情景的描写只有开篇两句，今昔不同的赏梅心境却已形成一种强烈的对照，而词人在不同时期的自我形象，也就通过赏梅这一典型细节，鲜明地呈现于词中。

以平淡而简洁的语言蕴深意，以白描手法刻画鲜明的人物形象，使这首词的风格显得格外质朴。在易安的晚年，词作艺术是更加臻于化境了。

## 新荷叶（薄露初零）

薄露初零①，长宵共、永昼分停②。绕水楼台，高耸万丈蓬瀛③。芝兰④为寿，相辉映、簪笏⑤盈庭。花柔玉净⑥，捧觞别有娉婷。　　鹤瘦松青⑦，精神与、秋月争明。德行文章，素驰日下声名⑧。东山高蹈⑨，虽卿相、不足为荣。安石须起，要苏天下苍生⑩。

[注释]

①薄露初零：薄，露多貌；露珠圆貌。零，落下。《诗经·郑风·野有蔓草》："野有蔓草，零露薄兮。"《毛传》："薄薄然，盛多也。"《郑笺》："零，落也。"宋代欧阳修《夜闻风声有感，奉呈原父舍人圣俞直讲》诗："清霜忽以飞，零露亦薄薄。"在二十四节气中，秋分之前为白露，秋分之后为寒露。②分停：即停分，为押韵而倒装。停分，将总数平分为两份。唐代李山甫《项羽庙》诗："停分天下犹嫌少，可要行人赠纸钱。"据停分和上文的"薄露初零"，寿主的生日当为秋分。以我国旧历的秋季论，秋分这一天刚好是秋季九十天的一半，故称秋分。③蓬瀛：传说中的神山蓬莱和瀛洲。相传海上有三座仙山，《史记·封禅书》载："自威、宣、燕昭，使人入海求蓬莱、方丈、瀛洲。此三神山者，其传在勃海中，去人不远。患且至，则船风引而去。盖尝有至者，诸仙人及不死之药皆在焉。"晋代葛洪《抱朴子·对俗》："或委华骝而骖蛟龙，或弃神州而宅蓬瀛。"唐代许敬宗《游清都观寻沈道士得清字》诗："幽人蹈箕颍，方士访蓬瀛。"④芝兰：芝草和兰草，皆为香草。此处用

词选 117

来比喻寿主的德操之美和子孙兴盛。宋代张元干《满庭芳》词："芝兰盛，彩衣嬉戏，戏亲睦冠西宗。"⑤簪笏：簪，冠簪，用来插笔。笏，手版，用来记事。二者为古代仕宦者所用，用以比喻官员或官职。南朝梁代简文帝《马宝颂》序："簪笏成行，貂缨在席。"唐代杜甫《与李十二白同寻范十隐居》诗之三："不愿论簪笏，悠悠沧海情。"⑥花柔玉净：形容席上美女如云，捧杯献酒自有其人。⑦鹤瘦松青：古代以松鹤喻长寿。⑧日下声名："日"指帝王，"日下"指京都。语出自南朝宋代刘义庆《世说新语·排调》："荀鸣鹤、陆士龙二人未相识，俱会张茂先，坐。张令共语……陆举手曰：'云间陆士龙。'荀答曰：'日下荀鸣鹤。'"此指寿主为朝中高官，享有盛名。⑨东山高蹈：东山代指东晋望族谢安，号东山。《晋书·谢安传》载，谢安早年曾辞官隐居于会稽之东山，朝廷屡次征聘，方从东山复出，官至司徒，成为重臣。后世因以"东山"为典，指隐居或游憩之地。高蹈，亦为隐居之称。此处用以表明寿主此时虽未在朝，但将来前程必定无量。⑩"安石"二句：安石，谢安字。《世说新语·排调》载：谢安隐居东山时，朝廷屡次征召而不动，后出为桓宣武司马。将发新亭时，朝中众官来送行，中丞高灵借醉戏曰："卿屡违朝旨，高卧东山，诸人每相与言：'安石不肯出，将如苍生何？'今亦苍生将如卿何？"谢安笑而不答。此处用以祝愿寿主东山再起，大济天下苍生。

[评析]

这是一首祝寿词（见孔凡礼《全宋词补辑》），当作于李清照南渡后期，寿主不详何人。

才华卓绝的李清照，其人如傲雪寒梅、凌霜菊花般清高，笔下无一点尘俗气。即令是祝寿之类的俗事入其词中，亦笔意高古，格调不俗，并在其间寄托了恢复中原、重整山河的希望。

词人开篇以侧笔入，却紧扣了寿主寿日的节令特点，不仅切题而简练，还营造了一个充满艺术情调的氛围。在白露、寒露之间的秋分时节，白日和黑夜的时光各占其半，词人用这引人遐想的意象，逐层渲染祝寿的喜庆景象。寿主的居所碧水环绕，楼台万丈高耸，有如蓬瀛仙境，更增添了喜庆祥和之感；满堂优秀子孙和达官贵人,同如花似玉、娉娉捧酒的侍女交相辉映,构成了一幅雍容华贵的景象,显示出寿主不是庸常之辈。

上阕充分渲染了祝寿的非凡景象,过片笔转寿主,集中描写其形象和"德行文章",最后寄托自己的希望。

"鹤瘦松青,精神与、秋月争明",这样的描写凝练而鲜明,并无一般祝寿语的陈词滥调。表现其德行文章,则从寿主以往的声名、时下的赋闲落笔,以东晋望族谢安的典故为主,表达了对寿主的祝福。更重要的是,结句"安石须起,要苏天下苍生",寄托了词人对重振国家的期望,表现了她始终不忘中原故土,关心国家命运的胸怀。

在南渡后国家和自身命运的风雨飘摇中,李清照填了这样一首祝寿词,篇末的寄望传达了一个时代人们的共同期望,上阕对华贵景象的描写,是否也具有婉讽之意呢?正如"暖风熏得游人醉,直把杭州作汴州"(林升《题临安邸》)。

## 永遇乐(落日镕金)

落日镕金[①],暮云合璧[②],人在何处。染柳烟浓,吹梅笛怨[③],春意知几许。元宵佳节,融和天气,次第[④]岂无风雨。来相召,香车宝马,谢他酒朋诗侣。　　中州[⑤]盛日,闺门多暇,记得偏重三五[⑥]。铺翠冠儿[⑦],捻金雪柳[⑧],簇带争济楚[⑨]。如今憔悴,风鬟霜鬓,怕见夜间出去。不如向、帘儿底下,听人笑语。

[注释]

①落日镕金:落日的颜色洒在大地上,好像熔化了的黄金。宋代张孝祥《西江月》词:"落日镕金万顷,晴岚洗剑双锋。"宋代辛弃疾《西江月》词:

"千丈悬崖削翠,一川落日镕金。"②暮云合璧:暮色像玉璧般合成一块,笼罩了天地。宋代贺铸《寄题浔阳周氏濂溪草堂》诗:"双珠交照乘,合璧倍连城。"南朝齐谢朓《三日侍华光殿曲水宴代人应诏》诗之六:"荣光可照,合璧如规。"③吹梅笛怨:"笛吹梅怨"的倒装,指笛子吹出《梅花落》幽怨的曲调。④次第:次序,转眼。唐代李白《寄东鲁二稚子》:"念此失次第,肝肠日忧煎。"宋代柳永《玉山枕》词:"露莎烟芰满池塘,见次第、几番红翠。"⑤中州:这里指北宋的汴京,即今开封。⑥三五:元宵节在正月十五,故称之。唐代王琚《美女篇》诗:"二八三五闺心切,褰帘卷幔迎春节。"宋代柳永《归去来》词:"初过元宵三五,慵困春情绪。"⑦铺翠冠儿:饰有翠羽的冠儿。⑧捻金雪柳:捻金,以金线捻丝做成的头饰。雪柳,一种绢或纸制成的头花,宋代妇女在立春日和元宵节时插戴。宋代辛弃疾《青玉案·元夕》词:"蛾儿雪柳黄金缕,笑语盈盈暗香去。"宋代周必大《立春帖子·皇后阁》:"新年佳节喜相重,屈指元宵五日中。雪柳巧装金胜绿,灯球斜映玉钗红。"⑨簇带:盛妆。济楚:衣冠或事物整洁漂亮。宋代张炎《蝶恋花》词:"济楚衣裳眉目秀,活脱梨园,子弟家声旧。"宋代真山民《闲居》诗:"虚明两竹窗,济楚一书房。"

[评析]

南渡后期李清照流寓临安(今杭州),桑榆晚景本已凄苦难耐,在江南的风花雪月、四时节令中时时思念故人故国,其情更是难堪。这篇《永遇乐》以哀婉的笔调,抒发了她对故都中州(今开封)元宵佳节的感怀。那时的繁华和此时的冷清形成鲜明对照,激荡于词人心中的,又岂止是佳节对亲人的思念?国家兴亡之感,个人身世之悲,交汇于李清照凄风苦雨的暮年,使这首词读来令人倍感沉痛。

刘辰翁《须溪词·永遇乐》小序云:"余自乙亥上元诵李易安《永遇乐》,为之涕下。今三年矣,每闻此词,辄不自堪,遂依其声,又托之易安自喻。虽辞情不及,而悲苦过之。"乙亥是公元1275年,上元即元宵佳节,这一年正值文天祥起兵。作为爱国志士，刘辰翁"为之涕下"，既与李清照同感思念故都之悲，更与文天祥共历故国沦亡之恨，其和作自然就"悲苦过之"了。刘辰翁对李清照的这首词不仅感同身受，悲苦且又过之，令那些否定易安词时代意义的论断不攻自破。

"落日镕金，暮云合璧，人在何处。"李清照词向来讲究起笔，元宵节在夜晚，故从傍晚写起。以"镕金"形容日落时分绚丽的景象，以"合璧"描绘暮色笼罩天地的状态，词人以贴切的比拟，渲染了元宵明月将上之前，偏安都市浓郁的节日氛围。但天上、人间之美带给词人的感受，不再有以往的快乐，而是一片痛楚和迷惘。这痛楚和迷惘之深重，竟至于让抒情主人公，一时不知自己身在何处。若说这只是词人使用的反诘手法，未免太轻巧，这是冲口而出、无须思考的真实感觉，是今昔同一情境重现时意念的错置。就在这种感觉和错置中，无限感伤倾泻笔下，就连初春的烟柳，似乎都染上了浓郁的愁绪，而笛子吹出的《梅花落》，更是充满了无端哀怨。"春意知几许"——当第二问出现的时候，抚今忆昔的伤感，真是无以复加。春意之深浅，南北自然不同，但江南的春意，应当深于北都，这岂不是明知故问吗？当然不是！这一问暗接上一问，无疑强化了痛楚迷惘的感觉。

抒情主人公心中的痛楚和迷惘在渐次加深，而江南的元宵佳节，天气倒是融和了，但"次第岂无风雨"？风雨，只不过是词人的担心而已。还有一层：这担心实际上来自词人心底的痛苦，也是她推辞"来相召，香车宝马"和"谢他酒朋诗侣"的托词。心中充满对故都佳节的忆念，又如何能够坦然地游玩于没有未来的临安？词情由此自然地过片，转向对中州故都此日此时的怀想。"中州盛日，闺门多暇，记得偏重三五。""多暇"现"盛日"之悠闲，"记得"表世事沧桑之感慨。下面对当日盛妆的描写虽然极为概括，"铺翠冠儿，捻金雪柳，簇带争济楚"的华美形象，却是那么鲜明生动。惟其如此，"如今憔悴，风鬟霜鬓"的暮年对照，更显得酸楚悲凉。"怕见夜间出去"是今天的心情，一帘之隔那个繁华的世界，和她是多么格格不入。"不如向、帘儿底下，听人笑语"——一个愁绪萦怀、彷徨无主的词人自我形象，一片无边无际的悲凉和寂寞，关合了乃至易安南渡以来，这首震撼千古的情词。

　　如果没有故都的繁华，不会有当下的凄凉；如果没有往昔的欢乐，不会有如今的痛苦。经历了这样一番沧桑巨变的女词人，用对照这一适于表现强烈反差的艺术手法，组合起诸多意象；从抒情主人公不同时期的心理体验和外在形象着笔，在过去和现在不同时空的同一节日中，寄托其家国身世之感——作品蕴藏的信息量之大，使其情感气场足以震古烁今。如果要找一个相当的词人和词作来对比，大概只有李煜亡国后的作品难较高下。

# 诗 选

## 浯溪中兴颂①诗和②张文潜③（二首）

### 其 一

　　五十年功④如电扫，华清⑤花柳咸阳草⑥。五坊⑦供奉斗鸡儿⑧，酒肉堆⑨中不知老。胡兵⑩忽自天上来，逆胡⑪亦是奸雄⑫才。勤政楼⑬前走胡马，珠翠踏尽香尘埃⑭。何为出战辄披靡⑮，传置荔枝马多死⑯。尧功舜德⑰本如天，安用区区⑱纪文字。著碑铭德⑲真陋⑳哉，乃令鬼神磨山崖㉑。子仪㉒光弼㉓不自猜，天心悔祸㉔人心开。夏为殷鉴㉕当深戒，简策汗青㉖今具在。君不见，当时张说㉗最多机，虽生已被姚崇㉘卖。

### 其 二

　　君不见，惊人废兴传天宝㉙，中兴碑上今生草。不知负国有奸雄，但说成功尊国老㉚。谁令妃子㉛天上来，虢、秦、韩国㉜皆天才。苑桑羯鼓㉝玉方响㉞,春风不敢生尘埃㉟。姓名谁复知安史,健儿猛将安眠死。去天尺五㊱抱瓮峰㊲,峰头凿出开元字。时移势去真可哀,奸人心丑㊳深如崖。西蜀万里尚能反㊴,南内一闭㊵何时开。可怜孝德如天大,反使将军㊶称好在㊷。呜呼!奴辈㊸乃不能道辅国用事㊹张后㊺尊,乃能念,春荠长安作斤卖㊻。

[注释]

①浯(wú)溪:溪水名,在湖南省祁阳县西南。唐代诗人元结卜居于此,命名浯溪。中兴颂:元结撰《大唐中兴颂》,颜真卿书丹,刻于摩崖,尤负盛名。碑文后署"上元二年(761)秋八月撰,大历六年(771)夏六月刻",文如下:"天宝十四年(755),安禄山陷洛阳,明年,陷长安。天子幸蜀,太子即位于灵武。明年,皇帝移军凤翔,其年复两京,上皇还京师。於戏!前代帝王有盛德大业者,必见于歌颂。若今歌颂大业,刻之金石,非老于文学,其谁宜为?颂曰:噫嘻前朝!孽臣奸骄,为昏为妖。边将骋兵,毒乱国经,群生失宁。大驾南巡,百僚窜身,奉贼称臣。天将昌唐,繄睨我皇,匹马北方。独立一呼,千麾万旟,戎卒前驱。我师其东,储皇抚戎,荡攘群凶。复服指期,曾不逾时,有国无之。事有至难,宗庙再安,二圣重欢。地辟天开,蠲除妖灾,瑞庆大来。凶徒逆俦,涵濡天休,死生堪羞。功劳位尊,忠烈名存,泽流子孙。盛德之兴,山高日升,万福是膺。能令大君,声容沄沄,不在斯文。湘江东西,中直浯溪,石崖天齐。可磨可镌,刊此颂焉,于千万年。"碑文歌颂了唐肃宗平定安禄山之乱而中兴大唐的史实。②和:唱和、应答他人诗词,体裁、韵脚有同者,也有不同者。李清照这两首诗与元结碑铭不同韵体,与张耒诗同韵同体。③张文潜:即宋代诗人张耒(1054—1114),他从学于苏轼,为"苏门四学士"之一。作有《读中兴颂碑》诗。诗云:"玉环妖血无人扫,渔阳马厌长安草。潼关战骨高于山,万里君王蜀中老。金戈铁马从西来,郭公凛凛英雄才。举旗为风偃为雨,洒扫九庙无尘埃。元功高名谁与纪,风雅不继骚人死。水部胸中星斗文,太师笔下蛟龙字。天遣二子传将来,高山十丈磨苍崖。谁持此碑入我室,使我一见昏眸开。百年废兴增叹慨,当时数子今安在。君不见,荒凉浯水弃不收,时有游人打碑卖。"④五十年功:指唐玄宗在位时间。其在位四十四年,此为约数。⑤华清:唐代宫殿名,在陕西省西

安市临潼区骊山南麓,其地有温泉。天宝十五载(756),宫殿毁于兵火。⑥咸阳草:咸阳,在今陕西省境内,为秦始皇建都之地。唐代刘沧《咸阳怀古》诗:"渭水故都秦二世,咸阳秋草汉诸陵。"⑦五坊:唐代为皇帝饲养猎鹰猎犬的官署,至宋初始废。《新唐书·百官志二》:"闲厩使押五坊,以供时狩。一曰雕坊,二曰鹘坊,三曰鹞坊,四曰鹰坊,五曰狗坊。"《续资治通鉴·宋仁宗庆历五年》:"自真宗封禅之后,不复校猎,废五坊之职。"⑧斗鸡儿:古代雄鸡之间斗架的一种游戏或比赛。唐玄宗喜好此道,玩物丧志。⑨酒肉堆:指生活奢华。⑩胡兵:中国古代称北边或西域的民族为胡,安禄山、史思明皆为胡人。胡兵指安、史兵马。⑪逆胡:古代称侵扰中原地区的北方少数民族,此指安禄山、史思明。⑫奸雄:指弄权欺世、窃取高位的人,如《三国志·魏志·武帝纪》载许劭对曹操说:"子治世之能臣,乱世之奸雄。"⑬勤政楼:唐玄宗时建,因南面题有"勤政务本之楼"而得名。⑭香尘埃:使尘埃为之而香。⑮披靡:指军队溃败。⑯传置荔枝马多死:荔枝,果实熟时外皮为紫红色,果肉莹白,其味甘美。《新唐书》卷七十六《杨贵妃传》载:"妃嗜荔枝,必欲生致之,乃置骑传送,走数千里,味未变,已至京师。"许多骏马因而累死。唐代杜牧《过华清宫绝句》三首其一:"长安回望绣成堆,山顶千门次第开。一骑红尘妃子笑,无人知是荔枝来。"⑰尧功舜德:尧帝和舜帝的功德。⑱区区:小、少。形容微不足道。⑲著碑铭德:撰写碑文、刻写碑石以铭记功绩。⑳陋:此指浅薄无聊。㉑磨山崖:《大唐中兴颂》碑立于浯溪磨山崖。㉒子仪:郭子仪,唐代名将,平定安史之乱的功臣。㉓光弼:李光弼,唐代名将,平定安史之乱的功臣。㉔天心悔祸:指上天不想重复其错误。语出自《左传》隐公十一年:"天其以礼,悔祸于许。"㉕夏为殷鉴:《诗经·大雅·荡》:"殷鉴不远,在夏后之世。"泛指可以作为后人鉴戒的往事,所谓前事不忘,后事之师。㉖简策汗青:简策,古代称连接成册的竹简。汗青,古代在竹简上书写,要先以火烤竹去湿,如出汗一般,再刮去竹青部分,使便于书写和防蛀,称为汗青,后世因把著作叫作汗青。简策汗青,泛指史册。㉗张说、姚崇:唐代政治家,同为唐玄宗时名相。张说心思细密,办事干练。二人政见不合,嫌隙甚深。据郑处诲《明皇杂录》卷上载,姚崇病危时对儿子说:张说丞相与自己不和。张丞相向来奢华,尤其喜欢华美的服饰和宝物。我死后他一定会来吊唁。你们把我平生服饰玩物中最宝贵的放在我的灵帐前。如果张说不看，你们就赶快处置家事吧，不然要有灭族之祸。假若他注意到这些东西，那就把他喜欢的给他送去，乘机请他为我写神道碑（即墓志铭）。拿到就赶快送给皇帝过目，然后尽快镌刻。张丞相考虑问题通常比我慢，几天后他一定会反悔。假若他要收回碑文，就告诉他已进呈皇帝过目，并带他看刻好的石碑。其后一切果然和姚崇预料的一样，张说非常后悔，抚胸说：死去的姚崇还能算计活着的张说，我今天才知道我的才能不如他啊！张说写的这篇墓志铭"叙述核详，时为极笔"。李清照用此典说明心机多如张说，尚中了死去的姚崇之计谋，何况唐玄宗这样的昏君呢！㉘姚崇：见上注。㉙天宝：唐玄宗的年号，安史之乱发生于此时期。㉚国老：致仕退休的朝中卿大夫，此指郭子仪和李光弼等平定安史之乱的功臣。㉛妃子：指杨贵妃。㉜虢、秦、韩国：指杨贵妃的姊妹分别被封为国夫人。㉝苑桑羯鼓：用上苑桑木做成的鼓，极言其珍贵。苑，上苑，即皇家花园。羯鼓，腰部细，两端大，据说起源于羯族。唐玄宗尤擅击之，人称"八音领袖"。㉞玉方响：方响，乐器名。玉方响，极言其名贵。㉟"春风"句：此句指唐玄宗和杨贵妃作乐时，春风也不敢吹起尘埃。按：唐玄宗有《秋风高》乐曲。㊱去天尺五：极言其高。㊲抱瓮峰：不详，疑即瓮肚峰。《太平广记》卷三百九十七载："华岳云台观，中方之上，有山崛起，如半瓮之状，名曰瓮肚峰。玄宗尝赏望，嘉其高迥，欲于峰腹大凿开元二字，填以白石，令百余里外望见之。谏官上言，乃止。"㊳奸人心丑：指奸臣心思险恶。㊴西蜀万里尚能反：安史之乱时唐玄宗曾逃往西蜀（今四川）。反，通"返"。㊵南内一闭：唐代长安的兴庆宫位于大明宫（东内）之南，故名南内。原为唐玄宗听政处，安史之乱平定后，他由西蜀回到长安，被肃宗迁往西内，故说"南内一闭"。㊶将军：指高力士，天宝七载（748）封骠骑大将军。㊷称好在：好在，好生、别乱来。《新唐书·宦者列传下》载："会帝属疾，辅国即诈言皇帝请太上皇按行宫中，至睿武门，射生官五百遮道，太上皇惊，几坠马，问何为者，辅国以甲骑数十驰奏曰：'陛下以兴庆宫湫陋，奉迎乘舆还宫中。'力士厉声曰：'五十年太平天子，辅国欲何事？'叱使下马，辅国失辔，骂力士曰：'翁不解事！'斩一从者。力士呼曰：'太上皇问将士各好在否！'"李清照用此典故，感慨唐玄宗竟然落到要高力士来保护的地步。按：

辅国即李辅国,玄宗时太监。㊷奴辈:指李辅国。㊸辅国用事:指李辅国得到肃宗宠信而专权。㊹张后:肃宗的皇后,与李辅国勾结专权,后为其所杀。㊺春荠长安作斤卖:传说高力士因遭李辅国忌恨,而被流放边地,见园中有荠菜,当地人不会吃,于是采来吃,味道很好,便赋诗道:"两京称斤卖,五溪无人采。夷夏虽有殊,气味应不改。"李清照用这典故,意为人们只知道责备玄宗用人不当,却不知道肃宗也有宠信李辅国和张后之弊。

[评析]

词中的李清照,因离愁别恨的抒写,清新细腻的词风,早就被人们定位为婉约词派的正宗。诗中的李清照带给人们的,却是另外一番感受。如果说她的词主要表现了个人的情感天地,那么,她的诗则多半表现对时事和政治的深切关注,对历史和现实的敏锐思考。她对历史典故的运用极为熟练,表现了深厚的学养,刚健清朗的诗风,更是不让须眉。即如这两首诗,宋人周辉在《清波杂志》(卷八)中就有评论说:"浯溪《中兴碑颂》,自唐至今,题咏实繁",李清照"以妇人而厕众作,非深有思致者能之乎"?这样说固有封建文人对女性的偏见,但也从反面证明,李清照这两首诗,在当时就具有一定的地位和影响。

黄盛章的《赵明诚李清照年谱》认为,李清照这两首诗,当作于北宋哲宗元符三年(1100)左右,笔者认为未必。理由是,张文潜(耒)的《读中兴颂碑》诗虽然作于这一年,但李清照这时年仅十七岁。一个少女无论有多么关心时事和朝中党争,也令人难以相信,她能够作出这样老辣的咏史诗。如果说这两首诗作于南渡前后,则比较合理。事实上,南渡前后的局势,带给诗人的冲击和思考,要远远大于北宋中后期因党争而引发的朝政危机。唱和诗并不一定要作于当时,这是常识。而易安在这两首诗中,对盛唐发生安史之乱,唐王朝一败涂地的原因,作了深刻的剖析,对唐明皇之昏聩和下场进行了嘲讽,对张说、姚崇两重臣不和,以及李辅国等佞臣误国进行了鞭挞。根据诗中的意象和史实，如果我们说诗人借古讽今，是影射北宋末年朝政腐败，君主无能，臣僚尔虞我诈，致使大宋中原失据的现实，不是比说她影射党争，表现对北宋末年朝政的担忧，要显得更为合理吗？

第一首诗从唐明皇五十年盛世功业，竟然毁于一旦落笔，批判了他耽于享乐、治世无方的昏庸。接着以生动鲜明的意象，描绘了安史之乱的景象，而后以"传置荔枝马多死"这个细节，总结了导致王朝军队无力抵抗的原因。或许人们可以批评其合理性，然而诗歌的概括性和诗人的敏锐，也正是体现在这些地方。诗人并指出，安史之乱的平定，得力于大将的"不自猜"，而君主也要保持圣明，才不至于丧失江山。"夏为殷鉴当深戒，简策汗青今具在"，是这首诗的主旨之所在。

第二首诗着重分析奸臣误国的历史教训，指出元结碑文"不知负国有奸雄，但说成功尊国老"，而历史的反面经验，恰恰更值得记取。否则，就只能像唐明皇那样，"西蜀万里尚能反，南内一闭何时开"，落到要靠太监来维护帝王之尊的地步了。

这两首诗概括凝练，一气呵成。在每一首的开篇，女诗人都以气势磅礴的意象笼罩全诗，而后以风驰电掣般的笔致，在跌宕起伏的感情中，出色地完成了对重大历史事件的诗性表达。她对现实的影射、讽刺和鞭挞，却暗藏于纷至沓来、令人应接不暇的历史典故之中，真可谓笔力千钧而不着痕迹。

咏史诗必要涉及历史典故，在篇幅较长的诗歌中，繁多地使用典故在所难免，但用得不好，往往令人易生厌倦之感。这两首诗所用典故虽然繁博，却很贴切——这不仅缘于诗人对典故的熟练把握，还因为她能够把典故和思考，化为鲜明的艺术形象，用明朗清新的语言表现出来。这样的例子在诗中甚多，可说是用典的范例。

## 晓 梦

晓梦随疏钟①,飘然跻②云霞。因缘③安期生④,邂逅⑤萼绿华⑥。秋风正无赖⑦,吹尽玉井花⑧。共看藕如船⑨,同食枣如瓜⑩。翩翩垂发女,貌妍语亦佳。嘲辞⑪斗诡辩,活火⑫烹新茶。虽乏上元术⑬,游乐亦莫涯⑭。人生能如此,何必归故家?起来敛衣⑮坐,掩耳⑯厌喧哗。心知不可见,念念犹咨嗟⑰。

[注释]

①疏钟:稀疏的钟声。宋代蒋捷《柳梢青》词:"淡月里、疏钟渐撞。"唐代许浑《天街晓望》诗:"叠鼓催残月,疏钟迎早霜。"②跻:登,上升。一本作"蹑"。③因缘:佛教用语,本指产生结果的直接原因,和促成其结果的主客观条件,引申为人生际会、缘分。唐代刘禹锡《宿诚禅师山房题赠二首》诗:"法为因缘立,心从次第修。"宋代辛弃疾《醉花阴》词:"何日跨飞鸾,沧海飞尘,人世因缘了。"④安期生:亦称"安期",秦、汉间仙人名。汉代刘向《列仙传》说秦始皇东游,与语三日夜,赐金璧数千万,皆置之阜乡亭而去,留书云"求我于蓬莱山"。后始皇遣使入海求之,未至蓬莱山,遇风波而返。宋代陆游《长歌行》:"人生不作安期生,醉入东海骑长鲸。"⑤邂逅:不期而遇。《诗经·唐风·绸缪》:"今夕何夕,见此邂逅。子兮子兮,如此邂逅何!"唐代韩愈《落叶一首送陈羽》诗:"飘飘终自异,邂逅暂相依。"⑥萼绿华:传说中的仙女,省称萼绿。南朝梁代陶弘景《真诰·运象》载,萼绿华自言是九嶷山中得道女子,本姓罗。晋穆帝时,夜降羊权家,赠权诗一篇,火浣布手巾一方,金玉条脱各一枚。唐代白居易《霓裳羽衣歌》:"上元点鬟招萼绿,王母挥袂别飞琼。"李商隐《重过圣女祠》诗:"萼绿华来无定所,杜兰香去未移时。"⑦无赖:顽皮。宋代秦观《浣溪沙》词:"漠漠轻寒上小楼,晓阴无赖似穷秋。"辛弃疾《清平乐·村居》词:"最喜小儿无赖,溪头卧剥莲蓬。"⑧玉井花:玉井在太华山上。唐代韩愈《古意》诗:"太华

峰头玉井莲,开花十丈藕如船。"宋代李觏《和王刑部游仙都观》诗:"几函道藏金壶墨,一片秋容玉井花。"《水浒传》第五十九回:"傍人遥指,云池波内藕如船;故老传闻,玉井水中花十丈。"⑨藕如船:见上条玉井花注。⑩枣如瓜:《史记·封禅书》:"安期生食巨枣,大如瓜。安期生,仙者,通蓬莱中,合则见人,不合则隐。"宋代苏轼《次韵致政张朝奉仍招晚饮》诗:"曾经丹化米,亲授枣如瓜。"宋代杨万里诗《贺皇太子九月四日生辰》二首之一:"清晓寿觞天上至,蟠桃如瓮枣如瓜。"⑪嘲辞:嘲谑之语。宋代宋祁《送史温虞部佐郡四明》:"外署清郎出佐州,嘲辞不畏上山头。"⑫活火:明火,有火苗的火。宋代苏轼《汲江煎茶》诗:"活水还须活火煮,自临钓石取深清。"宋代陆游《夏初湖村杂题》诗:"寒泉自换菖蒲水,活火闲煎橄榄茶。"⑬上元术:上元为中国古代神话中的仙女,名阿环。传说她是西王母之小女、三天真皇之母,任上元之官,统领十方玉女名录,故称上元夫人。曾授汉武帝《六甲灵飞招真十二事》。事见《汉武帝内传》。唐代顾况《梁广画花歌》:"王母欲过刘彻家,飞琼夜入云䡰车……上元夫人最小女,头面端正能言语。""上元术"一本作"助帝功"。⑭莫涯:无涯,无尽。宋代梅尧臣《次韵和刘原甫紫微过予饮酒》诗:"后从江韩来,襁带欢莫涯。"宋代王令《上杭帅吕舍人》诗:"肉骨非难力,铭心谢莫涯。"⑮敛衣:整饬衣衫,以表恭敬。宋代欧阳修《送吕夏卿》诗:"尚书礼部奏高第,敛衣襆砚趋严宸。"⑯掩耳:谓厌倦尘世。⑰咨嗟:叹息。屈原《天问》:"何亲揆发,何周之命以咨嗟?"唐代韩愈《晚菊》诗:"少年饮酒时,踊跃见菊花。今来不复饮,每见恒咨嗟。"

[评析]

李清照纪梦的词有《渔家傲》(天接云涛连晓雾),纪梦的诗则有《晓梦》。后者的知名度虽然远不如前者,但也是不可多得的佳作。

从心理学上来说,梦是人睡眠时,残留在大脑里的外界刺激,或身体内外各种刺激所引起的心理活动,所以俗话说,日有所思则夜有所梦。梦总是以景象呈现出来的,因此,梦中的情形也称为梦境,或称梦幻。在文学作品中,作家们往往通过对梦境的描写,来反映人们在现实生活中的苦闷,表现对理想的追求和对自由的向往。当然文学作品中的梦既可能是真实的,也可能只是一种表现形式,但无疑都有现实基础。

这首诗的写作年代不详,但诗中的意象带有超凡出尘、豪迈洒脱的特点,而无辛酸苦痛、叹逝伤往之迹,大约作于南渡前。出身书香门第,嫁得佳婿的李清照,在南渡前的现实生活中,除了相思离别之愁,似无多少不适,那么这梦所表达的追求是什么呢?诗的末尾几句已揭示题旨:"人生能如此,何必归故家?起来敛衣坐,掩身厌喧哗。心知不可见,念念犹咨嗟。"即令身处温柔富贵之乡,花柳繁华之地,久而久之,大约也会有心生厌倦之感吧?所以,我们大可不必拔高这首诗的思想境界,诗人只不过是表现了对"喧哗"的厌恶,对远离世俗的平淡生活之向往罢了。和李白的纪梦名篇《梦游天姥吟留别》相比,它显然缺乏对现实的批判,对权贵的傲岸,对自由的礼赞。这样说并非贬低易安这首诗的成就,本来,这原是两个不同时代、不同人生背景下的作品,没有对比的必要。但时见论者将它们拉扯在一起,故略赘三言两语。

在艺术表现上,这首诗以超现实的手法,创造了一个奇情幻彩的世界,用来寄托抒情主人公追求平淡生活的理想。诗人从入梦起笔,悠远断续的钟声,飘然飞升于云霞之上,贴切地表现了梦中人奇妙的感觉。接着由邂逅两个传说中的仙人,展开了对神仙世界的描绘。乘着秋风而进,玉井莲花落后,香藕巨如船儿,和神仙共食的枣子,竟然大如瓜。美丽的仙女翩翩起舞,娇音婉转,妙语如珠。她们一面斗口,一面烹煮新茶,无拘无束,其乐无穷。于是诗人感叹,虽然难以像汉武帝那样求得上元夫人的法术,但能够如此自由自在地生活,也就不必回到人间了。

写梦中游历仙境,李清照诗中的用语,是那么准确而富有意味。如以"飘然"状梦中步态,贴切而又生动;用"无赖"拟秋风,透着对秋的喜爱。

一笔笔的描绘,呈现出一个远离尘世的幻境,最终归结为对神仙世界的向往。是不是可以说,这其实是一首游仙诗呢?自西晋郭璞创为此体以来,游仙诗代有人作。表达高蹈出尘的情趣和追求,是其明显的特点。既言"敛衣",复言"掩身",易安这首诗的仙游之意最终显现出来,鲜明地点破了一系列仙境意象的内涵。

## 感 怀

宣和辛丑①八月十日到莱②,独坐一室,平生所见,皆不在目前。几上有《礼韵》③,因信手开之,约以所开为韵作诗,偶得"子"字,因以为韵,作感怀诗云。

寒窗败几无书史,公路④可怜合至此。青州从事⑤孔方君⑥,终日纷纷喜生事⑦。作诗谢绝聊闭门,燕寝凝香⑧有佳思。静中吾乃得至交,乌有先生子虚子⑨。

[注释]

①宣和辛丑:即宋徽宗宣和三年(1121)。②莱:莱州,今山东省莱州市(原名掖县),时赵明诚出为莱州守。③《礼韵》:宋代官颁韵书《礼部韵略》的简称。共五卷。宋时科举考试以此为据,其实是《广韵》的略本。④公路:汉末袁术,字公路。《三国志·袁术传》裴松之注引《吴书》:"术既为雷薄等所拒,留住三日,士众绝粮,乃还至江亭,去寿春八十里。问厨下,尚有麦屑三十斛。时盛暑,欲得蜜浆,又无蜜。坐棂床上,叹息良久,乃大咤曰:'袁术至于此乎!'因顿伏床下,呕血斗余,遂死。"易安用以比喻莱州官所空无所有。⑤青州从事:美酒的代称。语出自刘义庆《世说新语·术解》:

"桓公有主簿善别酒，有酒辄令先尝。好者谓'青州从事'，恶者谓'平原督邮'。青州有齐郡，平原有鬲县。从事言到脐，督邮言在鬲上住。"意为好酒的酒气可直到脐部。从事、督邮均为官名。后因以"青州从事"称美酒。唐代皮日休《醉中寄鲁望一壶并一绝》诗："醉中不得亲相倚，故遣青州从事来。"宋代苏轼《真一酒》诗："人间真一东坡老，与作青州从事名。"⑥孔方君：指钱，亦称孔方兄。古钱外廓圆，内孔方，故名。宋代苏轼《赠王仲素寺丞》诗："虽无孔方兄，顾有法喜妻。"宋代黄庭坚《戏呈孔毅父》诗："管城子无食肉相，孔方兄有绝交书。"君，一本作"兄"。⑦生事：指酒醉容易滋生事端。⑧燕寝凝香：一本作"虚室香生"。燕寝，本指帝王寝息之所，后亦指地方官员之公馆。赵明诚为莱州守，故云。凝香，香气凝结。唐代韦应物《郡斋雨中与诸文士燕集》诗："兵卫森画戟，燕寝凝清香。"宋代向子諲《浣溪沙》词："不尽秋香凝燕寝，无边春色入尊罍。"⑨乌有先生子虚子："乌有"、"子虚"，汉代司马相如《子虚赋》中虚拟的人事，意为无有其人其事。《史记·司马相如列传》载，汉武帝读《子虚赋》而善之，"乃召问相如……相如以'子虚'，虚言也，为楚称；'乌有先生'者，乌有此事也，为齐难"。宋代苏轼《章质夫送酒六壶，书至而酒不达，戏作小诗问之》诗："岂意青州六从事，化为乌有一先生。"

[评析]

宋徽宗宣和三年（1121），赵明诚为莱州守。他在屏居青州后何时得到这个职守？不详。他和李清照分别了几年？亦不详。从小序可知，这一年八月，李清照独自来到莱州与赵明诚团聚，作此诗。

据小序，此诗完全得之于偶然。易安在赵明诚任所中独坐一室，平生把玩的东西皆不在面前，案上只有韵书一部，故信手翻来，心中约定翻到何韵即以之作诗，故成此《感怀》。

按理说，易安和赵明诚分离后才团聚，不该让她"独坐一室"，寂寞无聊如此。是赵明诚公务太繁忙，无暇顾及妻子，还是另有其因？仅这个小序，就足够让今天的许多探秘者忙活了。但从诗中我们虽看不出李清照有什么怨情,亦看不出有什么欢情,除了寂寞还是寂寞。这份寂寞的信息密码究竟是什么?我不愿做捕风捉影的臆测,所以还是就诗论诗吧。

官署显然相当清寒,门窗破败,空无所有,这令诗人联想起袁术当年的处境。但这样的思绪并未停留多久,即离开眼前的清冷景象,转而以议论来抒发自己的胸怀。酒和财,是世人最热衷的两件东西,但追求过度,往往容易滋生事端,让人不得清静。平平淡淡的一笔,酒财二字的本质,已在诗人笔下揭出。

那么,什么才是诗人想要追求的生活境界呢?"作诗谢绝聊闭门,燕寝凝香有佳思。"因避免"生事"而"闭门",言外之意是远离尘俗的干扰。那么,作诗就是打发寂寞时光最好的方式了。心静,则"寒窗败几",可以变为"燕寝凝香";心静,则"佳思"时至,可以作诗填词。总之,谢绝尘俗,追求一份清静简单的生活,是诗人此时的想法。对于一向喜欢佳酿的诗人来说,其中固然有借酒消愁的因素,但这可能也是她久已求之而不得的理想吧。既然要摒弃一切尘俗纷扰,那可以成为"至交"的,就只有"乌有先生子虚子"了。

子虚乌有,本是虚构,"至交"等于无交,等于面对彻底的孤独寂寞。这是易安孤高傲世精神的表现呢,还是面对现实的旷达?

这首诗虽得之偶然,但感怀言志,也是触景生情,小序和诗歌浑然一体,格调高古。

## 咏 史

两汉[①]本继绍[②],新室[③]如赘疣[④]。所以嵇中散[⑤],致死薄殷周[⑥]。

[注释]

①两汉：指西汉（前206—25）和东汉（25—220）。②继绍：继承。唐代白居易《为崔相陈情表》："德宗皇帝念臣亡伯位高无后，以犹子之义，命臣继绍，仍赐臣名。"③新室：西汉末年，王莽代汉称帝，国号曰"新"，后人因而称其王朝为"新室"。《汉书·律历志下》："王莽居摄，盗袭帝位，窃号曰新室。"④赘疣：皮肤上长的肉瘤，比喻多余无用，应当除去的东西。屈原《九章·惜诵》："反离群而赘疣。"《庄子·大宗师》："彼以生为附赘县疣，以死为决溃痈。"⑤嵇中散：即嵇康（224—263），三国时魏国文学家、思想家、音乐家。字叔夜，谯郡铚（今安徽宿州西南）人。与魏宗室通婚，拜中散大夫而不就职，世称嵇中散。为"竹林七贤"之一，在当时与阮籍齐名，并称"嵇阮"。有《嵇中散集》。⑥致死薄殷周：嵇康曾发表《与山巨源绝交书》，声言"非汤武而薄周孔"，后遭钟会构陷，为司马昭所杀。殷周，指殷汤王和周武王。

[评析]

这首诗当作于南渡初期。据王学初《李清照集校注》本诗下注，此诗原无题，是从宋代朱熹的《朱子语类》辑出，"上两句与下两句并不连接，盖从一首中先摘二句，继又另摘二句。各本多以四句连接为一句，非是"。观其语意，以正统论为旨，亦吻合于对当时史实的影射，或可视为一首完整的诗。

朱熹引李清照这首诗，赞扬道："如此等语，岂女子所能。"（《朱子语类》卷一百四十）其实《夏日绝句》的胆识，乃至易安所有咏史诗的胆识，皆非一般俗士可比，又岂止这一首呢？

今人王璠认为，这首诗的主旨，是对伪楚和伪齐两个傀儡政权的嘲讽和蔑视（《李清照研究丛稿·李清照的诗》），此言有理。伪楚和伪齐，是靖康之变后，金朝先后扶植的政权，易安作诗以讽刺之，亦在情理之中。

中国古代的正统观念，实际上既存在于维护帝王的一家一姓之天下，也存在于维护以汉族为主的华夏政权。可以说前者是内部的，后者则是对外的。后者在中国历史发展的特定阶段，往往是爱国主义的表现，因此，从历史唯物主义的角度看，有其存在的合理性。再说，从一个民族的角度出发，这一种正统论的境界，也高于维护一家一姓之天下。也正是在这个意义上，南宋文学、元代文学、明末文学中的爱国主义主题，在我们今天看来，也是有其历史价值的。那么，对李清照的这首诗，也应作如是观。

借古讽今，是咏史诗最基本的表现手法，所以必然要发议论。议论发得高不高明，自然首先关乎胆识，而后才关乎艺术技巧。

易安这首诗在材料的选择上，是以正统论来影射外族入侵后，其所建立的傀儡政权，符合咏史诗寄托遥深的特点。难怪朱熹也要击节赞赏了！

易安认为，西、东两汉虽非一朝，却还不失为绍继，而王莽建立的新朝，就只能算做"赘疣"了。这里其实存在一个递进关系：新朝这个汉族政权，尚且只能算做"赘疣"，要除去方好，那么伪楚和伪齐两个傀儡政权呢？岂不是更应当除去！诗人无一语见痕迹，其弦外之音却更有力度。后两句可以看作一个转折："所以嵇中散，致死薄殷周。"嵇康通婚于魏宗室，但他公然宣布不与司马氏政权合作，并非仅只因这姻亲关系，而是出于维护正统的大义。当金兵的铁蹄踏碎中原山河的时候，煌煌大宋，是否应当有一批像嵇康这样不畏强权的人物，而不是如同伪楚和伪齐那样的傀儡，一味地卑躬屈膝呢？依然是弦外之音，诗人对现状的愤激和失望，鞭挞和批判，却是更加着力了。

如果说易安以其胆识，发表了上述过人的议论，那么诗歌的议论，是要诉诸形象，方为佳作的。我们知道，宋诗尚议论，因而招致了严羽《沧浪诗话》以来，文学史上的唐宋诗优劣之争。但是，诗歌艺术成就的高下，本不在于是否可以发议论，而在于如何发议论，这在今天已经成为人们的共识。易安这首诗之议论，明人王世贞认为"是佳境,出宋人表"(《艺苑卮言》卷四),大概不仅赞其胆识,更因为易安选择了两个形象来说话吧?一个是王莽,一个是嵇康。因此,不着一字,尽得风流。

# 夏日绝句

生当作人杰①,死亦为鬼雄②。至今思项羽③,不肯过江东④。

[注释]

①人杰:才智杰出的人。宋代文天祥《酹江月》词:"乾坤未老,地灵尚有人杰。"②鬼雄:鬼中之雄杰。出自屈原《九歌·国殇》,用来赞誉为国捐躯者:"身既死兮神以灵,子魂魄兮为鬼雄。"王逸注:"言国殇既死之后,精神强壮,魂魄武毅,长为百鬼之雄杰也。"宋代陆游《狂夫》诗:"千载鬼雄皆国士,直令穷死未须哀。"清代赵翼《题褒忠录》诗:"想见强魄如鬼雄,不屑人间泪如雨。"③项羽:下相(今江苏宿迁西南)人,名籍,字羽。秦亡后与刘邦争夺天下,最终失败。自封西楚霸王。④不肯过江东:指因事业失败而无面目见故人,语出自《史记·项羽本纪》。刘邦在垓下包围了项羽军,项羽奋勇突围来到乌江边,乌江亭长准备好船在那里等待,劝他渡江,项羽笑曰:"天之亡我,我何渡为!且籍与江东子弟八千人渡江而西,今无一人还,纵江东父兄怜而王我,我何面目见之?纵彼不言,籍独不愧于心乎?"最终拔剑自刎。

[评析]

此诗一题为《乌江》,是李清照诗中传诵最广,压倒须眉的代表作,当作于南渡初期。宋高宗建炎三年(1129)春,赵明诚罢江宁(今南京)守,夫妇二人买舟上芜湖,寻觅移居之地。大约是在途经乌江时,易安感慨系之,写下了这个名篇。

这是一首咏史诗,也是一首言志诗;这是一支英雄的颂歌,也是女诗人在特定历史条件下的心声。在中国古典诗词中，咏史和言志，既往和当时，往往不可分割，两位一体，诗歌的内涵，也因此而更加丰富深刻。

这首绝句所歌咏的历史英雄，是在秦王朝灭亡之后，与汉王朝的建立者刘邦交锋近五年，最终以失败告终的西楚霸王项羽。这个曾经叱咤风云的失败了的英雄，决不会想到在他身后千余年，有一个以婉约词著称的女词人，会在司马迁之后成为他的知音。是的，因为失败，楚霸王招致了太多不公的冷语和讥笑，有多少人理解他的气概，理解他的英雄末路？

"生当作人杰，死亦为鬼雄。"女诗人以铿锵有力的音调，振聋发聩的气魄，一开篇就展露出惊人的胆识，不仅表现了对楚霸王人生观的深刻理解，更张扬了宁为玉碎，不为瓦全的人生哲学。活着，决不庸碌委琐；临死，决不低下高贵头颅。在《史记·项羽本纪》中，司马迁塑造了一个叱咤风云、气盖一世的英雄形象。项羽有致命的弱点，这使他终归失败。但司马迁为其立传，突出的主要是其过人的才气、磊落的人格、英气勃勃的精神，以及"力拔山兮气盖世"的英雄本色。巨鹿之战、鸿门宴、垓下之围、乌江自刎，无一不闪烁着项羽英雄人格的光彩。这英雄，起事时排山倒海，如雷霆万钧；穷途末路时悲歌一曲，溃围、斩将、刈旗，死得英勇悲壮。李清照诗的开篇两句，非常精当地概括了《项羽本纪》的主旨。可以说，她不但是项羽，也是太史公不可多得的知音。

当然，作为一首咏史诗，李清照的这个提炼不会无的放矢。我想，如果她不是处于南渡初期的时代环境，也难以写出气魄如此宏大的诗句。读一读陆游、辛弃疾、文天祥的慷慨悲歌，不难理解出身于士大夫阶层的女诗人，在中原故土失据后，于乌江凭吊时所产生的激昂情绪，或说是愤激心情。

是的，只有在特定的时代氛围中，易安对项羽精神的无限神往和钦佩，才会凝为后面两句："至今思项羽，不肯过江东。"如果朝廷奋发图强，用不用仓皇南渡？如果临安朝廷君主不醉生梦死，能不能早日收复失地？这个时代缺失的是什么？在易安看来，就是项羽那种宁可拼却一死，也不苟且偷生的英雄气概！

这首短短二十字的小诗，能够穿越历史的风云，至今激励人心，其意义早已超越了当时的历史语境，以及诗人临江凭吊时的心境。这是因为，易安赋予这首小诗的深刻内涵，虽然发于当时，却源于中国优良文化传统和道德精神、人生哲学的深厚积淀。尺幅万里，我们把这个对文学艺术效果最大化的评价，拿来送给这首小诗，它应是当之无愧的吧。

最后还要提到，明代著名诗人唐寅有一无题联语："铁肩担道义，生为人杰；巨笔著文章，死亦鬼雄。"

# 钓 台①

巨舰②只缘因利往，扁舟③亦是为名来。往来有愧先生德④，特地通宵过钓台⑤。

[注释]

①钓台：指位于浙江省桐庐县城南富春山麓的严子陵钓台，是富春江的主要名胜景点，因东汉严子陵隐居于此而得名。②巨舰：大船。唐代许敬宗《奉和春日望海》诗："连云飞巨舰，编石架浮梁。"宋代朱熹《泛舟》诗："昨夜江边春水生，蒙冲巨舰一毛轻。"③扁舟：小船。唐代杜甫《送裴二虬尉永嘉》诗："扁舟吾已具，把钓待秋风。"唐代李商隐《安定城楼》诗："永忆江湖归白发，欲回天地入扁舟。"④先生德：指严子陵之德。宋代范仲淹做桐庐守时，建严先生祠堂于钓台，并在记中写道："云山苍苍，江水泱泱。先生之风，山高水长。"⑤通宵过钓台：据说严子陵不为名利所动的气节，使后

人自愧不如，故过钓台者常于夜间往来，以示愧对。事见明代郎瑛《七修类稿》卷三十。

[评析]

名利观，从来都是一个民族、一个人价值观的重要组成部分。孔、孟、老、庄以来，中国古代士大夫阶层，形成了砥砺气节而轻视名利的优良传统。东汉时代的隐士严子陵，因而成为一个文化人格符号，成为历代诗人歌颂的对象。

诗题之钓台，即指位于浙江省桐庐县城南富春山麓的严子陵钓台。严子陵名光，是东汉初期的隐士。他少年时曾与刘秀同游，但刘秀即位后他不愿出仕，遂更名隐居，垂钓于此。刘秀再三盛礼敦请，授谏议大夫，严光辞而不就，年八十，老死家中。

李清照这首小诗作于宋高宗绍兴四年（1134）。这一年，她由临安避乱金华，途经钓台，根据无名氏的一首诗歌改写成此诗。明代郎瑛在《七修类稿》卷三十中记载，严子陵钓台在富阳江之涯，有过台而咏者曰："君为利名隐，我为利名来。羞见先生面，黄昏过钓台。"

作为一个当时已年过半百的女性，李清照改写这首诗，既有怀古自励之意，在南渡王朝"临安"的局面下，亦有对现实的讽刺。是的，她不可能如严光那样去隐居，以求洁身自好，即使能，对整个大局又有多少意义呢？而偏安王朝中那些只知道谋取个人名利，不以国家前途为虑的人，又有几人在与钓台为邻时，"往来有愧先生德，特地通宵过钓台"呢？郎瑛在记载了无名氏的诗之后评论说："若自知为利名而夜过钓台，则尚德之心深矣。"（引录出处同上）但凡南宋朝中高官有一点"尚德之心"，易安又何至于在金华八咏楼上，临风浩叹"江山留与后人愁"呢！如此说来，这首小诗的意义，就远不止于一般论者所言，仅为易安"自愧"了。然而究其实，易安何愧之有?！

李清照的改写,在内容上比原作似无多大变化,但在形式上变五言为七言,并把原诗的直接议论赋予了"巨舰"和"扁舟"两个意象,从而形成一个鲜明的对比,不仅增强了诗歌的形象性,而且使诗歌的意蕴更为含蓄,讽刺的意味自然也就更加深长了。

　　有论者认为易安这首诗实无创新,只是改写了他人的作品,其实不然。宋代江西诗派主张"夺胎换骨,点铁成金",即袭前人之意而改造其语,自古论家多不以为然。比如金代的王若虚就说,黄庭坚论诗"有夺胎换骨,点铁成金之喻,世以为名言,以予观之,特剽窃之黠者尔……夫既已出于前人,纵复加工,要不足贵"(《滹南诗话》卷下)。但王若虚同时也看到,"虽然物有同然之理,人有同然之见,语意之间,岂容全不见犯哉?"这就涉及如何看待创新的问题了。

　　其实在古诗词中,改写也可视为一种创作形式。做到"为我所用",又比原作艺术性更高,令人觉得"青出于蓝而胜于蓝",这应该可以看作有所创新。比如,宋代葛立方在《韵语阳秋》(卷一)中说到几个例子:"水田飞白鹭,夏木啭黄鹂"是李嘉祐的诗,但王维衍之为七言:"漠漠水田飞白鹭,阴阴夏木啭黄鹂。"这样,其意味更加悠远了。"九天阊阖开宫殿,万国衣冠拜冕旒"是王维的诗,杜甫删之为五言句:"阊阖开黄道,衣冠拜紫宸。"这一改,使原诗的语言更加精工了。我们说,改写的立足点应是有所创新,而我们在鉴赏中遇到改写,也要注意分析改作最终达到的艺术境界,是否比原作更高,这样鉴赏才能深入和公允。

## 偶　成

　　十五年前花月底,相从曾赋赏花诗。今看花月浑①相似,安得②情怀似昔时。

[注释]

①浑：完全相似。②安得：怎么能够。

[评析]

赵明诚逝于宋高宗建炎三年（1129），按首句所说"十五年前"，此诗当作于宋高宗绍兴十三年（1143）左右，李清照时年六十来岁。

从十八岁到四十六岁，易安和赵明诚一道走过了二十八年的时光。青春岁月的浪漫和轻愁，屏居青州前期的金石书画之乐，后期离多聚少的孤苦相思，靖康之变后、南渡初期江宁（今南京）短暂的美好生活，赵明诚病重时急赴建康（今南京）的惶急……无论是欢乐还是痛苦，当这一切都已成为过去，并随着时间的推移积淀在心底，时间往往会滤去当时的种种痛苦，只留下美好的记忆，从而引起生者对逝者更为绵长的思念。易安在晚年思忆赵明诚的这首诗，印证了这样一种心境。

"十五年前花月底，相从曾赋赏花诗。"如果求之于李、赵生平事迹，这应当是南渡初期赵明诚为江宁守时节。周辉的《清波杂志》卷八云，他听李清照的族人说，赵明诚在建康时，易安每逢天降大雪，即顶笠披蓑，踏雪觅诗。得到佳句则必邀明诚唱和，明诚每苦之。为何明诚要苦之？想来是因为才情不及易安吧？流传甚广的赵明诚和《醉花阴》而终不及的故事，可为这则笔记作注（见《醉花阴》评析）。可以说在南渡的头三年，国家的命运是不济的，但在李清照南渡和赵明诚团聚后，他们夫妇在动荡的时局中，曾拥有过一段短暂而美好的岁月，让易安在晚年只身漂泊时回忆。此诗开篇即直指"十五年前"，可见这段夫妇"相从"的时光，对诗人来说是多么珍贵。

"今看花月浑相似，安得情怀似昔时。"触景生情，今昔对比，花月还是十五年前那样美好，然而情怀却已大相径庭！从那以后，抒情女主人公究竟独自经历了多少忧患，无须说出，尽在不言中。"安得"一词，以强烈的感情色彩，透露了许多只可意会，难以言传的信息。花月并未因时光而改变美好的容颜，观者"昔时"的情怀却已不可再得，其中的辛酸还堪再提起吗？这个今昔对比，余味无穷。

# 春 残

春残何事苦思乡，病里梳头恨发长。梁燕①语多终日在，蔷薇风细一帘香。

[注释]

①梁燕：梁上的燕子。宋代欧阳修《蝶恋花》词："梁燕语多惊晓睡，银屏一半堆香被。"

[评析]

看来是在南渡后的一场大病中，春残的景象触动了李清照的乡情，使她写下这首小诗。

春天到来的欣喜，或许正是春残伤悲的根源。诸如："泪眼问花花不语，乱红飞过秋千去。"（欧阳修《蝶恋花》）"无可奈何花落去，似曾相识燕归来。"（晏殊《浣溪沙》）在现代人看来，春去春来，花开花落是自然之理，何来伤悲？因何流泪？然而在古典诗词所表现的情感世界中，残春并不只是自然界的众美凋零，正是在万花纷谢的时刻，人们感悟了对美好事物的眷恋，对青春年华的珍惜。何况当时易安所处光景，既是"春残"，又是"病里"。更何况，易安之漂泊异乡，是因为中原山河沦丧。易安此病，看来是在赵明诚逝后。

"春残何事苦思乡"，起首一句明知故问，加重了感情表现的张力。残春景象，万千愁绪，在诗人笔下，都归结于一个"苦"字，对故乡的思念，就不是一般的"愁"可以相比的了。病，使思乡的心情愈发强烈，所以连平日里精心呵护的长发，此时梳理起来也不免恨其太长。发丝千缕，大概比不上乡情万缕吧？"梳发"这个意象，既可能是诗人写实，亦可能是隐喻。其实到了晚年，易安的思乡之苦，即令在词中，亦多半是直抒其情了。如《菩萨蛮》："故乡何处是？忘了除非醉！"

不仅恨秀发太长，而且连燕语呢喃的温柔，也翻为"梁燕语多终日在"的厌倦。帘外蔷薇，随着微风送来满室清香，诗情到此戛然而止，余音绕梁，不知诗人是喜还是愁。

清代陆昶评论这个结句"甚工致，却是词语"（《历朝名媛诗词》卷七）。诗语词语，究竟有多大的区别？在文学史上，这个问题的争论旷日持久，易安自己对此也颇有成见，倡导词"别是一家"。然而在艺术实践中，大致划分是可以的，拘泥恪守，则为其所不取。现在一些批评家还沿袭旧说，岂不辜负易安？

五代"花间派"词人韦庄，也有一首思乡的小诗，题为《江外思乡》。诗云：

年年春日异乡悲，杜曲黄莺可得知。
更被夕阳江岸上，断肠烟柳一丝丝。

同样是春的背景，但易安写残春，韦庄写早春；一样的思乡情怀，但易安并未道明感情色彩，韦庄则直言其悲；结句意象的风格大体一致，但易安意在言外，韦庄点明"断肠"。总之，易安诗比韦庄诗更为含蓄蕴藉，但两首诗同样婉约。可见，在创作实践中，除格律外，诗词原无明显的界限。不过，在易安的诗歌中，这类风格的大概仅此一首。

# 上枢密韩肖胄①诗（二首）

绍兴癸丑②五月，枢密韩公、工部尚书胡公③使虏，通两宫④也。有易安室⑤者，父祖皆出韩公门下⑥，今家世沦替⑦，子姓⑧寒微，不敢望公之车尘⑨。又贫病，但神明⑩未衰落。见此大号令⑪，不能忘言，作古、律诗各一章，以寄区区⑫之意，以待采诗者⑬云。

三年⑭夏六月，天子视朝久。凝旒⑮望南云⑯，垂衣⑰思北狩⑱。如闻帝若曰，岳牧与群后⑲。贤宁无半千⑳，运已遇阳九㉑。勿勒㉒燕然铭㉓，勿种金城柳㉔。岂无纯孝㉕臣，识此霜露悲㉖。何必羹舍肉㉗，便可车载脂㉘。土地非所惜，玉帛如尘泥。谁当可将命，币㉙厚辞益卑。四岳㉚佥㉛曰俞㉜，臣下帝所知。中朝第一人㉝，春官㉞有昌黎㉟。身为百夫特㊱，行足万人师。嘉祐㊲与建中㊳，为政有皋夔㊴。匈奴畏王商㊵，吐蕃尊子仪㊶。夷狄㊷已破胆，将命公所宜。公拜手稽首㊸，受命白玉墀㊹。曰臣敢辞难，此亦何等时。家人安足谋，妻子不必辞。愿奉天地灵，愿奉宗庙威㊺。径持紫泥诏㊻，直入黄龙城㊼。单于定稽颡㊽，侍子当来迎。仁君方恃信㊾，狂生㊿休请缨㊶。或取犬马血㊷，与结天日盟㊸。胡公清德人所难，谋同德协㊹心志安㊺。脱衣已被汉恩暖㊻，离歌㊼不道易水寒㊽。皇天久阴后土湿㊾，雨势未回风势急。车声辚辚马萧萧㊿，壮士懦夫俱感泣。闾阎㊶嫠妇㊷亦何如，沥血投书㊸干记室㊹。夷虏㊺从来性虎狼㊻，不虞预备㊼庸何伤㊽。衷甲㊾昔时闻楚幕，乘城㊿前日记平凉㊶。葵丘㊷践土㊸非荒城，

诗选　145

勿轻谈士⁷⁴弃儒生⁷⁵。露布⁷⁶词成马犹倚⁷⁷，崤函关出鸡未鸣⁷⁸。巧匠何曾弃樗栎⁷⁹，刍荛之言⁸⁰或有益。不乞隋珠⁸¹与和璧⁸²，只乞乡关⁸³新信息。灵光⁸⁴虽在应萧萧⁸⁵，草中翁仲⁸⁶今何若。遗氓⁸⁷岂尚种桑麻，残虏如闻保城郭。嫠家⁸⁸父祖生齐鲁⁸⁹，位下名高人比数⁹⁰。当时稷下⁹¹纵谈时，犹记人挥汗成雨⁹²。子孙南渡今几年，飘流遂与流人⁹³伍。欲将血泪寄山河，去洒东山⁹⁴一抔土⁹⁵。

## 又

想见皇华⁹⁶过二京⁹⁷，壶浆⁹⁸夹道万人迎。连昌宫⁹⁹里桃应在，华萼楼¹⁰⁰前鹊定惊。但说帝心怜赤子¹⁰¹，须知天意念苍生¹⁰²。圣君大信明如日，长乱何须在屡盟¹⁰³。

[注释]

①韩肖胄：宋高宗绍兴三年（1133）出使金国，慰问被囚的徽、钦二帝。时任尚书吏部侍郎、端明殿学士、同签枢密院事。②绍兴癸丑：宋高宗绍兴三年。③胡公：名胡松年，作为副史随同韩肖胄出使。④通两宫：通，一同问候。两宫，即徽、钦二帝。⑤易安室：李清照自称。室，类同于堂、斋，而非赵明诚妻室之谓。⑥皆出韩公门下：皆出，都出于。韩公，指韩肖胄的曾祖韩琦，北宋名相。门下，李清照的祖父、父亲均曾被韩琦引荐。⑦家世沦替：家业凋零，没落。⑧子姓：子孙的地位。⑨望公之车尘：望尘而拜，指追随、敬拜。语出自《晋书·潘岳传》："岳性轻躁，趋势利，与石崇等诣事贾谧，每候其出，与崇辄望尘而拜。"⑩神明：指人的精神和智慧。《荀子·劝学》："积善成德，而神明自得，圣心备焉。"⑪大号令：指朝廷此次派使者北上使金之事。⑫区区：小、少，形容微不足道。汉代贾谊《过秦论上》："区区之地。"⑬以待采诗者：古代有专门的采诗人员，采集民间诗歌，以供统治者观风俗、知得失。《汉书·艺文志》："古有采诗之官，王者所以观风俗，知得失，自考正也。"宋代梅尧臣《田家语》诗序："因录田家之言次为文，以俟采诗者云。"⑭三年：即宋高宗绍兴三年。⑮凝旒：旒为古代帝王冕上前后悬

垂的玉穗。凝，静止不动。形容帝王态度肃穆专注。⑯南云：南天之云。古代帝王南向而坐，故有此说。⑰垂衣：称颂帝王实行无为而治，天下太平。《周易·系辞下》："黄帝、尧、舜垂衣裳而天下治，盖取诸乾坤。"⑱北狩：本义指狩猎北方，后为皇帝被掳到北方去的婉词。宋代王明清《挥麈录》卷四："逮二圣（宋徽宗、钦宗）北狩，彭以无名位，独得留内庭。"⑲群后：泛指公卿。张衡《东京赋》："于是孟春元日，群后旁戾。"《昭明文选》李善注："群后，公卿之徒也。"⑳半千：贤才兴盛之时。《孟子·公孙丑下》记载："五百年必有王者兴，其间必有名世者。"㉑阳九：古代指多灾多难的岁月。㉒勒：刻石为碑。㉓燕然铭：燕然，山名，在今蒙古国境内。《后汉书·窦宪传》载，东汉永元元年（89），车骑将军窦宪领兵出塞，大破北匈奴，登燕然山刻石勒功，记汉威德。宋代范仲淹《渔家傲》词："浊酒一杯家万里，燕然未勒归无计。"㉔金城柳：指世事兴衰。《晋书·桓温传》："温自江陵北伐，行经金城，见少为琅邪时所种柳皆已十围，慨然曰：'木犹如此，人何以堪！'攀枝执条，泫然流涕。"㉕纯孝：至孝。《左传》隐公元年："颍考叔，纯孝也。爱其母，施及庄公。"㉖霜露悲：指因怀念父母或祖先而产生的悲伤。《礼记·祭义》："霜露既降，君子履之，必有凄怆之心，非其寒之谓也。"㉗羹舍肉：《左传》隐公元年："颍考叔为颍谷封人，闻之，有献于公。公赐之食，食舍肉。公问之，对曰：'小人有母。皆尝小人之食矣，未尝君之羹。请以遗之。'公曰：'尔有母遗，繄我独无。'颍考叔曰：'敢问何谓也？'公语之故，且告之悔。对曰：'君无患焉。若阙地及泉，隧而相见，其谁曰不然？'公从之。……遂为母子如初。"㉘车载脂：古人谓用油脂涂抹于车轴上，车子可以走得快一些。《诗经·卫风·泉水》："载脂载辖，还车言迈。"㉙币：此指上贡给金朝的财物。㉚四岳：四方诸侯之长。相传尧臣羲和的四个儿子，分管四方诸侯，所以叫四岳。㉛佥：全，都。㉜俞：叹词，表示帝王允许臣下的请求。㉝中朝第一人：指唐代人李揆。《新唐书·李揆传》："揆至蕃，酋长曰：'闻唐有第一人李揆，公是否？'揆畏留，因绐之曰：'彼李揆，安肯来邪？'"㉞春官：《周礼》六官之一，掌礼法和祭祀。㉟昌黎：即唐代韩愈，常据先世郡望自称昌黎（今河北省昌黎县）。㊱百夫特：杰出的人物。语出自《诗经·秦风·黄鸟》："维此奄息，百夫之特。"郑笺："百夫之中最雄俊也。"

㊲嘉祐：宋仁宗赵祯的年号。㊳建中：即建中靖国，宋徽宗赵佶的年号。㊴皋夔：皋陶和夔的并称。传说皋陶是舜帝时的刑官，夔是舜帝时的乐官。后世常借以指贤臣。㊵王商：汉成帝之母王太后之弟，曾为相。匈奴单于来朝，仰视其威武之貌，大畏之。事见《汉书》本传。㊶子仪：唐代名将郭子仪。回纥、吐蕃入侵，子仪出阵，回纥惊言："今公存，天可汗存乎？"事见《新唐书》本传。㊷夷狄：泛称边远地区的少数民族。㊸稽首：古时的一种跪拜礼，叩头至地，是九拜中最为恭敬的礼节。㊹白玉墀：宫殿前的玉石台阶，代指宫殿。㊺宗庙威：宗庙，指天子或诸侯祭祀祖先的专用殿堂，为国家社稷的象征。威，神威。㊻紫泥诏：指皇帝的诏书，用紫泥缄封。㊼黄龙城：金地名，在今吉林省农安县，泛指金国大本营。㊽稽颡：古代跪拜礼，以额触地，表示极度的虔诚。㊾恃信：依仗信誉。㊿狂生：狂放不羁的人。(51)请缨：自愿请求杀敌报国。《汉书·终军传》："军自请，愿受长缨，必羁南越王而致之阙下。"(52)犬马血：指用犬马之血盟誓。《史记·平原君列传》："毛遂谓楚王之左右曰：'取鸡狗之血来。'"(53)天日盟：对天盟誓。(54)谋同德协：同心同德。(55)心志安：意志坚定。(56)脱衣已被汉恩暖：典故出自《史记·淮阴侯列传》，韩信对项王说，他之所以背楚而归汉王（刘邦），是因为项王轻视他，言不听话不从。而汉王待他则"解衣衣我，推食食我，言听计用，故吾得以至于此"。(57)离歌：离别、送行时唱的歌。(58)易水寒：易水，水名。在河北省西部。荆轲准备刺秦王，燕太子丹在易水饯别，荆轲悲歌："风萧萧兮易水寒，壮士一去兮不复还。"事见《战国策·燕策三》。(59)皇天久阴后土湿：描写使者将行时送行人众的情绪。宋玉《九辩》："皇天淫溢而秋霖兮，后土何时而得干。"(60)车声辚辚马萧萧：移用杜甫《兵车行》："车辚辚马萧萧。"形容车声和马鸣声。(61)闾阎：里巷内外的门，后多借指里巷，泛指民间。(62)嫠（lí）妇：寡妇。《左传》昭公十九年："初，莒有妇人，莒子杀其夫，已为嫠妇。"(63)沥血投书：指用血写成书信投递。极言发自内心。(64)干记室：干，进谒。记室，大致相当于现代的秘书。此为李清照谦语，谓将其书投给韩肖胄的随行秘书。(65)夷虏：指金王朝。(66)性虎狼：本性如虎狼般残暴。(67)不虞预备：防备意外。不虞，出乎意料之事。(68)庸何伤：有什么害处呢。庸，表反问语气。(69)衷甲：衷，意同"中"。把铠甲穿在衣服里面，使敌人不备。《左传》襄公二十七年：

"辛巳，将盟于宋西门之外，楚人衷甲。"杜预注："甲在衣中。"⑦乘城：登上城楼。⑦平凉：地名，在今甘肃省境内。马燧，唐代名将。唐贞元三年（787）五月，因轻信吐蕃求和之请，与其相盟于平凉，吐蕃埋伏重兵袭击，招致平凉败盟之耻。⑦葵丘：春秋时宋国地名，在今河南省境内。《左传》僖公九年："夏，公会宰周公、齐侯、宋子、卫侯、郑伯、许男、曹伯于葵丘。""九月戊辰，诸侯盟于葵丘。"史称葵丘之盟，齐桓公于此始霸诸侯。⑦践土：地名，在今河南省境内。晋文公曾和齐、宋、郑、卫等国会盟于此。⑦谈士：游说之士、善辩之士。晋代陶潜《拟古》诗之六："稷下多谈士，指彼决吾疑。"⑦儒生：原指遵从儒家学说的人，后来泛指读书人。《史记·郦生陆贾列传》："沛公不好儒……未可以儒生说也。"⑦露布：军旅文书。此指告捷文书。《周书·吕思礼传》："沙苑之捷，命为露布，食顷便成。"⑦马犹倚：语出自《世说新语·文学门》："桓宣武北征，袁虎时从，被责免官。会须露布文，唤袁倚马前令作。手不辍笔，俄得七纸，殊可观。东亭在侧，极叹其才。袁虎云：'当令齿舌间得利。'"⑦崤函关出鸡未鸣：《史记·孟尝君列传》载，孟尝君离开秦国后，纵马疾驰而去，夜半来到函谷关前。秦昭王后悔释放孟尝君，但他已离去，于是使人快马传信追赶。关法规定鸡鸣才能让人出，孟尝君恐追兵来到，幸而门客中有人学鸡鸣，于是所有的鸡一时齐鸣，守关者以为天亮了，遂开关让他们逃出。不过一顿饭的工夫，秦兵果然追至关前，知道孟尝君已出关，乃还。⑦樗栎：不成材的树木。比喻人的才能低下。语出自《庄子·逍遥游》："吾有大树，人谓之樗，其大本拥肿而不中绳墨，其小枝卷曲而不中规矩，立之涂，匠不顾。"《人间世》："匠石之齐，至于曲辕，见栎社树……匠石曰：'散木也，以为舟则沉，以为棺椁则速腐，以为器则速毁，以为门户则液樠，以为柱则蠹。是不材之木也，无所可用。'"⑧刍荛之言：割草打柴人所说的话。指普通百姓的浅陋言辞，也用作说话者自谦。刍荛，割草打柴之人。语出自《诗经·大雅·板》："先民有言，询于刍荛。"⑧隋珠：即隋侯之珠，用来比喻珍贵的物品。隋为古国名。典出自《庄子·让王》："今且有人于此，以隋侯之珠，弹千仞之雀，世必笑之。是何也？则其所用者重，而所要者轻也。"《淮南子·览冥训》："譬如隋侯之珠，和氏之璧，得之者富，失之者贫。"⑧和璧：即和氏璧。典出自《韩非子·和氏》。春秋时楚国人卞和，在山中得一块璞石，把它献给楚厉王和武王。二王不识其玉，反而相继断其左足和右足。到文王时，卞和抱玉哭于荆山之下，文王使人剖开璞石，果真得到宝玉，名之为"和氏璧"。㉝乡关：故乡。唐代崔颢《黄鹤楼》诗："日暮乡关何处是，烟波江上使人愁。"㉞灵光：汉代鲁恭王的宫殿名，故址在今山东省曲阜市东。汉王延寿《鲁灵光殿赋》序："鲁灵光殿者，盖景帝程姬之子恭王馀之所立也……遭汉中微，盗贼奔突，自西京未央、建章之殿，皆见隳坏，而灵光岿然独存。"后世因而用来比喻硕果仅存的人或事物。㉟萧萧：光景萧条。㊱翁仲：传说秦代阮翁仲身长一丈三尺，秦始皇命他守边，匈奴人非常惧怕他。他死后，秦始皇下令仿照其形状铸成铜人，置于咸阳宫司马门外。后人用来泛指铜像或石像，也专指墓前的石人。㊲遗氓：遗民。氓，民。㊳嫠家：寡妇，李清照自称。㊴齐鲁：指春秋战国时齐、鲁两国，故地在今山东省一带。㊵比数：可以并列、相提并论。《汉书·司马迁传》："刑馀之人，无所比数，非一世也，所从来远矣。"㊶稷下：地名，战国时齐国都城临淄稷门附近地区，今山东淄博市临淄区。齐威王、宣王曾在此建学宫，广揽游说之士讲学纵论，稷下遂成为当时的学术中心。汉代应劭《风俗通·穷通·孙况》："齐威、宣王之时，聚天下贤士于稷下，尊宠之。"㊷挥汗成雨：形容战国时齐国首都临淄人众拥挤，以至于用手抹汗，挥洒出去就跟下雨一般。语出自《战国策·齐策一》："连衽成帷，举袂成幕，挥汗成雨。"㊸流人：因失去家国而流亡的人。㊹东山：春秋战国时鲁国山名。《孟子·尽心上》："孔子登东山而小鲁，登泰山而小天下。"后人故以东山代指鲁地。㊺一抔土：一捧之土，后亦指坟墓。《史记·张释之冯唐列传》："假令愚民取长陵一抔土，陛下何以加其法乎？"长陵为汉高祖陵。唐代骆宾王《讨武曌檄》："一抔之土未干，三尺之孤安在？"㊻皇华：对奉命出使或出使者的赞颂。典出于《诗经·小雅·皇华》诗序："皇皇者华，君遣使臣也。送之以礼乐，言远而有光华也。"㊼二京：指出使金国要途经南京（今河南商丘）、东京（今河南开封）。㊽壶浆：将茶水、酒浆以壶盛之，以慰劳义师。《孟子·梁惠王下》："以万乘之国，伐万乘之国，箪食壶浆，以迎王师。"《公羊传·昭公二十五年》："国子执壶浆。"㊾连昌宫：唐代宫殿名。唐高宗显庆三年（658）建，故址在今河南省宜阳县。唐代元稹《连昌宫词》："连昌宫中满宫竹，岁久无人森似束。

又有墙头千叶桃,风动落花红簌簌。"⑩华萼楼:唐玄宗时建。唐代元稹《连昌宫词》:"往来年少说长安,玄武楼成华萼废。"⑩赤子:婴儿,这里指人民。《汉书·循吏传·龚遂》:"其民困于饥寒而吏不恤,故使陛下赤子,盗弄陛下之兵于潢池中耳。"⑩苍生:指百姓。史岑《出师颂》:"苍生更始,朔风变律。"《昭明文选》刘良注:"苍生,百姓也。"⑩屡盟:一再订立盟约。语出自《诗经·小雅·巧言》:"君子屡盟,乱是用长。"郑玄笺:"屡,数也。盟之所以数者,由世衰乱,多相背违。"

[评析]

宋高宗绍兴三年(1133),贫病交加的李清照进入了知天命之年。南渡几载,年已半百,山河依旧破碎,心,仍未冷却。就在这一年,赵构派遣枢密院事韩肖胄、工部尚书胡松年出使金国,一并慰问被囚的徽、钦二帝。李清照闻此消息,按捺不住胸中涌动的热情,提笔写下了一古一律,表达自己复杂的心境。古风荡气回肠,律诗精警沉稳,形成了南宋文学史上一曲爱国精神的壮歌,与陆游、辛弃疾的爱国诗词交相辉映。

"南渡衣冠少王导,北来消息欠刘琨。""南来尚怯吴江冷,北狩应悲易水寒。"李清照这两联诗虽为残句,她对南渡王朝无所作为的谴责和愤激情绪,却氤氲纸上。因此,当时就有人认为这是诗人"作诗以诋士大夫",而"后世皆当为口实矣"(宋代庄季裕《鸡肋篇》卷中)。可以想见,她上给使臣的这两首诗虽然因时事而引发,但诗中激荡的感情,一定不是偶然的,诗人精到的政治见解,也一定经过了长期的深思熟虑。

是的,诚如诗人所说,她只不过是一个"家世沦替"的"闾阎嫠妇",原没有资格对朝廷使臣谈论国家大事。然而在朝廷使者即将出行之际"沥血投书",并铿锵宣誓"欲将血泪寄山河,去洒东山一抔土"——这样的女性,岂不羞杀那些所谓的士大夫!

古风不受字数、平仄的限制,韵脚也可以自由转换,故更为适宜抒发起伏跌宕的感情，表达复杂的思想和见解。在这首古风中，易安分几个层次，以感情的流向为意脉，以理性的分析现义理，表达了她对国家前途和命运的担忧，对当时形势的看法，并提出了应对的策略。

如此深厚的感情，如此博大的内容，应当从哪里写起呢？

诗人直接从朝廷派遣使者出使金国、探望二帝这件震动朝野的大事入笔，先叙出使缘由。颇有意味的是，她纵笔描写了当下国势的艰危，然后在这个背景上以婉讽的方式，表达对朝廷此举的真实看法：朝中贤士岂无"半千"，但国运如此，"纯孝"又有什么意义呢？杀敌建功，收复失地，这才是遗民最深切的企盼啊！"土地非所惜，玉帛如尘泥。"一味割地、献纳以求和，难道是堂堂大宋应当有的作为吗？

"谁当可将命，币厚辞益卑。"这是一个过渡，诗人由使命一事，转而着笔于使者的声威，并表达自己的期望。唯有足当使命者，才能改变以往厚币卑辞的状态，从而振颓波，挽国运。这样就把笔触自然地转向了对使臣的描写。不惜笔墨地夸赞其人，正是诗人对这次行动寄予希望的表现。须知，一个"闾阎嫠妇"，只能用这样的方式，委婉地表达自己的心思。所以，在她的笔下，历史上面对外敌时，以其英武之气慑服对方的典故，被一个个地拈来，这与其说是对使臣的勉励，不如说是诗人、也是南渡人民对他们此行的殷切期望。"离歌不道易水寒"，"壮士儒夫俱感泣"——壮行，可以感极而泣，却不必唱悲歌！在女诗人的心中，使臣此行不是"壮士一去兮不复还"，而是要像韩信报答汉王，荆轲奋勇赴死那样，不辱国家使命。

想象使臣即将出发的场面，诗人顾不上自己此时"闾阎嫠妇"的低下身份而"沥血投书"，把自己思之已久的"刍荛之言"进献使臣。这番话分两层来说。第一层意思，表现了诗人对宋、金两国时势的深刻了解："夷虏从来性虎狼，不虞预备庸何伤。"易安奉劝使臣不要再相信金国的诚意，而要记取历史的教训。第二层意思，是请使者北去，一定要带回中原故土的新信息，以安慰"流人"的思乡之苦，所谓"不乞隋珠与和璧，只乞乡关新信息"。这岂止是个人的乡思？故都宫殿，旧日城郭，遗民生涯……南渡以来，金人铁蹄之下的哪一件事，不牵动着诗人的心神？而在南方，"北人"这漂流的岁月，又何时可以结束？

"欲将血泪寄山河，去洒东山一抔土。"结句表达了何等强烈的爱国心声啊，这岂止是诗人一个人的心声?！"人生自古谁无死，留取丹心照汗青。"宋末爱国诗人文天祥，在《过零丁洋》中表达的心声，穿越时空，和易安的心愿，合成了对祖国忠诚不变的交响曲。如果李清照身为男子，有出使的机会，或处于文天祥这样的境地，她会怎么做？这首古风铿锵有力，掷地有声的结句，为我们做出了明确的回答。一个年已半百的女性，在国难当头的时刻发出这样的呐喊，我们今天读来也要向她致敬！

比起《浯溪中兴颂诗和张文潜》，这首古风的用典更为繁多，简直到了纷至沓来，让人应接不暇的地步。这并不是李清照在卖弄学问，我想她之所以这样写，有两个缘故：一是以她当时的身份和处境，只能用这样一种比较委婉的表达方式；二是这些典故在古代士大夫看来都是熟典，并不会觉得难以理解。今天有论者认为用典过多是这首诗的毛病，只能说这不是易安的不是，而是我们的古代文化知识积累不够，对她作这首诗时的状况也比较隔膜。

第二首七律，是同一个主题的另一种表现形式，可能是李清照先写完古风，觉得意犹未尽，再写作另一首，不赘。

## 题八咏楼

千古风流八咏楼①，江山留与后人愁。水通南国②三千里，气压江城十四州③。

[注释]

①八咏楼：在宋代婺州（今浙江金华南隅），婺江北岸。南朝齐代太守沈约，建于隆昌元年（494），原名"元畅楼"，因沈约曾于此作《八咏》诗，而改名"八咏楼"。唐代李白、崔颢，宋代李清照，清代吴伟业等均有题咏，为婺州登临胜地，与双溪楼、极目亭齐名。②南国：这里泛指整个江南。③十四州：《宋史·地理志》载，宋代两浙路计辖平江、镇江二府，杭、越、湖、婺、明、常、温、台、处、衢、严、秀等十二州，统称十四州。

[评析]

此诗当作于绍兴五年（1135），这一年李清照五十二岁，由临安避难金华，《武陵春》词也作于这一年，二作堪称姊妹篇。《题八咏楼》深悲宋室之萎靡不振，深忧不仅恢复中原无望，而且金兵业已进逼江南。"江山留与后人愁"，这沉重的感喟，发自诗人饱受煎熬的内心。

八咏楼原名元畅楼，为南朝齐代东阳郡太守、著名诗人沈约建造。竣工后他曾多次登楼赋诗，其中有《登元畅楼》诗，后来他在此基础上增写为八首，题为《八咏》，宋太宗至道年间，遂以诗名改元畅楼为八咏楼。南宋淳熙十四年（1187）扩建后，将沈约的《八咏》诗刻于石碑。元代此楼毁于火，碑亦不存。明代曾重建，现存八咏楼为清代嘉庆年间（1796—1820）建。

因为八咏楼赫赫有名的既往，故易安开篇即言"千古风流八咏楼"，总括了这座历史名楼的人文地位。然而诗人无心观赏大好江山，或说是江山越美，越让她感到忧从中来，不可断绝。所以，才到第二句，易安便以极其沉重的笔调，写出了"江山留与后人愁"这一令人惊心动魄的名句。

登临之作，无论心境如何，一般说来都会先描绘一番江山胜景。如杜甫的《登高》以峡江萧瑟的秋景，衬托其老病漂泊的悲伤；辛弃疾的《水龙吟》以凄清的夕照，烘托其壮志难酬的郁闷。然而易安此际顾不到描山绘水，就从心底发出了这一声呐喊，可见其心情之沉痛，实在是难以比拟。何为乎如此？从个人身世来说，此时赵明诚已病逝六年之久，易安孤苦无依，只身漂泊，惶惶不可终日，竟然到了逃难来金华，投靠远亲的地步。个人的命运，其实也就是国家的命运。此刻不仅恢复中原无望，在临安王朝的一味退让下，金兵铁骑所至，恐怕连江南也将难保。家国如此，让诗人有何心情观赏江山之美？"愁"，这在李清照各时期作品中曾频频出现的感情，南渡以来内涵越来越沉重了。在作于金华的一诗一词中，竟然是船载不动，心盛不下，只好留给后人去"愁"了！这无疑表明，诗人对这大好江山已不抱任何希望。这是多么无奈，又是多么沉痛的感情啊！

"水通南国三千里，气压江城十四州。"诗人在发出内心的沉痛呐喊之后，才来勾勒八咏楼的恢宏气势，其气势越宏大，则诗人的内心越痛苦。如果要说含不尽之意见于言外，那么这样的笔势是无以过之的了。

论什么艺术技巧？分什么脂粉须眉？在易安这首诗面前，我们只要越过千年万载的时光，去触摸诗人滚烫的心和掩抑的泪，足矣！

# 附 录

## 词 论

乐府①声诗②并著,最盛于唐。开元③、天宝④间,有李八郎⑤者,能歌,擅天下。时新及第进士开宴曲江⑥,榜中一名士先召李,使易服隐姓名⑦,衣冠故敝⑧,精神惨沮⑨,与同之宴所。曰:"表弟愿与坐末⑩。"众皆不顾。既酒行乐作,歌者进,时曹元谦⑪、念奴⑫为冠,歌罢,众皆咨嗟⑬称赏。名士忽指李曰:"请表弟歌。"众皆哂⑭,或有怒者。及转喉发声歌一曲,众皆泣下。罗拜⑮曰:"此李八郎也。"自后郑、卫之声⑯日炽⑰,流靡之变日烦。已有《菩萨蛮》、《春光好》、《莎鸡子》、《更漏子》、《浣溪沙》、《梦江南》、《渔父》⑱等词,不可遍举。五代⑲干戈,四海⑳瓜分豆剖㉑,斯文道息㉒。独江南李氏君臣㉓尚文雅,故有"小楼吹彻玉笙寒"㉔、"吹皱一池春水"㉕之词。语虽甚奇,所谓"亡国之音哀以思"㉖也。逮至㉗本朝,礼乐文武大备。又涵养㉘百馀年,始有柳屯田永㉙者,变旧声作新声,出

《乐章集》㉚，大得声称于世㉛，虽协音律而词语尘下㉜。又有张子野㉝、宋子京兄弟㉞、沈唐㉟、元绛㊱、晁次膺㊲辈继出，虽时时有妙语，而破碎何足名家。至晏元献㊳、欧阳永叔㊴、苏子瞻㊵，学际天人㊶，作为小歌词㊷，直如酌蠡水于大海㊸，然皆句读㊹不葺㊺之诗尔，又往往不协音律者。何耶？盖诗文分平侧㊻，而歌词分五音㊼，又分五声㊽，又分六律㊾，又分清浊轻重㊿。且如近世所谓《声声慢》、《雨中花》、《喜迁莺》㉛，既押平声韵，又押入声韵；《玉楼春》本押平声韵，又押上去声，又押入声。本押仄声韵，如押上声则协，如押入声，则不可歌矣。王介甫㉜、曾子固㉝文章似西汉㉞，若作一小歌词，则人必绝倒㉟，不可读也。乃知别是一家㊱，知之者少。后晏叔原㊲、贺方回㊳、秦少游㊴、黄鲁直㊵出，始能知之。又晏苦无铺叙㊶，贺苦少典重㊷。秦即专主情致㊸而少故实㊹，譬如贫家美女，虽极妍丽丰逸㊺而终乏富贵态。黄即尚故实而多疵病㊻，譬如良玉有瑕㊼，价自减半矣。

[注释]

①乐府：古代主管音乐的官署，设于秦代，汉代成帝时，始采集民歌作为歌词，以考察政治得失，亦供乐府声歌之用。后世把这些采集来的民歌和文人仿作，称为"乐府"。②声诗：原指乐歌，此指唐人用作歌词的五七言诗，有广为流传的"旗亭画壁"故事可证。③开元：唐玄宗李隆基的年号（713—741）。④天宝：唐玄宗年号（742—756）。⑤李八郎：即李衮，唐李肇《国史补》卷下载："李衮善歌，初于江外而名动京师。崔昭入朝，密载而至。乃邀宾客，请第一部乐及京邑之名倡以为盛会。给言表弟，请登末座。令衮敝衣以出，合坐嗤笑。顷命酒，昭曰：'欲请表弟歌。'坐中又笑。及转喉一发，乐人皆大惊，曰：'此必李八郎也。'遂罗拜阶下。"⑥曲江：地名，在长安（今陕西西安）东南，是唐代京师游览胜地。唐时新及第的进士，宴乐聚会于此。⑦易服隐姓名：更换衣服并隐瞒真实姓名。⑧故敝：又旧又破。⑨惨沮：神态悲伤颓丧。⑩坐末：末座。古代座次的最下一位。⑪曹元谦：唐代歌者，生平不详。⑫念奴：唐玄宗天宝年间长安著名歌妓，后用以泛指歌女。唐代元稹

附录 157

《连昌宫词》:"力士传呼觅念奴,念奴潜伴诸郎宿。"自注:"念奴,天宝中名倡,善歌。每岁楼下酺宴,累日之后,万众喧隘。严安之、韦黄裳辈辟易不能禁,众乐为之罢奏。明皇遣高力士大呼于楼上曰:'欲遣念奴唱歌,邠二十五郎吹小管篷,看人能听否?'未尝不悄然奉诏。其为当时所重也如此!然而明皇不欲夺侠游之盛,未尝置在宫禁。"⑬咨嗟:赞叹不已。⑭哂(shěn):讥笑。⑮罗拜:环绕其人下拜。⑯郑、卫之声:郑、卫,春秋时的郑国和卫国。孔子批评说:"郑声淫。"(《论语》)故二国的民歌被视为靡靡之音的代表。⑰日炽:日益兴盛。与下文"日烦"互文。⑱《菩萨蛮》、《春光好》、《莎鸡子》、《更漏子》、《浣溪沙》、《梦江南》、《渔父》:均为词牌名。⑲五代:继唐王朝之后,后梁、后唐、后晋、后汉、后周相继统治中原,合称五代。⑳四海:指整个中国。㉑瓜分豆剖:犹如瓜豆一样被人切割分离,比喻国家四分五裂。南朝宋鲍照《芜城赋》:"出入三代,五百余载,竟瓜剖而豆分。"㉒斯文道息:文学之事衰落不盛。㉓李氏君臣:指南唐中主李璟和后主李煜,以及大臣冯延巳等人。㉔小楼吹彻玉笙寒:李璟词《浣溪沙》中的句子。㉕吹皱一池春水:冯延巳词《谒金门》中的句子。《南唐书》冯延巳传载:"元宗(中主)乐府辞云:'小楼吹彻玉笙寒',冯延巳有'风乍起,吹皱一池春水'之句,皆为警策。元宗尝戏延巳曰:'吹皱一池春水,干卿何事?'延巳曰:'未如陛下小楼吹彻玉笙寒。'元宗悦。"㉖亡国之音哀以思:语出自《礼记·乐记》。㉗逮至:及至。㉘涵养:滋润养育。㉙柳屯田永:北宋著名词人柳永,因曾任屯田员外郎,所以人称柳屯田。代表作为《雨霖铃》、《八声甘州》。原名三变,后改名永,字耆卿。因排行第七,又称柳七。宋仁宗朝进士,是北宋第一个专力作词的词人,在词史上产生了较大的影响。㉚《乐章集》:柳永的词集。㉛大得声称于世:柳永词作当时流传极广,有道"凡有井水饮处,即能歌柳词"(叶梦得《避暑录话》)。㉜尘下:庸俗低下。㉝张子野:北宋词人张先,有《张子野词》。因其词中有"云破月来花弄影"(《天仙子》),"帘幕卷花影"(《归朝欢》),"堕飞絮无影"(《剪牡丹》),而被时人称为"张三影"。㉞宋子京兄弟:即北宋文学家宋祁及其兄宋庠,二人同为天圣间进士,时称"二宋"。宋祁《玉楼春》词中的名句"红杏枝头春意闹",被王国维在《人间词话》中,与张先的"云破月来花弄影"并举,作为有意境的典型例证。㉟沈唐：北宋词人。㊱元绛：北宋词人，天圣进士。㊲晁次膺：名端礼，北宋词人，熙宁进士。有《闲斋琴趣外篇》。㊳晏元献：即晏殊，字同叔，北宋前期著名词人，有《珠玉词》。㊴欧阳永叔：即欧阳修，北宋著名文学家、史学家，自号醉翁，又号六一居士，谥文忠。古文为"唐宋八大家"之一。著有《欧阳文忠公集》，词有《六一词》。㊵苏子瞻：苏轼字子瞻，号东坡居士，世称苏东坡。北宋著名文学家、书画家，古文为"唐宋八大家"之一，又与欧阳修并称"欧苏"，诗与黄庭坚并称"苏黄"，词与辛弃疾并称"苏辛"。㊶学际天人：学识渊博，通晓自然和人文。天人，天指自然，人指社会。语出自汉代司马迁《报任少卿书》："亦欲以究天人之际，通古今之变，成一家之言。"㊷小歌词：即词中的小令，与慢词相对而言。清代毛先舒《填词名解》："五十八字以内为小令，五十九字至九十字为中调，九十一字以外为长调。"㊸如酌蠡（lí）水于大海：从大海中取一瓢水，比喻做某事不费力。蠡，瓟瓢，用葫芦做的瓢。《汉书·东方朔传》："以蠡测海。"㊹句读（dòu）：中国古代的文章不用标点符号，称文句中语气已完的停顿叫"句"，未完的叫"读"，一般用圈（句号）和点（逗号）来标记。唐代韩愈《师说》："习其句读。"㊺不葺（qì）：这里指句子长短不齐，不合乎音律。㊻平侧：即平仄（zè）。平声和仄声（上、去、入），泛指诗文的韵律。㊼五音：中国古代五声音阶上的五个级，称宫、商、角、徵（zhǐ）、羽，唐代以来叫合、四、乙、尺、工。相当于现代简谱上的1、2、3、5、6。㊽五声：本古代音乐中的宫、商、角、徵、羽五个音阶，《吕氏春秋·慎行论》："和五声。"王学初认为，"此处之五声……应作阴平、阳平、上、去、入五声解"。见《李清照集校注》本文注释。㊾六律：中国古代乐音有十二律之称，相当于现代的音阶。即把乐音按高低分为十二调，又以阴阳各分为六律。奇数（阳）称六律，偶数（阴）称六吕，合称律吕。六律，通常就阴阳各六的十二律而言。㊿清浊轻重：清浊，语音的清声与浊声。轻重，不同发音部位所发音量之大小。北齐颜之推《颜氏家训·音辞》："古语与今殊别，其间轻重清浊，犹未可晓。"㉛《声声慢》、《雨中花》、《喜迁莺》：均为词牌名。㉜王介甫：王安石字介甫，号半山，封荆国公。北宋杰出的政治家和文学家，"唐宋八大家"之一。有《临川集》。㉝曾子固：曾巩字子固，北宋文学家，"唐宋八大家"之一。㉞文章似西汉：中唐以后，文学复古运动往往标举西汉文章，故如此说。㊳绝倒：即笑倒，形容不能自持，前仰后合地笑。㊴别是一家：词是一种特殊的体裁，不同于诗文等。㊵晏叔原：晏几道字叔原，号小山，晏殊之子，北宋词人。人称晏殊为大晏，称晏几道为小晏。有《小山词》。㊶贺方回：贺铸字方回，号庆湖遗老，北宋词人。㊷秦少游：秦观字少游，一字太虚，号淮海居士，"苏门四学士"之一，北宋词人。㊸黄鲁直：黄庭坚字鲁直，号山谷道人，晚号涪翁，北宋文学家，又称黄豫章。"苏门四学士"之一。诗与苏轼并称"苏黄"，有《豫章黄先生文集》。词与秦观齐名，有《山谷琴趣外篇》，今人龙榆生整理有《豫章黄先生词》。㊹铺叙：慢词的传统表现手法之一，即铺写景物，叙述情事，一层层写来，严谨有致。㊺典重：典雅庄重。㊻情致：有意趣，有风致。㊼故实：典故和史实。㊽妍丽丰逸：美丽而风神飘逸。㊾疵病：缺点、毛病。《尚书·大诰》："天降威，知我国有疵。"孔传："谓三叔流言，故禄父知我周国有疵病。"㊿瑕：美玉上面的斑点，比喻人或事有缺点或过失，所谓瑕疵。

[评析]

把文学创作实践上升为理论总结，如果要说得比较到位，应当是文学家自己吧？李清照的这篇词学专论正是如此。因而，虽然文章问世后仁者见仁，智者见智，甚至不乏攻其一点，不及其余者，但并不影响它在词史上应有的地位。

作为谙熟词体特点的词作家，李清照从尊体的角度出发，在文章中以"别是一家"为核心，阐述了词之为词的体性和特点。

"乐府声诗并著，最盛于唐。"追本溯源，词是倚声之作，李清照拈来盛唐曲江宴上，李八郎一曲歌罢，众皆泣下的故事，并非出于偶然。词起源于唐，而"声诗"，也即五七言绝句，在当时是广为传唱的歌词，有"旗亭画壁"的故事为证。"声诗"其实也是词的来源之一，白居易的《花非花》，就是在七绝的头两句减去一字，形成了长短句。李清照论词从音乐开篇，突出了词有别于诗的体性特点。

不仅仅是词的音乐性，我们看到，李清照在论各代词作的时候，还看到了时世与词风的关系。她指出，开元、天宝以来小令的流靡，五代纷乱中南唐君臣的亡国之音，宋代礼乐文武大备带来的柳永"变旧声作新声"，皆如此。

当然，在李清照眼里，词最重要的还是"协音律"。所以，宋词之变，她首标柳永的《乐章集》，并指出柳永"大得声称于世"。同时，她又批评北宋初期名家晏殊、欧阳修，甚至北宋大家苏轼的词，"皆句读不葺之诗尔"。接着指摘"不协音律"者的毛病，在"不可歌"。这个问题涉及面甚广，然而就尊体来说，李清照注重了词的正统，却忽略了词的变革。也即是说，词与音乐的关系，或说是词与歌的关系，其实在发展中已逐渐疏离，但囿于成见，李清照似乎并不曾在意。

事实上，唐五代词人填词，一般是"协音律"的：既要合乎音乐的规定，又要合乎格律的规定，即平仄、韵位等。并且，格律的规定和音乐的规定是两位一体的。也即是说，词通过合乎格律来达到合乎音乐的要求。然而词律又有其相对的独立性，词人可以不拘于音乐，只要按格律填词即可。这就使得词走上了脱离音乐之路，而逐渐演变为书面文学。这种现象并非个别，所以南宋沈义父的《乐府指迷》说："前辈好词甚多，往往不协律腔，所以无人唱。""律"即格律，"腔"即音腔。可见，二者的界限还是很清楚的。既"无人唱"，词也就成为纯粹的案头文学——广义的诗了。既然是诗，又何必苦苦拘泥于可以唱呢？何况，李清照自己的词，即令合乎格律，也未见得合乎"可歌"的要求。至少，我们直到现在，还没有发现记载其词"可歌"的记录。倒是被她指摘所作为"句读不葺之诗"的那些词人，却往往有"可歌"之作，尤其是苏轼。

说到尊体及词与歌的关系，李清照还提到一个概念："小歌词"，即小令。她认为五代以来的词人，似乎只把"小歌词"看作"可歌"者。小令是与慢词相对而言的，清代毛先舒《填词名解》

对小令、中调、长调（慢词）的区别是："五十八字以内为小令，五十九字至九十字为中调，九十一字以外为长调。"实际上，不仅柳永的《乐章集》里有不少"可歌"的慢词，而且此前张先已自创了许多慢词，可说为柳永的变革作了准备。而李清照所批评的晏殊和欧阳修，生当北宋初期，他们的词作固然多为小令，但北宋中叶的苏轼之慢词，自有成功之作。可见，在慢词渐盛的时代，李清照以小令来绳词之，特别是苏轼这样的"学际天人"者，也是不合时宜的。

词"别是一家"，在李清照看来，除了最重要的"协音律"之外，还有其他特点：高雅、浑成、讲铺叙、求典重、有故实。柳永难得地吻合了"协音律"的要求，却又有"词语尘下"之弊；张先等"虽时时有妙语，而破碎何足名家"。所以李清照感叹道："别是一家，知之者少。"直到晏小山等出，"始能知之"。然而，晏小山"苦无铺叙"——其实李清照在这里可能又忽略了一个事实：铺叙是慢词特有的表现手法，因其长而有足够的篇幅，但晏小山也还处于小令时代，这样批评他似乎也是不太贴切的。因为北宋词坛经张先、柳永、苏轼的变革，以及李清照不知何故，只字不提的周邦彦对格律的规范化，已形成词坛风格多种多样，审美意味各别的景象，远非几个概念所能囊括，亦非保守的音律论所能约束。不过以上种种观点，表现了李清照对词的审美追求，可视为一家之言。

我们还要指出，正因为李清照过于拘泥词"别是一家"，所以她在自己的文学创作实践中，始终恪守二者的界限：词以婉约清雅为宗，表现个人的情感天地；诗则风格疏放激越，呈现对国家命运的关怀。这就令人不无遗憾地看到，作为中国文学史上第一流的词人，她的词作，只是间接地表现了时代风云的变幻。或许我们还是不应苛责易安，毕竟每一个人都可能有自己难以逾越的局限性。

虽然这篇《词论》有种种局限，但仍不失为一篇有价值的文献。更为重要的是，它引发了此后历代学者对词及词学、词的发展史上许多问题的探讨，在推进词的创作及研究上，发挥了一定的作用。

## 金石录<sup>①</sup>后序<sup>②</sup>

右<sup>③</sup>《金石录》三十卷者何？赵侯德甫<sup>④</sup>所著书也。取上自三代<sup>⑤</sup>，下迄五季<sup>⑥</sup>，钟、鼎、甗、鬲、盘、彝、尊、敦之款识<sup>⑦</sup>，丰碑、大碣、显人、晦士<sup>⑧</sup>之事迹，凡见于金石刻者二千卷，皆是正讹谬<sup>⑨</sup>，去取褒贬。上足以合圣人之道，下足以订史氏<sup>⑩</sup>之失者，皆载之。可谓多矣。

[注释]

①金石录：宋代金石学名著，李清照之夫赵明诚著。金，古代指青铜铸成的钟鼎之类器皿，上面多刻有铭文。石，古代刻在石头或石碑上的文字。②后序：即跋。《金石录》前面有赵明诚的自序，李清照所写序文在卷末。③右：即现代"以上"的意思。古代书版文字从右至左直行排印，后序在卷末，故称原文为"右"。④赵侯德甫：赵明诚字德甫，宋密州诸城（今山东省诸城市）人，其父赵挺之官至尚书右仆射，赵明诚为其季子。侯，古代公、侯、伯、子、男五等封爵之一，后用来称呼州郡长官。赵明诚曾为莱州、淄州、建康、湖州太守，故李清照称其为侯。⑤三代：夏、商、周。⑥五季：后梁、后唐、后晋、后汉、后周。⑦钟、鼎、甗（yǎn）、鬲（lì）、盘、彝、尊、敦（duì）之款识（zhì）：钟，古代青铜铸成的乐器；鼎和甗，均为青铜制成，是用于蒸煮的炊具；鬲，铜制炊具，形状似鼎而足中空；彝和尊都是青铜制酒器；敦，古代盛黍稷的铜器。款识，古代钟鼎彝器上铸刻的文字。《汉书·郊祀志》颜师古注："款，刻也。识，记也。"⑧丰碑、大碣：高大厚实，刻有赞颂文字的石碑。碣，特指圆形的碑。显人：名望高而地位显要者。晦士：即隐士，韬晦之士。⑨是正讹谬：是正，订正、校正。《后汉书·安帝纪》："诏

谒者刘珍及五经博士，校定东观五经、诸子、传记、百家艺术，整齐脱误，是正文字。"讹谬，错字讹句。⑩史氏：泛指史官。唐代韩愈《答刘秀才论史书》："史氏褒贬大法，《春秋》已备之矣。"

呜呼！自王播、元载之祸①，书画与胡椒无异；长舆、元凯之病②，钱癖与传癖何殊？名虽不同，其惑一也。余建中辛巳，始归赵氏③。时先君④作礼部员外郎，丞相⑤时作礼部侍郎，侯年二十一，在太学⑥作学生。赵、李族寒，素贫俭。每朔望谒告⑦，出，质⑧衣，取半千钱，步入相国寺⑨，市⑩碑文、果实。归，相对展玩咀嚼，自谓葛天氏之民也⑪。后二年，出仕宦，便有饭蔬衣练⑫，穷遐方绝域⑬，尽天下古文奇字⑭之志。日就月将⑮，渐益堆积。丞相居政府⑯，亲旧或在馆阁⑰，多有亡诗、逸史、鲁壁、汲冢⑱所未见之书，遂力传写，浸觉有味，不能自已。后或见古今名人书画，三代奇器，亦复脱衣市易。尝记崇宁⑲间，有人持徐熙⑳《牡丹图》，求钱二十万。当时虽贵家子弟，求二十万钱，岂易得耶？留信宿㉑，计无所出而还之，夫妇相向惋怅者数日。后屏居乡里㉒十年，仰取俯拾，衣食有馀。连守两郡㉓，竭其俸入，以事铅椠㉔。每获一书，即同共勘校，整集签题。得书、画、彝、鼎，亦摩玩舒卷，指摘疵病，夜尽一烛为率。故能纸札精致，字画完整，冠诸收书家。余性偶强记，每饭罢，坐归来堂㉕，烹茶，指堆积书史，言某事在某书、某卷、第几叶、第几行，以中否角胜负，为饮茶先后。中即举杯大笑，至茶倾覆怀中，反不得饮而起。甘心老是乡矣，故虽处忧患困穷而志不屈。收书既成，归来堂起书库，大橱簿甲乙㉖，置书册。如要讲读，即请钥上簿，关出卷帙。或少损污，必惩责揩完涂改，不复向时之坦夷也。是欲求适意，而反取憀慄㉗。余性不耐，始谋食去重肉㉘，衣去重采㉙，首无明珠翡翠之饰，室无涂金刺绣之具。遇书史百家，字不刓缺㉚、本不讹谬者，辄市之，储作副本。自来家传《周易》、《左氏传》，故两家者流，文字最备。于是几案罗列，枕席枕藉㉛，意会心谋，目往神授，乐在声色狗马之上。

[注释]

①王播、元载之祸：王播当为"王涯"之误。王涯字广津，唐文宗时丞相，性喜收藏书画。有人破墙入其家，只取金玉珍宝而弃书画于道路。元载字公辅，唐代宗时丞相，性贪婪，事发抄没其家产，仅胡椒就有八百石。二人事见《新唐书》。这句说人若是倒霉，无论收藏什么都不能最终保有。②长舆、元凯之病：和峤字长舆，晋代人，家产甚富而生性吝啬，被杜预称为"钱癖"。杜预字元凯，与和峤同时，著有《春秋经传集解》，自称有"《左传》癖"。二人传见《晋书》。③建中辛巳：宋徽宗建中靖国元年（1101）。这一年李清照十八岁，嫁与赵明诚。归：古代指女子出嫁。④先君：指清照之父李格非。⑤丞相：指赵明诚之父赵挺之。⑥太学：中国古代的最高学府，宋代太学隶属国子监，培养了大批官员和学者。⑦朔望：农历每月初一为朔，十五为望。谒告：告假。⑧质：典当。⑨相国寺：北宋汴京最大的庙宇，原名建国寺，建于北齐天保六年（555）。唐睿宗封相王时重建，改名相国寺。宋再扩建，称为"大相国寺"。《东京梦华录》卷三载："殿后资圣门前，皆书籍、玩好、图画之类。"⑩市：购买。⑪葛天氏之民：表欢愉之情。葛天氏，传说中的远古帝王。语出自陶渊明的《五柳先生传》："衔觞赋诗，以乐其志，无怀氏之民欤？葛天氏之民欤？"⑫饭蔬衣练（shū）："饭"和"衣"均为名词做动词用。以蔬菜为饭，指节俭，《论语·述而》："饭蔬食饮水。"衣练，穿粗布衣服。练，类似苎麻的粗糙织物。⑬穷遐方绝域：访遍极边远的地方。穷，尽；遐，远；绝域，极远之地。⑭古文奇字：即上古文字。《说文序》："一曰古文，孔子壁中书也；二曰奇字，即古文而异者也。"⑮日就月将：日积月累。《诗经·周颂·敬之》："日就月将，学有缉熙于光明。"孔颖达疏："日就，谓学之使每日有成就；月将，谓至于一月则有可行。言当习之以积渐也。"⑯居政府：赵挺之崇宁元年（1102）迁尚书右丞，不久迁右仆射，故说居政府。⑰馆阁：指宋代秘书省。⑱亡诗、逸史、鲁壁、汲冢：亡诗，指今本

《诗经》305篇之外的逸诗。逸史,指正史以外的史书,如民间野史。鲁壁,指孔子旧宅藏有古文经传的墙壁,旧址在今山东省曲阜市。孔安国为孔子第十一世孙,其《古文尚书序》:"鲁恭王好治宫室,坏孔子旧宅以广其居,于壁中得先人所藏古文虞、夏、商、周之书,及《传》、《论语》、《孝经》,皆蝌蚪文字。"汲冢,晋太康二年(281),汲郡有人盗发魏襄王墓(或云魏安釐王冢),得到竹书数十车,全为先秦竹简蝌蚪文,原简早已失传。事见《晋书·束皙传》。⑲崇宁:宋徽宗年号(1102—1106)。⑳徐熙:南唐著名的花鸟画家。㉑信宿:接连两夜。㉒屏居乡里:隐居家乡。宋徽宗大观元年(1107)赵挺之罢相,不久病逝。次年,赵明诚偕李清照回青州故居。㉓连守两郡:赵明诚宣和三年(1121)在莱州任上,靖康元年(1126)守淄州。㉔铅椠(qiàn):古代用以书写的文具。铅为铅条,供书写;椠为版片,可用来书文字。㉕归来堂:在青州故居内,因赵、李屏居乡里,故取陶渊明《归去来兮辞》之义名其堂。㉖簿甲乙:分类编号。㉗懔慄:本义为凄怆悲伤,此指严肃拘谨。㉘食去重肉:不同时吃两种荤菜,言生活节俭。重,重复。㉙衣去重采:不同时穿两件绮罗做的衣裳。㉚刓(wán)缺:磨损残缺。前蜀杜光庭《录异记·许君》:"因得古碑,文字刓缺,不可复识。"㉛枕藉:重重叠叠地堆在一起。极言其多。

至靖康丙午岁①,侯守淄川②,闻金寇犯京师,四顾茫然,盈箱溢箧,且恋恋,且怅怅,知其必不为己物矣。建炎丁未③春三月,奔太夫人丧南来,既长物不能尽载,乃先去书之重大印本者,又去画之多幅者,又去古器之无款识者。后又去书之监本者,画之平常者,器之重大者。凡屡减去,尚载书十五车。至东海④,连舻⑤渡淮,又渡江,至建康。青州故第,尚锁书册什物,用屋十余间,期明年春再具舟载之。十二月,金人陷青州,凡所谓十余屋者,已皆为煨烬矣。

[注释]

①靖康丙午岁:宋钦宗赵桓靖康元年(1126)。②淄川:今山东省淄博

市。③建炎丁未：宋高宗建炎元年（1127）。此年五月以前为宋钦宗靖康二年。④东海：宋代海州，今江苏省连云港市。⑤连舻（lú）：舟船相连航行。

　　建炎戊申①秋九月，侯起复知建康府。己酉春②三月罢，具舟上芜湖，入姑孰③，将卜居赣水④上。夏五月，至池阳⑤，被旨知湖州⑥，过阙上殿⑦。遂驻家池阳，独赴召。六月十三日，始负担，舍舟坐岸上，葛衣岸巾⑧，精神如虎，目光烂烂射人，望舟中告别。余意甚恶，呼曰："如传闻城中缓急⑨，奈何？"戟手⑩遥应曰："从众。必不得已，先弃辎重，次衣被，次书册卷轴，次古器，独所谓宗器⑪者，可自负抱，与身俱存亡，勿忘之！"遂驰马去。途中奔驰，冒大暑，感疾。至行在⑫，病痁⑬。七月末，书报卧病。余惊怛⑭，念侯性素急，奈何⑮。病痁或热，必服寒药，疾可忧。遂解舟下，一日夜行三百里。比至，果大服柴胡、黄芩药，疟且痢，病危在膏肓。余悲泣，仓皇不忍问后事。八月十八日，遂不起。取笔作诗，绝笔而终，殊无分香卖履⑯之意。葬毕，余无所之。朝廷已分遣六宫⑰，又传江当禁渡。时犹有书二万卷，金石刻二千卷，器皿、茵褥⑱，可待百客，他长物称是。余又大病，仅存喘息。事势日迫，念侯有妹婿，任兵部侍郎，从卫在洪州，遂遣二故吏，先部送行李往投之。冬十二月，金寇陷洪州，遂尽委弃。所谓连舻渡江之书，又散为云烟矣。独馀少轻小卷轴书帖，写本李、杜、韩、柳集，《世说》、《盐铁论》，汉唐石刻副本数十轴，三代鼎鼐十数事，南唐写本书数箧，偶病中把玩，搬在卧内者，岿然独存⑲。上江⑳既不可往，又虏势叵测，有弟迒，任敕局删定官㉑，遂往依之。到台㉒，守已遁。之剡出陆㉓，又弃衣被走黄岩㉔，雇舟入海，奔行朝，时驻跸章安㉕。从御舟海道之温，又之越㉖。庚戌十二月㉗，放散百官,遂之衢。绍兴辛亥㉓春三月,复赴越。壬子㉙,又赴杭。先侯疾亟时,有张飞卿㉚学士携玉壶过视侯,便携去,其实珉㉛也。不知何人传道,遂妄言有颁金㉜之语,或传亦有密论列者㉝。余大惶怖,不敢言,遂尽将家中所有铜器等物,欲赴外庭㉞投进。到越,已移幸四明㉟。不敢留家中,并写本书寄剡,后官军收叛卒取去,闻尽入故李将军家。所谓岿然独存者,无虑十去五六矣。唯有书画砚墨,可五七簏㊱,更不忍置他所,常在卧榻下,手自开阖。在会稽㊲,卜居土民钟氏舍。忽一夕,穴壁负五簏去。余悲恸不已,重立赏收赎。后二日,邻人钟复皓出十八轴求赏,故知其盗不远矣。万计求之,其余遂不可出,今知尽为吴说运使贱价得之㊳。所谓岿然独存者,乃十去其七八。所有一二残零不成部帙书册三数种。平平书帙,犹复爱惜如护头目,何愚也耶!

[注释]

①建炎戊申:建炎二年(1128)。②己酉春:建炎三年春天。③姑孰:今安徽省当涂县。④赣水:今江西省赣江,此处或指洪州(今南昌市)。⑤池阳:今安徽省池州市贵池区。⑥湖州:今浙江省湖州市。⑦过阙上殿:指入朝见皇帝。阙,宫殿。⑧岸巾:把头巾掀起,露出前额。⑨缓急:紧急。指金兵来犯。⑩戟手:把食指和中指分开成为戟形,指点对方。⑪宗器:国家宗庙祭器及礼乐之器。⑫行在:皇帝出行时停留之地,此指建康(今南京)。⑬病疟(shān):患疟疾。⑭惊怛(dá):惊恐。⑮奈何:此指禁受不了。⑯分香卖履:《曹操遗令》:"馀香可分与诸夫人,不命祭。诸舍中无所为,学作履组卖也。"(陆机《吊魏武帝文》引)履,麻、葛等制成的单鞋。此句谓赵明诚没有留下任何遗嘱。⑰六宫:皇帝后宫之总称。建炎三年七月金人南下,分遣六宫。⑱茵褥:也写成"茵蓐",床垫子。⑲岿然独存:历经变故后唯一存在的人或物。语出自《昭明文选》王延寿《鲁灵光殿赋》:"自西京未央、建章之殿,皆见隳坏,而灵光岿然独存。"⑳上江:长江上游地区,此指南京以西。㉑敕局删定官:职掌收集诏书并编纂成书的官员。㉒台:台州,今浙江省临海

市。㉓剡（shàn）：剡县，今浙江嵊州。陆：疑误，或作睦，睦州，今浙江省建德市。㉔黄岩：地名，今浙江省台州市黄岩区。㉕驻跸（bì）：指皇帝后妃外出时在途中暂停小住。跸，本义是皇帝出行时清道。章安：镇名，宋时属台州。㉖越：越州。今浙江省绍兴市。㉗庚戌：建炎四年。㉘绍兴辛亥：绍兴元年（1131）。㉙壬子：绍兴二年。㉚张飞卿：有二说。一说即张汝舟，毗陵人，见清代陆心源《仪顾堂题跋》。一说为阳翟人，喜书画，见王学初《李清照集校注》本文注。㉛珉（mín）：似玉的石头。㉜颁金：把玉壶送给金人，意谓李清照通敌。㉝有密论列者：宋代言官上书检举弹劾，称为"论列"，此指被人密告。㉞外庭：亦作外廷，即外朝，指群臣等待上朝和办公议事的地方，与宫中（禁中）相对。㉟四明：今浙江省宁波市。㊱簏（lù）：即簏箱，用竹子等物编成的箱子。㊲会稽：今浙江省绍兴市。㊳吴说：字傅朋，钱塘（今杭州市）人，当时著名书画家，曾任福建路转运判官。运使：转运使的简称。

今日忽阅此书，如见故人。因忆侯在东莱静治堂①，装卷初就，芸签缥带②，束十卷作一帙。每日晚更散，辄校勘二卷，跋题一卷。此二千卷，有题跋者五百二卷耳。今手泽③如新，而墓木已拱④，悲夫！昔萧绎江陵陷没，不惜国亡而毁裂书画⑤；杨广江都倾覆，不悲身死而复取图书⑥。岂人性之所著，死生不能忘之欤？或者天意以余菲薄⑦，不足以享此尤物⑧耶？抑亦死者有知，犹斤斤⑨爱惜，不肯留在人间耶？何得之艰而失之易也！呜呼，余自少陆机作赋之二年⑩，至过蘧瑗知非之两岁⑪，三十四年之间，忧患得失，何其多也！然有有必有无，有聚必有散，乃理之常。人亡弓，人得之⑫，又胡足道！所以区区⑬记其终始者，亦欲为后世好古博雅者之戒云。绍兴二年玄黓岁壮月朔甲寅⑭，易安室⑮题。

[注释]

①东莱静治堂：东莱即莱州（今山东省莱州市），赵明诚为莱州守时，府中书斋名静治堂。②芸签缥带：古人藏书多用芸香驱蠹虫，故将书签雅称为

芸签,亦借指书籍。缥带,淡青色的带子,用来束书。③手泽:指逝者留下的手汗痕迹。④墓木已拱:喻人死已久。拱,两手合抱。《左传》僖公三十二年:"尔何知?中寿,尔墓之木拱矣。"此时距赵明诚之死(1129)已有六年。⑤"昔萧绎"二句:江陵为梁元帝萧绎建都之地,承圣三年(554)被魏兵攻陷,萧绎命人焚古今图书十万余卷,道:"读书万卷,犹有今日,故焚之。"事见《资治通鉴》。⑥"杨广"二句:杨广,隋炀帝名。大业十四年(618)在江都(今江苏扬州)被杀。据《大业拾遗记》载,唐高祖武德四年(621)平定东都洛阳后,将观文殿所藏新书八千卷载回长安。上官魏梦见炀帝大呼:"为何把我的书运往京师?"船行至黄河覆没,一卷不剩。上官魏又梦见炀帝高兴地说:"我已得书!"⑦菲薄:微薄,此指自己命薄福薄。诸葛亮《出师表》:"不宜妄自菲薄,引喻失义。"⑧尤物:指珍贵的物品。尤,特异。《左传》昭公二十八年:"夫有尤物,足以移人。"⑨斤斤:此处指非常用心于其事。⑩陆机作赋:陆机字士衡,西晋诗人。杜甫《醉歌行》诗:"陆机二十作《文赋》。"李清照十八岁嫁赵明诚,故说"少陆机作赋之二年"。⑪蘧瑗知非:蘧瑗字伯玉,春秋时卫国大夫。《淮南子·原道训》:"故蘧伯玉年五十而知四十九年之非。"李清照此句是说她作序之年有五十二岁。⑫人亡弓,人得之:《孔子家语》卷二:"楚王出游,亡弓。左右请求之。王曰:'止!楚人失弓,楚人得之,又何求之?'孔子闻之曰:'惜乎其不大也!不曰人遗弓人得之而已,何必楚也?'"⑬区区:小、少,形容微不足道。⑭玄默(yì)岁:《尔雅·释天·岁阳》:"太岁在壬曰玄默。"绍兴二年(1132)为壬子年,故云。壮月:八月。《尔雅·释天·月阳》:"八月为壮。"王学初认为这个纪年有误,并做了考订,详其《李清照集校注·李清照事迹编年》。⑮易安室:李清照室名。

[评析]

恩爱夫妻,中道永诀,生者在贫病交加的半百之年,乍逢久佚的故夫遗著,手泽犹新,往事历历在目,却已斗转星移,物是人非,这是多么复杂沉痛的情怀!李清照的这篇《金石录后序》,用如泣如诉的笔调,通过对往事哀婉动人的追忆,以赵明诚所著《金石录》之失而复得为缘由,向我们讲述了其伉俪自从青年时代结合以来，系于金石书画的种种欢乐和痛苦。随着她起伏跌宕的情感，一代士人在北宋中原大地上的人文事迹，南渡以来人物、文物所遭遇的厄运，犹如一幅时代的画卷，渐渐展现在我们眼前。

《金石录后序》，是李清照晚年为其夫赵明诚的学术著作《金石录》而作的跋文。它不仅是研究李清照生平事迹最重要的第一手资料，而且在历史风云的卷舒之中，给我们留下了一个时代的真实侧影。在作者所处的那个特殊时代，人和物，个人和国家，其命运是如此紧密地交织在一起。相信读了这篇文章，没有人会认为，李清照仅只是一个在词中吟咏风花雪月、相思离别之苦的封建仕女。

笔者根据这篇文章的记叙和抒情线索，对原文进行了段落划分。据此，我们可以看到李清照和赵明诚在南渡前后，生活中的许多图景、情感以及家世资料。作者的感情是起伏跌宕的，记叙却结构严谨而委婉有致，显示了深厚的古文写作功底。第一段交代了《金石录》所载内容及其价值。第二段先感叹夫妇俩对金石的迷恋，而后叙述了自己嫁与赵明诚之后，二人典衣节食，克勤克俭，苦心收集金石书画，玩赏校勘，乐在其中的往事。第三段叙述靖康变起，金朝进犯京师，仓皇中她舍弃了很多金石书画，载着其中的精品匆匆南渡，青州失陷，留下的全部化为灰烬。第四段叙述南渡以后夫妇俩和金石书画的命运：先是与赵明诚分别，接着急急赴其行在探病，旋即赵明诚病逝，葬毕丈夫之后自己大病不起，而金兵步步进逼，国势日益艰危，南渡载来的金石书画精品屡遭厄运，几近散为云烟，最终只落得断简残篇。第五段叙偶然得到赵明诚所著《金石录》，睹物思人，悲从中来，不胜今昔之感。最后说明何以写下这篇文章。

以上叙述，只能大致说明这篇文章的内容。其实，李清照在文章中表现的诸多见识，一向为人赞赏。如明代曹安的《谰言长语》云："女子，微也，有识如此，丈夫独无所见哉！"清代顾炎武在

《日知录》卷二十一中道:"读李易安题《金石录》引王涯、元载之事,以为有聚有散,乃理之常,人亡人得,又胡足道,未尝不叹其言之达。"此文中的人生感悟哪里仅此一端,知音自品之,不赘。再者,文章匠心独运,以时间为经,以事件为纬,线索历历分明,更兼抒情与议论结合,穿插了自己在苦难时代,辗转流离的人生阅历中,深刻感悟的事理——这就使可以简单概括出来的事情,变得不那么简单了。

激荡着作者对亡夫的深厚感情,交织着今昔两种境界的对比,流溢着独特的俊逸文气,使这篇文章辞采飞扬,情文兼至,让你不能不沉浸其中,去体验那个时代一个奇女子的金石悲歌,千古情怀!到了这个境界,对文章条分缕析,还有多少意义呢?

## 投翰林学士[①]綦崇礼[②]启[③]

清照启:素习义方[④],粗明诗礼。近因疾病,欲至膏肓[⑤],牛蚁不分[⑥],灰钉已具[⑦]。尝药虽存弱弟[⑧],应门[⑨]唯有老兵。既尔苍皇[⑩],因成造次[⑪]。信彼如簧之说[⑫],惑兹似锦之言[⑬]。弟既可欺,持官文书[⑭]来辄信;身几欲死,非玉镜架[⑮]亦安知。僶俛[⑯]难言,优柔[⑰]莫决。呻吟未定,强似同归[⑱]。视听才分[⑲],实难共处,忍以桑榆之晚节[⑳],配兹驵侩之下才[㉑]。身既怀臭[㉒]之可嫌,惟求脱去;彼素抱璧[㉓]之将往,决欲杀之。遂肆侵凌[㉔],日加殴击,可念刘伶之肋[㉕],难胜石勒之拳[㉖]。局天扣地[㉗],敢效谈娘[㉘]之善诉;升堂入室[㉙],素非李赤[㉚]之甘心。外援难求,自陈何害,岂期末事,乃得上闻[㉛]。取自宸衷[㉜],付之廷尉[㉝]。被桎梏[㉞]而置对,同凶丑[㉟]以陈词。岂惟贾生羞绛灌为伍[㊱],何啻老子与韩非同传㊲。但祈脱死,莫望偿金㊳。友凶横者十旬㊴,盖非天降;居图圄者九日㊵,岂是人为㊶!抵雀捐金㊷,利当安往;将头碎璧㊸,失固可知。实自谬愚,分知狱市㊹。此盖伏遇㊺内翰承旨,搢绅望族㊻,冠盖清流㊼,日下无双㊽,人间第一。奉天克复,本缘陆贽之词㊾;淮蔡底平,实以会昌之诏㊿。哀怜无告,虽未解骖○51;感戴鸿恩,如真出己○52。故兹白首○53,得免丹书○54。清照敢不省过知惭,扪心○55识愧。责全责智○56,已难逃万世之讥;败德败名,何以见中朝○57之士。虽南山之竹○58,岂能穷多口之谈○59;惟智者○60之言,可以止无根之谤○61。高鹏尺鷃○62,本异升沉;火鼠冰蚕○63,难同嗜好。达人○64共悉,童子皆知。愿赐品题○65,与加湔洗○66。誓当布衣蔬食○67,温故知新○68。再见江山,依旧一瓶一钵○69;重归畎亩○70,更须三沐三薰○71。忝在葭莩○72,敢兹尘渎○73。

[注释]

①翰林学士:古代官名。唐代玄宗以来,翰林学士相当于皇帝的顾问兼秘书官,有"内相"之称,唐代后期,翰林学士往往升任宰相。北宋时期,翰林学士仍掌制诰。②綦(qí)崇礼:生于1083年,卒于1142年。字叔厚,高密人。宋高宗时拜中书舍人,此时任翰林学士。《宋史》本传载:"崇礼妙龄秀发,聪敏绝人,不为崖岸斩绝之行。廉俭寡欲,独覃心辞章,洞晓音律,酒酣气振,长歌慷慨,议论风生,亦一时之英也。中年顿铩场屋,晚方登第,以县主簿骤升华要,极润色论思之选。端方亮直,不惮强御,秦桧罢政,崇礼草词显著其恶、无所隐,桧深憾之。及再相,矫诏下台州,就崇礼家索其稿,自于帝前纳之,且将修怨。会崇礼已没,故身后所得恩泽,其家畏惧不敢陈,士大夫亦无敢为其任保。楼钥尝叙其文,以为气格浑然天成,一旦当书命之任,明白洞达,虽武夫远人,晓然知上意所在云。"③启:书信,即书启。④素习义方:素习,一向就有的行为习惯。义方,行事为人应该遵守的规范和道理。《左传》隐公三年:"石碏谏曰:'臣闻爱子,教之以义方,弗纳于邪。'"后多用来指家教。⑤膏肓:古代医学以心尖脂肪为膏,心脏与膈膜之间为肓。《左传》成公十年:"疾不可为也,在肓之上,膏之下,攻之不可,达之不克,药不至焉,不可为也。"指难治之病或病势沉重。⑥牛蚁不分:形容因病重

而精神恍惚，分不清牛和蚂蚁。语出自南朝宋代刘义庆《世说新语·纰漏》："殷仲堪父病虚悸，闻床下蚁动，谓之牛斗。"⑦灰钉已具：灰钉，石灰和铁钉，用作敛尸封棺之用。此指已备下后事。⑧弱弟：幼弟。汉代蔡邕《太傅文恭侯胡公碑》："上奉继亲，下慈弱弟。"⑨应门：照管门户，指应接来客。晋代李密《陈情表》："内无应门五尺之童。"⑩苍皇：仓促而心慌。唐代杜甫《破船》诗："苍皇避乱兵，缅邈怀旧丘。"⑪造次：语出自《论语·里仁》："造次必于是，颠沛必于是。"此指仓促慌忙中造成差错。⑫如簧之说：簧，乐器中用以发声的片状振动体，古人用以比喻舌头，指善为巧言和虚伪之言。《诗经·小雅·巧言》："巧言如簧，颜之厚矣。"⑬惑兹似锦之言：惑，误信。似锦之言，漂亮不实之词，与上文互文见义。⑭官文书：指官授的公文，此指被张汝舟蒙骗。⑮玉镜架：与"官文书"互文见义。语出自《世说新语·假谲》，西晋温峤假托为表妹择婿，并以玉镜台为聘礼，其实是为自己订下婚约："温公丧妇。从姑刘氏家值乱离散，唯有一女，甚有姿慧。姑以属公觅婚，公有自婚意，答云：'佳婿难得，但如峤比，云何？'姑云：'丧败之馀，乞粗存活，便足慰吾馀年，何敢希汝比？'却后少日，公报姑云：'已觅得婚处，门地粗可，婿身名宦尽不减峤。'因下玉镜台一枚。姑大喜。既婚交礼，女以手披纱扇，抚掌大笑曰：'我固疑是老奴，果如所卜！'"⑯俛俛（mǐn miǎn）：本指勤勉、用心，语出自《诗经·小雅·十月之交》："俛俛从事，不敢告劳。"此指沉吟良久，难以决断。⑰优柔：指犹豫不决。⑱强似同归：归，古代女子出嫁。意为正当李清照犹豫不决时，被张汝舟强娶。⑲视听才分：指学识和聪明才智。⑳桑榆之晚节：《后汉书·冯异传》："失之东隅，收之桑榆。""东隅"，以太阳初升比喻年轻；"桑榆"，以太阳余晖比喻晚年。唐代王勃《滕王阁序》："东隅已逝，桑榆非晚。"㉑驵侩（zǎng kuài）之下才：驵侩，亦作"驵会"、"驵阓"、"驵狯"。原指说合牲畜交易的人，后泛指商人和市侩。《史记·货殖列传》："通邑大都酤一岁千酿……佗果菜千钟，子贷金钱千贯，节驵会。"裴骃集解引《汉书音义》："会亦是侩也。"下才，才能低劣、不足称道的人。《列子·说符》："臣之子皆下才也，可告以良马，不可告以天下之马也。"㉒怀臭：本指腋下的狐臭气，此喻张汝舟为人之低劣，难以相处，自己只求快快离开。《吕氏春秋·遇合》："人有大臭者，其亲戚、兄弟、妻妾、知识，无能与居者。"㉓抱璧：指人因占有宝物而招祸。典出自《左传》哀公十七年："（卫庄）公入于戎州己氏。初，公自城上见己氏之妻发美，使髡之，以为吕姜髢。既入焉，而示之璧，曰：'活我，吾与女璧。'己氏曰：‘杀女，璧其焉往？’遂杀之，而取其璧。”此句意为张汝舟欲夺其劫馀之宝。㉔侵凌：侵犯欺凌。㉕刘伶之肋：刘伶，西晋正始名士，“竹林七贤”之一。《世说新语·文学》注引《竹林七贤论》：“伶处天地间，悠悠荡荡，无所用心，尝与俗士相忤，其人攘袂而起，欲必筑之，伶和其色曰：‘鸡肋岂足以当尊拳！’其人不觉废然而返。”㉖石勒之拳：王学初《李清照集校注》本文注释引《晋书·石勒载记》下：“初，勒与李阳邻居，岁常争麻地，迭相殴击。至是谓父老曰：‘李阳，壮士也，何以不来？沤麻是布衣之恨，孤方崇信天下，宁仇匹夫乎！’乃使召阳。既至，勒与欢谑，引阳臂笑曰：‘孤往日厌卿老拳，卿亦饱孤毒手。’”㉗局天扣地：惶惧不安貌。亦作局天蹐地。《诗经·正月》：“谓天盖高，不敢不局。谓地盖厚，不敢不蹐。”㉘谈娘：即《踏摇娘》，唐代盛行的民间歌舞戏。崔令钦《教坊记》载：“北齐有人，姓苏，鼩鼻，实不仕，而自号为郎中。嗜饮酗酒，每醉辄殴其妻。妻衔悲诉于邻里。时人弄之。丈夫着妇人衣，徐步入场行歌。每一叠，旁人齐声和之云：‘踏摇，和来！踏摇苦，和来！’以其且步且歌，故谓之‘踏摇’；以其称冤，故言苦。及至夫至，则作殴斗之状，以为笑乐。”唐代韦绚《刘宾客嘉话录》：“呼为《踏摇娘》，今谓之《谈娘》。”㉙升堂入室：升堂，刚刚入门；入室，比喻更高境界。此词比喻人的学问和技艺深得师传，造诣精深。典出自《论语·先进》：“由也升堂也，未得入于室也。”㉚李赤：唐代柳宗元《李赤传》载，有江湖浪人名李赤者，夸其诗类李白，故自号李赤。赤为厕鬼所迷，以入厕为升堂，后坠入厕中而死。后用为心智被迷惑之典。㉛上闻：此指呈报朝廷。㉜宸衷：帝王之心意。《旧唐书·杨发传》：“礼之疑者，决在宸衷。”㉝廷尉：官名。秦朝始置，为九卿之一，掌刑狱。后世用以称朝中执掌刑法之官。㉞桎梏：本指用于脚上和手上的刑具，即镣铐。㉟凶丑：指张汝舟。㊱岂惟贾生羞绛灌为伍：贾生即贾谊。王学初《李清照集校注》本文注释认为，此句为李清照误用事，或传写错误。“贾生”应作“淮阴”或“韩信”，此说是。《史记·淮阴侯列传》载韩信“居常鞅鞅，羞与绛、灌等列”。绛即绛侯周勃，灌即灌婴，皆为汉初大臣。㊲何啻（chì）老子与韩非同传：何啻，何止，岂止。《史记》有《老子韩非列传》，魏晋以后人认为，把道家和法家列在一起，不伦不类。㊳莫望偿金：不指望偿还自己的财物。㊴友凶横者十旬：一旬为十天，李清照言自己与张汝舟共同生活了一百天。㊵居囹圄者九日：囹圄，牢狱。李清照言自己被张汝舟牵连而坐牢九天。㊶岂是人为：意为这样的事，岂是人所能忍受的。㊷抵雀捐金：即以金掷雀，意为得不偿失。㊸将头碎璧：见《史记·廉颇蔺相如列传》："相如因持璧却立倚柱，怒发上冲冠，谓秦王曰：'……臣观大王无意偿赵王城邑，故臣复取璧。大王必欲急臣，臣头今与璧俱碎于柱矣！'"㊹分知狱市：狱市指狱讼。此句言本以为这场官司会难分曲直。㊺伏遇：谦辞，幸运地遇到。伏，伏地跪拜。㊻搢绅望族：搢绅，以士大夫的装束指代仕宦者和官员。望族，有名望、有地位的家族。㊼冠盖清流：冠盖，指仕宦者。清流，喻德行高尚，素有名望的士大夫。㊽日下无双：日下，指京师。赞人才能出众，京师没有第二个人可比。语出自《东观汉记·黄香》："帝赐香《淮南》、《孟子》各一通，诏令诣东观，读所未尝见书，谓诸王曰：'此日下无双，江夏黄童也。'"㊾"奉天"二句：奉天，今陕西乾县。唐德宗李适曾避朱泚之乱于此。陆贽，是时为翰林学士，在奉天为德宗起草诏书，于平乱有功。㊿"淮蔡"二句：淮蔡为唐代方镇名。淮西彰义军节度使吴少阳，元和九年（814）卒，其子蔡州刺史吴元济反，元和十二年平定。王学初《李清照集校注》本文注释认为，会昌为唐武宗年号，会昌之诏或为李清照误记，或传写致误，诏书当为唐宪宗元和年间的。以上四句皆为李清照赞颂綦崇礼之词。㊿¹解骖：解脱骖马赠人。谓以财物救人困急。典出自《晏子春秋》卷五越石父事，《史记·管晏列传》亦载："越石父贤。在缧绁中，晏子出，遭之涂（途），解左骖赎之。"㊿²如真出己：如同亲自把我释放出来一样。㊿³白首：即头发白了，意为年老。《史记·范雎蔡泽列传》："范雎、蔡泽，世所谓一切辩士，然游说诸侯至白首无所遇者，非计策之拙，所为说力少也。"㊿⁴得免丹书：得免于罪。丹书，古代以朱笔记录犯人罪状的文书。《左传》襄公二十三年："初，斐豹，隶也，著于丹书。"杜预注："盖犯罪没为官奴，以丹书其罪。"㊿⁵扪心：以手抚摸胸口，表示反思。㊿⁶责全责智：只求保全名节，并能够明智行事。责，求。㊿⁷中朝：即朝中。㊿⁸南山之竹：即罄竹难书。《旧唐书·李密传》："罄南山之竹，书罪无穷。"㊿⁹穷多口之谈：穷，杜绝。多口，多言，不该说而说的话。《孟子·尽心下》："无伤也，士憎兹多口。"㉠智者：智慧过人者，此指綦崇礼。㉡无根之谤：没有根据的毁谤。㉢高鹏尺鹦：高飞的鲲鹏和满足于在蓬蒿间飞翔的斥鹦。语出自《庄子·逍遥游》。㉣火鼠冰蚕：火鼠，传说中生于火中的老鼠。见《搜神记·东方经》。冰蚕，传说中一种奇异的蚕，以霜雪覆之，然后作茧。见《拾遗记·员峤山》。㉤达人：明白道理的人。㉥品题：品说人物，定其人品高下。㉦湔洗：洗刷名誉。㉧布衣蔬食：指勤俭度日。㉨温故知新：指牢记教训。语出自《论语·为政》："子曰：温故而知新，可以为师矣。"㉩一瓶一钵：瓶、钵皆为僧人化缘的器具。唐代僧人贯休《陈情献蜀皇帝》诗云:"一瓶一钵垂垂老,万水千山得得来。"⑦畎(quǎn)亩:田间,即隐居。⑦三沐三薰:再三熏香沐浴,以示敬重。《国语·齐语》:"庄公将杀管仲,齐使者请曰:'寡君欲亲以为戮,若不生得以戮于群臣,犹未得请也。请生之。'于是庄公使束缚以予齐使。齐使受之而退。比至,三衅三浴之。"韦昭注:"以香涂身曰衅,亦或为薰。"唐代韩愈《答吕医山人书》:"方将坐足下,三浴而三薰之,听仆之所为,少安无躁。"⑫忝在葭莩:忝,谦辞,有愧于、有辱于。葭莩,亲戚关系。李清照之夫赵明诚与綦崇礼为姻亲。语出自《汉书》中山靖王刘胜传。刘胜来朝,天子置酒相待。刘胜闻乐而哭泣。问其故,刘胜回答说,宗室诸王常被朝臣进谗言,"今群臣非有葭莩之亲,鸿毛之重,群居党议,朋友相为,使夫宗室摈却,骨肉冰释"。颜师古注:"葭,芦也。莩者其筒中白皮(按:芦苇中的薄膜),至薄者也。葭莩喻薄,鸿毛喻轻。"⑬尘渎:指以俗事劳烦别人。

[评析]

　　这是一篇书信体的骈文,从文中所叙"桑榆之晚节"和"故兹白首,得免丹书"等语看,大约作于李清照晚年。文中所叙其晚年改嫁,却遇人不淑事,是一代旷世才女的悲剧。而当时和后世的一些男性,枉为堂堂须眉,他们站在封建卫道士的立场上,对李清照横加指责,只能令我们更加同情李清照的不幸命运。在一个男性拥有话语权而女性失语的时代,才情、身世高华如李清照者,尚不能免遭荼毒,一般女性的命运可想而知。

　　如果说李清照不幸"忍以桑榆之晚节,配兹驵侩之下才",是她南渡后诸多不幸中的一桩,那么,封建卫道士们向她身上泼脏水,是更大的不幸。想一想,当李清照用写下了那么多动人词篇的文笔,屈了傲雪寒梅般挺拔的个性,向朝中高官綦崇礼说出"愿赐品题,与加湔洗"的话时,她已经忍受了多少污言秽语的难堪和痛苦?且看看同时代人胡仔在《苕溪渔隐丛话》(前集卷十六)中所说的话:"易安再适张汝舟,未几反目,有《启事》与綦处厚云:'忍以桑榆之晚节,配兹驵侩之下才。'传者无不笑之。"明清两代都有人继此奚落李清照,这些人不仅缺少仁厚宅心,甚至没有做人的起码良知!

此作缘于易安答谢綦崇礼为其解脱牢狱之灾,而施以援手的恩德。祸起于李清照再嫁张汝舟——然而嫁与未嫁,宋、明、清三代聚讼纷纭,连带这封书启的真伪,似乎也成了问题。认为其已嫁者,对李清照极尽讥讽奚落之能事,反对者则极力为其辩白洗刷。不过二者有一个极其相似的地方:都是从封建卫道士的角度出发,以所谓"晚节"为要,前者责之,后者保之。其实无论嫁与未嫁,弄清这个问题,除了有助于我们对李清照生平的了解,在今天看来都没有多少实际意义。与其再延续古代的争论,不如通过这封书启,深入探究李清照的内心世界及晚境。

在李清照贫病交加的晚年,这场飞来的横祸,总是令人不禁想起司马迁遭受的李陵之祸。司马迁有《报任少卿书》,李清照有《投翰林学士綦崇礼启》。这两篇文章虽然在文体上一骈一散,但是这两位作家均以愤激的笔调,倾诉了他们在遭遇人生困厄之后的切肤之痛。有一些心情,实不妨两相对照(破折号前为《报任少卿书》,后为《投翰林学士綦崇礼启》):

表沉痛:"若仆,大质已亏缺,虽材怀随和,行若由夷,终不可以为荣,适足以发笑而自点耳。"——"忍以桑榆之晚节,配兹驵侩之下才。"

表无奈:"身非木石,独与法吏为伍,深幽囹圄之中,谁可告愬者!"——"局天扣地,敢效谈娘之善诉;升堂入室,素非李赤之甘心。""被桎梏而置对,同凶丑以陈词。岂惟贾生羞绛灌为伍,何啻老子与韩非同传。"

表愤激:"今已亏形为扫除之隶,在阘茸之中,乃欲昂首信眉,论列是非,不亦轻朝廷,羞当世之士邪!"——"责全责智,已难逃万世之讥;败德败名,何以见中朝之士。"

表世态:"然此可为智者道,难为俗人言也!""且负下未易居,下流多谤议。仆以口语遇遭此祸,重为乡党戮笑,以污辱先人,亦何面目复上父母之丘墓乎?虽累百世,垢弥甚耳!"——"虽南山之竹,岂能穷多口之谈;惟智者之言,可以止无根之谤。高鹏尺鹦，本异升沉；火鼠冰蚕，难同嗜好。达人共悉，童子皆知。"

表失意："身直为闺阁之臣，宁得自引深藏于岩穴邪！"——"再见江山，依旧一瓶一钵；重归畎亩，更须三沐三薰。"

这两封书信所载，事虽不一，情实无二。穿越千百年岁月，这两位中国文学史上的旷世奇才，就这样在人生的苦难面前相遇了。李清照虽未提到她在写这封书启时，有没有想到司马迁的《报任少卿书》，但是，我们可以从中看到，苦难在他们心灵上的同一折射。司马迁在《报任少卿书》中，提出了著名的"发愤著书"说，后来又在《太史公自序》中再次述说。可以说，没有李陵之祸的磨砺，就没有《史记》之卓绝胆识、磅礴文气。正如李长之所说：如果司马迁是条龙，李陵之祸则是睛。（《司马迁的人格与风格》）但遗憾的是，或许囿于其词"别是一家"的观念，李清照在其最擅长的体裁中，没有就此事给我们留下只言片语。如果李清照的人生，的确有再嫁和离异之事，那么，她笔下的这封书启，恐怕就是最直接的记录了，虽然有人怀疑其真实性。

## 打马图序

慧即通①，通即无所不达；专即精，精即无所不妙。故庖丁之解牛②，郢人之运斤③，师旷之听④，离娄之视⑤，大至于尧、舜之仁，桀、纣之恶⑥，小至于掷豆起蝇⑦，巾角拂棋⑧，皆臻至理⑨者何？妙而已。后世之人，不惟学圣人之道，不到圣处，虽嬉戏之事，亦得其依稀彷佛而遂止者，多矣！夫博⑩者无他，争先术耳⑪，故专者能之。予性喜博，凡所谓博者皆耽之⑫，昼夜每忘寝食。但平生随多寡未尝不进⑬者何？精而已。

自南渡来流离迁徙，尽散博具，故罕为之，然实未尝忘于胸中也。今年冬十月朔⑭，闻淮上警报⑮，江、浙之人，自东走西，自南走北，居山林者谋入城市，居城市者谋入山林，旁午络绎⑯，莫卜所之⑰。易安居士亦自临安溯流⑱，涉严滩⑲之险，抵金华⑳，卜居陈氏第㉑。乍释舟楫㉒而见轩窗㉓，意颇适然㉔。更㉕长烛明，奈此良夜乎。于是乎博奕㉖之事讲矣。且长行、叶子、博塞、弹棋㉗，世无传者。打揭、大小、猪窝、族鬼、胡画、数仓、赌快㉘之类，皆鄙俚㉙，不经见㉚。藏酒、摴蒲、双蹙融㉛，近渐废绝。选仙、加减、插关火㉜，质鲁任命㉝，无所施人智巧。大小象戏㉞、奕棋㉟，又惟可容二人。独采选㊱、打马，特为闺房雅戏。尝恨采选丛繁㊲，劳于检阅，故能通者少，难遇劲敌㊳。

打马简要，而无文采㊴。按打马世有二种：一种一将十马者，谓之关西马；一种无将二十马者，谓之依经马。流行既久，各有图经凡例可考。行移赏罚，互有同异。又宣和㊵间，人取二种马，参杂加减，大约交加徼幸㊶，古意尽矣，所谓宣和马者是也。予独爱依经马，因取其赏罚互度㊷，每事作数语，随事附见㊸，使儿辈图之㊹。不独施之博徒，实足贻㊺诸好事㊻。使千万世后，知命辞打马，始自易安居士也。时绍兴四年㊼十一月二十四日，易安室㊽序。

[注释]

①慧即通：聪明就能通晓道理。②庖丁之解牛：典出自《庄子·养生主》：“庖丁为文惠君解牛，手之所触，肩之所倚，足之所履，膝之所踦，砉然响然，奏刀騞然，莫不中音。”说明通过反复实践，就能技艺精妙，做事得心应手。③郢（yǐng）人之运斤：典出自《庄子·徐无鬼》，谓楚国郢都有石匠技艺高超，能挥斧削去郢人涂在鼻子上的白粉，而不伤其人。说明技艺之纯熟高妙。④师旷之听：像师旷那样有很强的听力。师旷为春秋时晋国的乐师，精通音乐，尤擅辨音。《孟子·离娄上》：“师旷之聪，不以六律，不能正五音。”⑤离娄之视：离娄，传说为黄帝时人，视力极强，能视于百步之外，见秋毫之末。《孟子·离娄上》：“孟子曰：'离娄之明，公输子之巧，不以规矩，不能成方圆。'”⑥尧、舜、桀、纣：尧、舜是上古圣明的帝王，桀、纣则是夏商时的暴君。⑦掷豆起蝇：语出自唐代段成式《酉阳杂俎》卷四，谓有客于宴席中掷绿豆击苍蝇，十不失一。张芬以手指夹取苍蝇，亦无一失手。⑧巾

角拂棋：古代的一种弹棋游戏。《世说新语》载魏文帝特擅此，用手帕角拂之而无不中。有客著葛巾角，低头拂棋，妙胜于文帝。⑨皆臻至理：都达到了技艺的最高境界。⑩博：赌输赢胜负的游戏。⑪争先术耳：争取赢得胜利的技艺罢了。⑫耽之：沉溺其中。⑬进：赢。⑭今年冬十月朔：今年，绍兴四年（1134）。十月朔，阴历十月初一。⑮淮上警报：淮，淮河。指绍兴四年九月金兵渡淮南侵之事。⑯旁午络绎：旁午，四面八方；络绎，往来不绝。⑰莫卜所之：没有一个人知道该去何处安身。⑱临安溯流：临安（今杭州市），南宋的首都；溯流，逆流而上。⑲严滩：地名，在今浙江桐庐富春江，东汉严光（子陵）隐居处。⑳金华：地名，今浙江省金华市。㉑卜居陈氏第：卜居，择地居住；第，住所。租住姓陈人家的房屋。㉒乍释舟楫：一时离开船只登岸。㉓轩窗：此处泛指房舍。㉔意颇适然：心情畅快。㉕更（gēng）：古代夜间计时的单位，一夜分为五更。㉖博奕：原指六博和围棋，后泛指棋戏。奕，通"弈"。㉗长行、叶子、博塞、弹棋：皆为古代博戏。㉘打揭、大小、猪窝、族鬼、胡画、数仓、赌快：皆为古代博戏。㉙鄙俚：粗俗。㉚不经见：不常见。㉛藏酒、摴蒲、双蹙融：皆为古代博戏。㉜选仙、加减、插关火：皆为古代博戏。㉝质鲁任命：博法简单，凭运气决胜负。㉞象戏：象棋。㉟奕棋：围棋。㊱采选：古代的一种博戏。㊲丛繁：玩法复杂。㊳勍（qíng）敌：强敌。㊴文采：这里指变化复杂多样。㊵宣和：宋徽宗（赵佶）年号（1119—1125）。㊶交加徽密：一半靠运气决定胜负。㊷互度："互"通"枑"，古代官府门前阻拦人马通行的木架子，引申为禁忌。度，规则。㊸随事附见：在每一条规则之后附上自己的解释。㊹使儿辈图之：让子侄辈作为学习的标准。㊺贻：赠送。㊻好（hào）事：喜欢此道的人。㊼绍兴四年：绍兴，宋高宗年号。绍兴四年为公元1134年。㊽易安室：李清照自称。

[评析]

所谓打马，是古代的一种棋艺游戏，因棋子被称为"马"而得名。

以"词女"著称的李清照，竟然自言"予性喜博，凡所谓博者皆耽之，昼夜每忘寝食"。如果不读她为"打马"而作的此《序》和《打马图经》及《赋》，我们就不知道她的兴趣爱好是如此之广泛，甚至首创了"命辞打马"法，并"随事附见"，编写说明，使后人有据可依。其实，这只是古代上层妇女，在日常生活中的一种调剂而已,今天我们对此实不足以大惊小怪,进而把"好赌"这顶帽子扣给李清照。更何况,李清照通过"打马"一事所总结的经验,即事明理,表现了其人生感悟。她通过说明写这套技艺的缘由,记录了其南渡后的一段重要经历,也是有意义的。

文章开篇以"慧"和"通","专"和"精"进行总括,用庖丁解牛等一连串与精于技艺相关的典故,说明大到"圣人之道",小到"嬉戏之事",凡事要达到"皆臻至理"的境界,关键在于不要浅尝辄止,而要专心致志。

第二段,作者说明写这套谈"技艺"作品的背景:南渡之后,金兵南犯,"江、浙之人,自东走西,自南走北,居山林者谋入城市,居城市者谋入山林,旁午络绎,莫卜所之。易安居士亦自临安溯流,涉严滩之险,抵金华,卜居陈氏第"。只身仓皇出逃,卜居金华,长夜无聊,"于是乎博奕之事讲矣"。从这简短的叙述中,我们已能感觉到时代的动乱和人民流离失所,进退失据的痛苦处境。同时也可以看到,南渡之后,迭经变乱,李清照已被磨砺得只要有个立足之所,就能"意颇适然",泰然处之。不用说,这当中浓缩了人生的多少艰辛!接着,作者介绍了古代的种种博戏,对于我们今天的古代文化研究不无意义。最后,李清照说明了自己"命辞打马"的创意,以及编写《打马图经》的宗旨。

这篇谈博弈之事的文章,紧紧围绕博弈这条主线,夹叙夹议,融时代环境、个人经历、人生感悟为一体,相关典故信手拈来,侃侃而谈,在短小的篇幅中纵横捭阖,卷舒有致,毫无局促之感。更兼文笔简洁,文采清丽,抒情平实,叙事生动,是古代散文中的上乘之作。

# 李清照生平及著作简表

| 公元纪年 | 年　号 | 年　龄 | 相关事略 |
|---|---|---|---|
| 1084 | 宋神宗元丰七年（甲子） | 一岁 | 生于齐州章丘明水。父李格非，字文叔，进士，时任郓州教授。《宋史》卷四百四十四李格非传云，李格非之妻王氏，拱辰孙女，亦善文。其女清照，诗文尤称于时，嫁赵挺之之子明诚，自号易安居士。按：李格非名列"苏门后四学士"。宋代韩淲《涧泉日记》卷上载："廖正一明略、李格非文叔、李禧膺仲、董荣武子，时号'后四学士'。"黄庭坚、秦观、晁补之、张耒等四人，文学史上称为"苏门四学士"，"后四学士"以廖正一为首。廖正一，字明略，安州（今湖北安陆）人。元丰二年（1079）进士，元祐二年（1087）除秘书省正字，绍圣二年（1095）知常州，入元祐党籍。刘克庄云："文叔与苏门诸人尤厚。其殁也，文潜志其墓。独于山谷在日，以诗往还，而此词如此，良不可晓。""文叔，李易安父也。文潜志云：'长女能诗，嫁赵明诚。'"（《后村诗话》卷七） |

续表

| 公元纪年 | 年　号 | 年　龄 | 相关事略 |
|---|---|---|---|
| 1085 | 宋神宗元丰八年（乙丑） | 二岁 | 居明水。是年三月神宗崩，哲宗继位。 |
| 1086 | 宋哲宗元祐元年（丙寅） | 三岁 | 李格非入补太学录，"以文章受知于苏轼"（《宋史》卷四百四十四本传）。 |
| 1089 | 宋哲宗元祐四年（己巳） | 六岁 | 李格非官太学正，居家于汴京经衢之西，名其堂曰"有竹堂"（晁无咎《有竹堂记》）。 |
| 1091 | 宋哲宗元祐六年（辛未） | 八岁 | 李格非为太学博士。 |
| 1094 | 宋哲宗绍圣元年（甲戌） | 十一岁 | 章惇为相，请编《元祐诸臣章疏》，召李格非为检讨，不就，被降职通判广信军（今河北徐水遂城西）。事见《宋史》卷四百四十四本传。 |
| 1095 | 宋哲宗绍圣二年（乙亥） | 十二岁 | 李格非为校书郎。 |
| 1096 | 宋哲宗绍圣三年（丙子） | 十三岁 | 李格非迁著书佐郎。 |
| 1100 | 宋哲宗元符三年（庚辰） | 十七岁 | 正月，哲宗薨，其弟赵佶立，号徽宗。李格非为礼部员外郎。"苏门四学士"中的张耒《自庐山过富池隔江遥祷甘公祠求便风诗附记》载，是年"六月望日，齐安罢官，步登客舟，过樊口，李文叔棹小舸相送"。一般谓清照此岁得识张耒并作《浯溪中兴颂诗和张文潜》诗二首。笔者认为或不尽然：其一，仅据张耒的《附记》，并不足以证明李清照结识了他。父亲的朋友，闺中女儿不一定有机会结 |

续表

| 公元纪年 | 年　号 | 年　龄 | 相关事略 |
| --- | --- | --- | --- |
|  |  |  | 识。其二，无论清照才华如何出众，见识如何高明，都难以想象此诗出自一个十七岁的少女之手。且唱和之作并不一定要在当时，把这两首和诗看作李清照在若干年后的作品，比如南渡初期，则比较合理。<br>作《点绛唇》（蹴罢秋千）、《浣溪沙》（绣面芙蓉一笑开）、《浣溪沙》（淡荡春光寒食天）等词。秦观卒。 |
| 1101 | 宋徽宗建中靖国元年（辛巳） | 十八岁 | 嫁赵明诚。明诚字德甫，时年二十一岁，为太学生，吏部侍郎赵挺之季子。二兄存诚字中甫、思诚字道甫。陈师道云："正夫（赵挺之字）有幼子明诚，颇好文义。每遇苏、黄文、诗，虽半简数字必录藏，以此失好于父，几如小邢矣。"（《后山居士集》卷十四）<br>李格非为礼部员外郎。苏轼、陈师道去世。<br>作《减字木兰花》、《庆清朝慢》、《殢人娇》、《鹧鸪天》（暗淡轻黄体性柔）等词。 |
| 1102 | 宋徽宗崇宁元年（壬午） | 十九岁 | 赵明诚在太学。五月，蔡京为尚书左丞，赵挺之为尚书右丞。七月，蔡京为尚书右仆射兼中书侍郎，以元祐党人不得在京居官为由，上书弹劾朝臣十七人。李格非名在党籍，时提点京东路刑狱，以党籍罢归原籍明水。一说李 |

续表

| 公元纪年 | 年号 | 年龄 | 相关事略 |
|---|---|---|---|
| | | | 格非知濮州（《九朝编年备要》卷三十六），李清照上诗赵挺之救父。今存残句云："何况人间父子情"，"炙手可热心可寒"。"识者哀之"（张琰《洛阳名园记》序）。晁公武《郡斋读书志》亦载此事。八月，赵挺之进尚书左丞。 |
| 1103 | 宋徽宗崇宁二年（癸未） | 二十岁 | 赵明诚出仕。（《金石录后序》）四月，赵挺之除中书侍郎。九月，诏禁元祐党人子弟居京。"壬午诏宗室，不得与元祐奸党子孙及有服亲为婚姻，内已定未过礼者并改正。"（《资治通鉴后编》卷九十五）是年作《如梦令》二首、《浣溪沙》（髻子伤春懒更梳）、《小重山》、《怨王孙》（帝里春晚）、《一剪梅》、《醉花阴》、《摊破浣溪沙》（揉破黄金万点轻）等词。清照被遣离京，回原籍。 |
| 1104 | 宋徽宗崇宁三年（甲申） | 二十一岁 | 六月，重定党籍，李格非仍未除名。九月，赵挺之自右光禄大夫、中书侍郎除门下侍郎。 |
| 1105 | 宋徽宗崇宁四年（乙酉） | 二十二岁 | 三月，赵挺之除尚书右仆射兼中书侍郎。六月，赵挺之为避蔡京嫉，称疾乞罢右仆射。十月，赵明诚长兄赵存诚为卫尉卿，次兄思诚为秘 |

续表

| 公元纪年 | 年　号 | 年　龄 | 相关事略 |
|---|---|---|---|
|  |  |  | 书少监,明诚授鸿胪少卿。赵挺之辞之,诏答不允。(《宋宰辅编年录》卷十一) |
| 1106 | 宋徽宗崇宁五年(丙戌) | 二十三岁 | 正月,毁《元祐党人碑》,除党禁,李格非等"并令吏部与监庙差遣"(《皇宋通鉴长编纪事本末》卷一百二十四)。二月,蔡京罢相。赵挺之为特进尚书右仆射兼中书侍郎。李清照大概于此时由原籍返汴京。 |
| 1107 | 宋徽宗大观元年(丁亥) | 二十四岁 | 正月,蔡京复相。三月,赵挺之罢相,授特进观文殿大学士、佑神观使。五日后病卒,享年六十八。卒后三日,蔡京即下文置狱,其家属、亲戚在京者受株连。赵明诚兄弟被捕置狱,因"皆无实事"解狱,遂举家移居青州,李清照随之,开始了屏居青州的岁月。赵明诚籍贯本山东诸城,至其父赵挺之时徙居青州。七月,赵挺之被追夺所赠司徒、落观文殿大学士。(《宋宰辅编年录》卷十一) |
| 1108 | 宋徽宗大观二年(戊子) | 二十五岁 | 屏居青州,命书斋曰"归来堂",自号"易安居士",和赵明诚收集金石书画,猜书斗茶,"甘心老是乡矣,故虽处忧患困穷而志不屈"(《金石录后序》)。赵明诚撰《金石录》,李清照 |

续表

| 公元纪年 | 年　号 | 年　龄 | 相关事略 |
|---|---|---|---|
| | | | "笔削其间"。<br>作《怨王孙》（湖上风来波浩渺）、《渔家傲》（雪里已知春信至）等词。 |
| 1111 | 宋徽宗政和元年（辛卯） | 二十八岁 | 赵挺之夫人郭氏，奏请复挺之所落观文殿大学士等职，诏准。（《宋宰辅编年录》卷十二） |
| 1112 | 宋徽宗政和二年（壬辰） | 二十九岁 | 屏居青州。赵明诚兄赵存诚、思诚或起复。 |
| 1114 | 宋徽宗政和四年（甲午） | 三十一岁 | 屏居青州。赵明诚题《易安居士画像》，或疑伪作。<br>张耒卒。 |
| 1115 | 宋徽宗政和五年（乙未） | 三十二岁 | 屏居青州。正月，女真阿骨打称帝，国号金。 |
| 1116 | 宋徽宗政和六年（丙申） | 三十三岁 | 屏居青州。收罗金石书画。"归来堂起书库，大橱簿甲乙，置书册。""于是几案罗列，枕席枕藉，意会心谋，目往神授，乐在声色狗马之上。"（《金石录后序》）<br>是年周邦彦为大晟乐府提举。 |
| 1121 | 宋徽宗宣和三年（辛丑） | 三十八岁 | 明诚知莱州，不详何时得职，亦不知清照独居青州几年。其词《凤凰台上忆吹箫》、《忆秦娥》、《多丽》、《行香子》（草际鸣蛩）、《念奴娇》、《点绛唇》（寂寞深闺）、《蝶恋花》（暖日晴风初破冻）、《诉衷情》、《浣溪沙》（莫使杯深琥珀浓）、《好事近》、《满庭芳》（小阁藏春）、《玉楼春》（红酥肯放琼苞碎）等词，当作于此前和与明诚分别期间。 |

续表

| 公元纪年 | 年　号 | 年　龄 | 相关事略 |
|---|---|---|---|
|  |  |  | 是年秋,清照自青州赴莱州与赵明诚团聚,结束了十年的屏居生涯。途经昌乐作《蝶恋花》(晚止昌乐馆寄姊妹)。八月十日到莱州,作《感怀》诗。周邦彦卒。 |
| 1123 | 宋徽宗宣和五年(癸卯) | 四十岁 | 居莱州,府中书斋名静治堂。赵明诚《金石录》"装卷初就,芸签缥带,束十卷作一帙。每日晚更散,辄校勘二卷,跋题一卷"(《金石录后序》)。谢启光刻《金石录后序》,云其初得李易安序,读之,嘉其夫妇同心,笃于嗜古,访求其全书未得,后季弟季弘于里中旧家市得刻本以遗。"考订精详,品骘严正,往往于残碑断简之中,指摘其生平隐匿,足以诛奸谀于既往,垂炯戒于将来,不特金石之董狐,实文苑之《春秋》也。"《金石录》三十卷,《四库全书》、《书录解题》、《通考》、《宋志》俱载之。 |
| 1125 | 宋徽宗宣和七年(乙巳) | 四十二岁 | 金兵大举南侵,太子嗣位,是为钦宗。 |
| 1126 | 宋钦宗靖康元年(丙午) | 四十三岁 | 冬,金兵破东京。《金石录后序》记赵明诚"连守两郡","至靖康丙午岁,侯守淄川"。赵明诚何时由莱州移守淄川,不详。<br>作《晓梦》诗。按:此诗当作于南渡前,姑系于此。 |

续表

| 公元纪年 | 年号 | 年龄 | 相关事略 |
| --- | --- | --- | --- |
| 1127 | 宋钦宗靖康二年(丁未)<br>宋高宗建炎元年 | 四十四岁 | 三月,赵明诚南奔母丧,四月,金兵俘徽宗、钦宗二帝北去,北宋灭亡。五月,康王赵构即位于南京应天府(今河南商丘),改元建炎,是为高宗,自此史称南宋。八月,赵明诚起知江宁府(今南京)。冬,李清照"载书十五车。至东海,连舻渡淮,又渡江",翌年春天"至建康(即江宁)"。"青州故第,尚锁书册什物,用屋十余间,期明年春再具舟载之。"但"十二月,金人陷青州,凡所谓十余屋者,已皆为煨烬矣"。(《金石录后序》) |
| 1128 | 宋高宗建炎二年(戊申) | 四十五岁 | 赵明诚知江宁。春,李清照至江宁,开始了南渡生涯。李清照有诗刺宋室君臣逃跑偷安云:"南来尚怯吴江冷,北狩应悲易水寒。"又云:"南渡衣冠少王导,北来消息欠刘琨。"(俞正己《诗说隽永》)<br>李清照"每值天大雪,即顶笠披蓑,循城远览以寻诗"(周辉《清波杂志》),当在此年,次年赵明诚即罢江宁守。<br>作《菩萨蛮》(归鸿声断残云碧)、《蝶恋花》(永夜恹恹欢意少)、《菩萨蛮》(风柔日薄春犹早)、《鹧鸪天》(寒日萧萧上琐窗)、《长寿乐》等词。 |

续表

| 公元纪年 | 年　号 | 年　龄 | 相关事略 |
|---|---|---|---|
| 1129 | 宋高宗建炎三年（己酉） | 四十六岁 | 据《金石录后序》：二月赵明诚罢守江宁，三月与李清照具舟上芜湖，入姑孰（今属安徽）将卜居赣水。五月至池阳（今属安徽）赵明诚被旨知湖州（今属浙江）安家于池阳，独赴召。六月十三日与李清照分别。明诚"途中奔驰，冒大暑，感疾。至行在，病疟"。七月末，李清照得赵明诚病重消息，解舟赶去探视，一日夜行三百里。八月十八日赵明诚卒。李清照撰祭文悼念赵明诚，文佚，只余残句。葬毕赵明诚，李清照大病。金兵进犯时势日迫，遣人将部分金石书画送往赵明诚妹婿处，此人时任兵部侍郎，从卫太后于洪州。十二月金人陷洪州，寄存于洪州的文物散为云烟。时李清照之弟李远任敕局删定官，李清照欲往依之。"到台（今浙江临海），守已遁。之剡（今浙江嵊州）出陆（疑误），又弃衣被走黄岩（今属浙江台州），雇舟入海，奔行朝，时驻跸章安（镇名，宋时属台州）。从御舟海道之温（今浙江温州），又之越（今浙江绍兴）。"此为清照后来追叙当时路线。作《夏日绝句》、《偶成》、《春残》等诗和《声声慢》、《渔家傲》（天接云涛连晓雾）词。 |

附录　191

续表

| 公元纪年 | 年　号 | 年　龄 | 相关事略 |
|---|---|---|---|
| 1130 | 宋高宗建炎四年（庚戌） | 四十七岁 | 《金石录后序》：先前赵明诚病重时，有张飞卿学士携玉壶来视，随后携去，其实非玉，实为珉。有人密告，谣传"颁金"之语，诬清照暗通金人。清照感到非常惶怖，于是携带家中所有青铜器等物，欲赴外庭投进。是年到衢州。 |
| 1131 | 宋高宗绍兴元年（辛亥） | 四十八岁 | 《金石录后序》：三月，李清照赴越州（今绍兴）。按：《序》又云"壬子，又赴杭"，则李清照此行当经过杭州。"到越，已移幸四明（今浙江省宁波市）。"李清照只好卜居会稽（今绍兴）土民钟氏宅，卧榻之下，五簏文物被贼穴壁盗去。后知尽为吴说转运使贱价得之。作词《添字采桑子》（窗前谁种芭蕉树）。 |
| 1132 | 宋高宗绍兴二年（壬子） | 四十九岁 | 正月，高宗至临安（今杭州），据《投翰林学士綦崇礼启》，是年清照被蒙骗改嫁张汝舟，旋即悔之莫及，离异。作《瑞鹧鸪》、《摊破浣溪沙》（病起萧萧两鬓华）、《孤雁儿》等词。 |
| 1133 | 宋高宗绍兴三年（癸丑） | 五十岁 | 居临安。五月，尚书、吏部侍郎韩肖胄为端明殿学士、同签书枢密院事，充大金军前奉表通问使；给事中胡松年试工部尚书，充副使。（《续资治通鉴》）李清照作《上枢密韩肖胄诗》古、律各一首送之。 |

续表

| 公元纪年 | 年　号 | 年　龄 | 相关事略 |
|---|---|---|---|
| | | | 作《南歌子》、《忆秦娥》词。 |
| 1134 | 宋高宗绍兴四年（甲寅） | 五十一岁 | 十月，避乱赴金华，卜居陈氏第。作《打马图经》及《序》、《赋》。 |
| 1135 | 宋高宗绍兴五年（乙卯） | 五十二岁 | 春及初夏，仍居金华，并于此地作《武陵春》词和《题八咏楼》诗。由金华返临安途中，又亲睹严子陵垂钓处，作《钓台》诗。追随圣驾至临安。作《金石录后序》。按：其文末记："绍兴二年玄黓岁壮月朔甲寅，易安室题。"但据其文"余自少陆机作赋之二年，至过蘧瑗知非之两岁"，应为五十二岁之年作此序。现学者多道清照五十一岁作此序。清代俞正燮《癸巳类稿·易安居士事辑》云："绍兴元年，易安之越。二年，之杭，年五十有一矣。作《金石录后序》……" |
| 1140 | 宋高宗绍兴十年（庚申） | 五十七岁 | 居临安终老。五月十一日，辛弃疾生。辛词有《丑奴儿近·博山道中效李易安体》。朱弁作《风月堂诗话》成。卷上记："李清照，赵明诚妻，李格非女也。善属文，于诗尤工。晁无咎多对士大夫称之。如'诗情如夜鹊，三绕未能安'，'少陵也自可怜人，更待来年试春草'之句，颇脍炙人口。"作词《清平乐》（年年雪里）。 |

续表

| 公元纪年 | 年 号 | 年 龄 | 相关事略 |
|---|---|---|---|
| 1141 | 宋高宗绍兴十一年（辛酉） | 五十八岁 | 五月谢伋《四六谈麈》成，卷一载李清照《祭赵湖州文》残句。按："湖州"即明诚，他曾被旨知湖州。十一月宋金和议成，十二月岳飞被秦桧矫诏杀害。 |
| 1143 | 宋高宗绍兴十三年（癸亥） | 六十岁 | 表上赵明诚《金石录》于朝。洪适《隶释》云："绍兴中，其妻易安居士李清照表上之。" |
| 1146 | 宋高宗绍兴十六年（丙寅） | 六十三岁 | 正月十五日，曾慥《乐府雅词》成，收李清照词23首：《南歌子》、《转调满庭芳》、《渔家傲》、《如梦令》（两首）、《多丽》、《菩萨蛮》（两首）、《浣溪沙》（三首）、《凤凰台上忆吹箫》、《一剪梅》、《蝶恋花》（两首）、《鹧鸪天》、《小重山》、《怨王孙》、《临江仙》、《醉花阴》、《好事近》、《诉衷情》、《行香子》。按以上作品皆作于南渡前。 |
| 1148 | 宋高宗绍兴十八年（戊辰） | 六十五岁 | 胡仔《苕溪渔隐丛话》前集成，卷六十《丽人杂记》条有对李清照词的评论，并载李清照再适张汝舟事，又言其尝忆京洛旧事，后集卷三十三载李清照作《词论》事。《新荷叶》、《永遇乐》（落日熔金）当作于这时期。 |

续表

| 公元纪年 | 年　号 | 年　龄 | 相关事略 |
|---|---|---|---|
| 1149 | 宋高宗绍兴十九年（己巳） | 六十六岁 | 三月王灼《碧鸡漫志》成，卷二谓李清照"再嫁某氏，讼而离之"。清照携所藏米芾墨迹，访米友仁（米芾之子），求作跋。事见岳珂《宝真斋法书赞》卷十九、二十。不详年代，姑系于此。 |
| 1155 | 宋高宗绍兴二十五年（乙亥） | 七十二岁 | 欲以所学传孙氏女，孙氏谢不可。陆游《渭南文集》卷三十五《夫人孙氏墓志铭》："夫人幼有淑质，故赵建康明诚之配李氏，以文辞名家，欲以其学传夫人。时夫人十余岁，谢不可，曰：'才藻非女子事也。'"孙氏逝于绍熙四年（1193），卒年五十三，则当生于绍兴十年（1140）。 |
|  |  |  | 此后事迹不详。 |

# 历代刻印出版李清照作品选目

| 年　代 | 编辑者 | 名称及出版者 |
|---|---|---|
| 不详 | 不详 | 《李易安集》十二卷，最早见于宋代晁公武《郡斋读书志》，诗文兼收，佚。 |
| 不详 | 不详 | 《文集》十二卷、《漱玉词》一卷，宋代朱彧《萍洲可谈》载目，佚。《四库全书》收汲古阁《诗词杂俎》本《漱玉词》一卷，仅存十七首。 |

续表

| 年　代 | 编辑者 | 名称及出版者 |
|---|---|---|
| 不详 | 不详 | 《易安文集》，宋代张端义《贵耳集》载目，佚。 |
| 不详 | 不详 | 《易安居士文集》七卷、《易安词》六卷，元代脱脱等撰《宋史·艺文志》载目，佚。 |
| 不详 | 不详 | 《李易安集》十三卷，明代焦竑《国史经籍志》载目，佚。 |
| 不详 | 不详 | 《李易安集》十二卷，明代陈第《世善堂藏书目录》载目，佚。 |
| 清光绪间 | 不详 | 《漱玉词》一卷，线装影印本。 |
| 清代 | 王鹏运 | 《漱玉词》（光绪七年，1881）、《补遗》（光绪十五年，1889），四印斋所刻词。 |
| 民国间 | 不详 | 《漱玉词》一卷、朱淑真《断肠词》一卷合印为一册，影印线装。 |
| 1927、1930 | 李文裿 | 《漱玉集》五卷，《冷雪庵丛书》铅字排印本。 |
| 1931 | 赵万里校辑 | 《宋金元人词·漱玉词》，铅字排印本。 |
| 1962 | 中华书局上海编辑所编辑 | 《李清照集》，中华书局。 |
| 1963 | 王延梯编注 | 《漱玉集注》，山东人民出版社。 |
| 1965 | 唐圭璋辑 | 《全宋词》，中华书局。 |
| 1981 | 孔凡礼辑 | 《全宋词补辑》，中华书局。 |
| 1979、1981 | 王学初 | 《李清照集校注》，人民文学出版社。 |
| 1981、2009 | 黄墨谷辑校 | 《重辑李清照集》，齐鲁书社、中华书局。 |
| 1983 | 李敖主编 | 《漱玉集》，中国名著精华全集（30），台北远流出版公司。 |

续表

| 年　代 | 编辑者 | 名称及出版者 |
| --- | --- | --- |
| 1983 | 蓝天、林健、伍岭 | 《李清照诗词评释》，广东人民出版社。 |
| 1985 | 侯健、吕智敏 | 《李清照诗词评注》，山西人民出版社。 |
| 1990 | 徐北文主编 | 《李清照全集评注》，济南出版社。 |
| 1996 | 曹树铭校释 | 《李清照诗词文存》，台湾商务印书馆。 |
| 1998 | 刘瑜编著 | 《李清照全词》，山东友谊出版社。 |
| 1999 | 杨合林编注 | 《李清照集》，岳麓书社。 |
| 2002 | 顾廷龙主编 | 《漱玉词》，《续修四库全书》第1722册，上海古籍出版社。 |
| 2002 | 徐培均笺注 | 《李清照集笺注》，上海古籍出版社。 |
| 2003 | 陈祖美编著 | 《李清照词新释辑评》，中国书店。 |
| 2004 | 蔡镇楚等整理 | 《李清照集》，山东画报出版社。 |
| 2005 | 商务印书馆四库全书工作委员会编 | 《漱玉词》，文津阁《四库全书》本，北京商务印书馆影印本。 |
| 2006 | 施议对编纂 | 《李清照全阅读》，香港三联书店。 |
| 2006 | 许渊冲译 | 《李清照词选》，中英文对照图文典藏本，河北人民出版社。 |
| 2006 | 朱传东主编 | 《李清照诗词集》，济南出版社。 |
| 2007 | 王天义、王建国主编 | 《李清照诗词文集》，济南出版社。 |
| 2007 | 吴惠娟导读 | 《李清照词集》，上海古籍出版社。 |
| 2007 | 王英志编选 | 《李清照集》，凤凰出版社。 |
| 2008 | 姜汉椿、姜汉森注译 | 《新译李清照集》，台北三民书局。 |
| 2009 | 陈祖美注 | 《漱玉词注》，齐鲁书社。 |

## 现当代李清照研究著作选目

| 年代 | 编著者 | 书名及出版社 |
| --- | --- | --- |
| 1931 | 傅东华著 | 《李清照》，上海商务印书馆。 |
| 1947 | 魏尧西编 | 《李清照年谱》，稿本。 |
| 1982 | 王延梯著 | 《李清照评传》，陕西人民出版社。 |
| 1982 | 程千帆、徐有富著 | 《李清照》，江苏人民出版社。 |
| 1983 | 钱世明著 | 《李清照》，百花文艺出版社。 |
| 1984 | 褚斌杰编 | 《李清照资料汇编》，中华书局。 |
| 1985 | 朱传誉主编 | 《李清照传记资料》，台北天一出版社。 |
| 1985 | 范纯甫著 | 《肠断西风李清照》，台北庄严出版社。 |
| 1988 | 若童著 | 《李清照传》，台北国际文化事业公司。 |
| 1989 | 缪香珍著 | 《李清照与朱淑真评传》，台湾商务印书馆。 |
| 1990 | 刘瑞莲著 | 《李清照新论》，山西人民出版社。 |
| 1991 | 周玉清著 | 《李清照评传》，成都科技大学出版社。 |
| 1995 | 陈祖美著 | 《李清照评传》，南京大学出版社。 |
| 1999 | 刘秋增总纂、《山东省志·诸子名家志》编纂委员会编 | 《李清照志》，山东人民出版社。 |

续表

| 年　代 | 编著者 | 书名及出版社 |
|---|---|---|
| 2000 | 雪岗著 | 《漱玉清芬》，台北万卷楼图书公司。 |
| 2002 | 朱翔编著 | 《李清照全传》，光明日报出版社。 |
| 2005 | 邓红梅著 | 《李清照新传》，上海古籍出版社。 |
| 2009 | 谢学钦著 | 《李清照正传》，中国文史出版社。 |
| 2009 | 刘乃昌主编 | 《李清照志》，山东人民出版社。 |
| 2009 | 何广棪著 | 《李清照改嫁问题资料汇编》，台北花木兰文化出版社。 |
| 2010 | 陈玉兰编著 | 《李清照》，中华书局。 |
| 2011 | 杨莹骅著 | 《才下眉头却上心头：李清照的诗词情愫》，中国华侨出版社。 |
| 2011 | 陈祖美著 | 《李清照评传》，南京大学出版社。 |
| 2012 | 周桂峰著 | 《李清照研究》，中国文史出版社。 |
| 2012 | 倪儿著 | 《李清照词传：溪亭日暮的飘零绝唱》，文汇出版社。 |
| 2013 | 魏青著 | 《章丘李氏家族文化研究：以李格非、李清照父女为中心》，中华书局。 |
| 2013 | 杨雨著 | 《多少事欲说还休：杨雨评讲李清照》，清华大学出版社。 |
| 2014 | 卢静云著 | 《李清照词传》，北方文艺出版社。 |
| 2014 | 刘勇刚著 | 《当代视野下的李清照》，广陵书社。 |
| 2015 | 上海辞书出版社文学鉴赏辞典编纂中心编 | 《李清照诗词鉴赏辞典》，上海辞书出版社。 |
| 2015 | 陈玉兰评注 | 《李清照》，中华书局。 |

续表

| 年　代 | 编著者 | 书名及出版社 |
| --- | --- | --- |
| 2015 | 徐培均著 | 《李清照》，人民文学出版社。 |
| 2016 | 荣斌著 | 《平说李清照》，吉林文史出版社。 |
| 2016 | 刘瑜，徐洪佩辑著 | 《漱玉词全璧》，中国社会科学出版社。 |
| 2017 | （美）艾朗诺（Egan，Ronald C.） | 《才女之累：李清照及其接受史》，上海古籍出版社。 |
| 2017 | 房贤义、刘敬堂著 | 《帘卷西风，人比黄花瘦：李清照传》，中国文史出版社。 |

## 图书在版编目(CIP)数据

李清照诗词选/(宋)李清照著;孙秋克注评.—郑州:中州古籍出版社,2011.10(2018.4重印)

(国学经典)

ISBN 978-7-5348-3602-2

Ⅰ.①李… Ⅱ.①李…②孙… Ⅲ.①宋诗-选集②宋词-选集③古典散文-散文集-中国-宋代 Ⅳ.①I214.412

中国版本图书馆 CIP 数据核字(2011)第 147053 号

---

出版社:中州古籍出版社
(地址:郑州市经五路66号 邮政编码:450002)
发行单位:新华书店
承印单位:辉县市伟业印务有限公司
开本:640mm×960mm 1/16 印张:14
字数:180千字 印数:27 001-32 000 册
版次:2011年10月第1版 印次:2018年4月第8次印刷

---

**定价:20.00元**

本书如有印装质量问题,由承印厂负责调换。